静山社ペガサス文庫

パーシー・ジャクソンとオリンポスの神々《かみがみ》

盗《ぬす》まれた雷撃《ライトニングボルト》〈1-上《じょう》〉

リック・リオーダン 作　金原瑞人 訳

盗《ぬす》まれた雷撃《ライトニングボルト》 1・上《じょう》

もくじ

ギリシャ神話《しんわ》について

ギリシャ神話《しんわ》には多《おお》くの神《かみ》が登場《とうじょう》するが、その中《なか》でも、最高神《さいこうしん》であるゼウスをはじめとする主《おも》だった十二人《にん》の神々《かみがみ》は「オリンポス十二神《しん》」とよばれる。

オリンポス十二神《しん》はゼウスのきょうだいであるポセイドン、ヘラ、デメテルに、ゼウスの子《こ》であるアポロン、アルテミス、アレス、ヘルメス、アテナ、ヘパイストス、ディオニュソス、それにアフロディテの十二人《にん》。

ゼウスは、ポセイドンともう一人《ひとり》の兄《あに》ハデスと三人《にん》でくじを引《ひ》き、それぞれ、ゼウスは空《そら》、ポセイドンは海《うみ》、ハデスは冥界《めいかい》の支配者《しはいしゃ》となった。死者《ししゃ》の国《くに》である地下《ちか》の冥界《めいかい》に住《す》むハデスは、オリンポス十二神《しん》に入《はい》っていない。

●オリンポス十二神《しん》

ゼウス……天空《てんくう》を支配《しはい》するギリシアの最高神《さいこうしん》。
ヘラ……ゼウスの妻《つま》。結婚《けっこん》と出産《しゅっさん》の女神《めがみ》。
ポセイドン……海神《かいじん》。地震《じしん》や馬《うま》の神《かみ》でもある。
デメテル……穀物《こくもつ》と豊穣《ほうじょう》の女神《めがみ》。
アポロン……予言《よげん》と弓《ゆみ》、芸術《げいじゅつ》の神《かみ》。
アルテミス……狩猟《しゅりょう》の女神《めがみ》。
アレス……軍神《ぐんしん》。残忍《ざんにん》な戦《たたか》いの神《かみ》。
アフロディテ……愛《あい》と美《び》の女神《めがみ》。
ヘルメス……商人《しょうにん》、旅人《たびびと》、盗人《ぬすっと》の神《かみ》。神々《かみがみ》の使者《ししゃ》。
アテナ……知恵《ちえ》と戦術《せんじゅつ》の女神《めがみ》。
ヘパイストス……火《ひ》と鍛冶《かじ》の神《かみ》。
ディオニュソス……ぶどう栽培《さいばい》と酒《さけ》の神《かみ》。
※ディオニソスの代《か》わりに、やはりゼウスのきょうだいのヘスティア（かまどと家庭《かてい》の守《まも》り神《がみ》）を十二神《しん》に加《くわ》えることもある。

これらの神《かみ》と人間《にんげん》との間《あいだ》に生《う》まれた子《こ》どもは大《おお》きな力《ちから》を持《も》ち、英雄《えいゆう》とよばれる。ギリシャ神話《しんわ》には、ヘラクレスやテセウスなど数々《かずかず》の英雄《えいゆう》の物語《ものがたり》が語《かた》られている。

【主《おも》な登場人物《とうじょうじんぶつ》】

パーシー・ジャクソン……黒髪《くろかみ》の十二歳《さい》の少年《しょうねん》。突然《とつぜん》ギリシャ神話《しんわ》の神々《かみがみ》の子《こ》どもだと告《つ》げられる。

グローバー・アンダーウッド……茶色《ちゃいろ》い巻《ま》き毛《げ》の少年《しょうねん》。パーシーの親友《しんゆう》。

アナベス・チェイス……金髪《きんぱつ》、灰色《はいいろ》の目《め》の少女《しょうじょ》。アテナのコテージの訓練生《くんれんせい》。

クラリサ……パーシーを目《め》の敵《かたき》にする、アレスのコテージの訓練生《くんれんせい》。

ルーク……ヘルメスのコテージの訓練生《くんれんせい》。右目《みぎめ》の下《した》からあごにかけた傷《きず》がある。

ケイロン……ハーフ訓練所《くんれんじょ》の教頭《きょうとう》。半人半馬《はんじんはんば》のケンタウロス。

ミスターD……ハーフ訓練所《くんれんじょ》の所長《しょちょう》。オリンポス十二神《しん》の一人《ひとり》、ディオニュソス。

サリー・ジャクソン……パーシーの母親《ははおや》。グランドセントラル駅《えき》のキャンディーショップで働《はたら》く。

パーシーの冒険コース

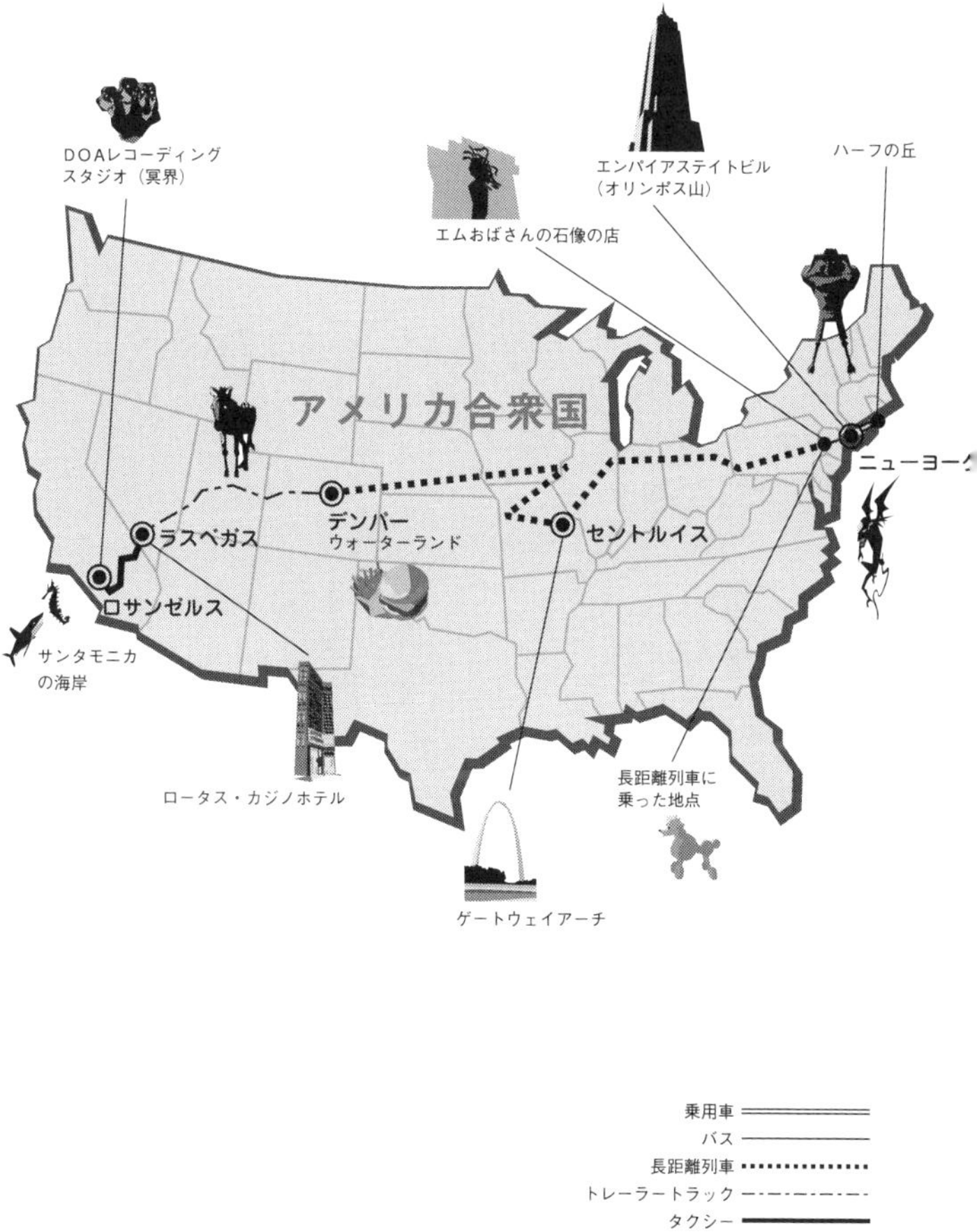

DOAレコーディングスタジオ（冥界）
エムおばさんの石像の店
エンパイアステイトビル（オリンポス山）
ハーフの丘
アメリカ合衆国
ニューヨーク
デンバー
ウォーターランド
セントルイス
ラスベガス
ロサンゼルス
サンタモニカの海岸
ロータス・カジノホテル
長距離列車に乗った地点
ゲートウェイアーチ
乗用車
バス
長距離列車
トレーラートラック
タクシー

The Lightning Thief

PERCY JACKSON AND THE OLYMPIANS
by Rick Riordan

Permission for this edition was arranged through
the Nancy Gallt Literary Agency, New Jersey
through Tuttle-Mori Agency, Inc., Tokyo

第《だい》1章《しょう》　パーシー、数学《すうがく》の先生《せんせい》を消《け》してしまう

おれだって望《のぞ》んでハーフに生《う》まれたわけじゃない。

もし君《きみ》が、自分《じぶん》もハーフかも、と思《おも》ってこの本《ほん》を読《よ》んでいるなら、すぐにこの本《ほん》を閉《と》じること。そして、親《おや》が君《きみ》の生《う》まれについて語《かた》る嘘《うそ》を信《しん》じて、ふつうの生活《せいかつ》を送《おく》ること。

ハーフは危険《きけん》な目《め》にあう。恐怖《きょうふ》の連続《れんぞく》だし、たいていの場合《ばあい》、苦《くる》しい、いやな死《し》に方《かた》をする。

君《きみ》がふつうの子《こ》で、この本《ほん》を作《つく》り話《ばなし》と思《おも》って読《よ》んでいるなら、けっこう。どんどん読《よ》んでほしい。この本《ほん》のなかみがどれも作《つく》り話《ばなし》だと思《おも》えるなんて、うらやましい。

けど、もしこの本《ほん》を読《よ》んでいて思《おも》い当《あ》たるところがあるなら——みょうな胸騒《むなさわ》ぎがするなら——すぐに読《よ》むのをやめること。君《きみ》もハーフかもしれない。しかも、自分《じぶん》でそれに気《き》づいてしまったら、「やつら」が気《き》づくのも時間《じかん》の問題《もんだい》。君《きみ》をさがしにくる。

おれはちゃんと警告《けいこく》したぞ。

おれの名前《なまえ》はパーシー・ジャクソン。

現在《げんざい》、十二歳《さい》。数《すう》カ月前《げつまえ》まではヤンシー学園《がくえん》の生徒《せいと》だった。ヤンシーはニューヨークの北部《ほくぶ》にある、問題児《もんだいじ》専門《せんもん》の私立《しりつ》の寄宿学校《きしゅくがっこう》だ。

おれが問題児《もんだいじ》かって？

まあ、みんなそう思《おも》っているだろうな。

自分《じぶん》の短《みじか》くみじめな人生《じんせい》からどこを取《と》りだしても、それを証明《しょうめい》できる。けど、ほんとうにやばいことになり始《はじ》めたのは今年《ことし》の五月《がつ》。おれたち六年生全員《ねんせいぜんいん》が校外授業《こうがいじゅぎょう》でマンハッタンに行《い》ったとき——問題児《もんだいじ》ばかり二十八人《にん》の生徒《せいと》と先生《せんせい》ふたりが、黄色《きいろ》いスクールバスに乗《の》って、メトロポリタン美術館《びじゅつかん》に行《い》った。古代《こだい》ギリシャとか古代《こだい》ローマのいろんなものを見《み》に。

そうなんだ——拷問《ごうもん》だろ。ヤンシーの校外授業《こうがいじゅぎょう》のほとんどは拷問《ごうもん》だ。

けど、この校外授業《こうがいじゅぎょう》の引率《いんそつ》は古典《こてん》のブラナー先生《せんせい》だった。だから、ちょっと期待《きたい》していた。

ブラナー先生《せんせい》は中年《ちゅうねん》の男《おとこ》の先生《せんせい》で、電動車椅子《でんどうくるまいす》に乗《の》っている。頭《あたま》が薄《うす》くて、ひげもじゃ。コーヒーのにおいのしみついた、すり切《き》れたツイードのジャケットを着《き》ている。スマートな先生《せんせい》とはいえないけど、授業中《じゅぎょうちゅう》に雑談《ざつだん》をしたり、おもしろいことをいったり、クラスみんなでゲームをさせてくれたりする。ブラナー先生《せんせい》は古代《こだい》ローマ時代《じだい》のよろいかぶとか武器《ぶき》とかのすごいコレクションも持《も》っている。おれもこの先生《せんせい》の授業《じゅぎょう》だけは眠《ねむ》くならない。

だから、今回《こんかい》の校外授業《こうがいじゅぎょう》はだいじょうぶだろう、少《すく》なくとも、今回《こんかい》だけは問題《もんだい》が起《お》きないだろうと思《おも》っていた。

けど、大《おお》はずれ。

そうなんだ、校外授業《こうがいじゅぎょう》に行《い》くと必《かなら》ず問題《もんだい》が起《お》きる。例《たと》えば、五年生《ねんせい》のときに通《かよ》っていた学校《がっこう》でサラトガ戦場跡《せんじょうあと》に行《い》ったときは、独立戦争《どくりつせんそう》で使《つか》われた大砲《たいほう》で大失敗《だいしっぱい》した。スクールバスをねらったわけじゃなかったのに、やっぱり退学《たいがく》になった。で、その前《まえ》は四年生《ねんせい》のときに通《かよ》っていた学校《がっこう》でマリンワールド水族館《すいぞくかん》に行《い》って、サメの水槽《すいそう》の作業《さぎょう》を見《み》にいったとき。クラス全員《ぜんいん》が水槽《すいそう》の上《うえ》に渡《わた》された通路《つうろ》にいるときに、おれが触《さわ》っちゃいけないレバーにちょっとぶつかって、全員《ぜんいん》が予定外《よていがい》の水泳《すいえい》をすることになった。で、その前《まえ》は……まあ、あとは想像《そうぞう》におまかせ。

今回《こんかい》の校外授業《こうがいじゅぎょう》では、おとなしくしているつもりだった。

ニューヨークの街《まち》に着《つ》くまでずっと、ナンシー・ボボフィットにもがまんした。髪《かみ》の毛《け》は真《ま》っ赤《か》で顔《かお》はそばかすだらけ、盗《ぬす》み癖《ぐせ》のあるナンシーは、おれの親友《しんゆう》グローバーの頭《あたま》のうしろに、ピーナッツバター&ケチャップサンドイッチをちぎってはぶつけていた。

グローバーはすぐにいじめの標的《ひょうてき》にされる。グローバーはやせっぽちで、どうしていいかわからなくなると泣《な》きだす。何度《なんど》か留年《りゅうねん》しているはずだ。六年生《ねんせい》で顔《かお》ににきびがあって、あごにうっすらとひげが生《は》えてきているなんてグローバーだけだ。そうそう、グローバーは脚《あし》が悪《わる》い。両脚《りょうあし》の筋肉《きんにく》が何《なに》かの病気《びょうき》で、一生体育《いっしょうたいいく》の授業《じゅぎょう》に出《で》なくていい、って許可《きょか》されている。歩《ある》くときは一歩《いっぽ》ごとに脚《あし》が痛《いた》いみたいな変《へん》な歩《ある》き方《かた》をする。けど、だまされちゃいけない。カフェテリアのメニューにメキシコ料理《りょうり》のエンチラーダがあるときの、あいつの走《はし》りっぷりを見《み》せてやりたい。

それはそうと、グローバーの茶色《ちゃいろ》い巻《ま》き毛《げ》のあちこちに、ナンシーがぶつけたサンドイッチの切《き》れ端《はし》がからみついていた。けど、ナンシーはおれがやり返《かえ》せないのを知《し》っていた。おれは執行猶予期間中《しっこうゆうよきかんちゅう》。校長《こうちょう》から、もしこの校外授業中《こうがいじゅぎょうちゅう》に騒《さわ》ぎを起《お》こしたら、それが愉快《ゆかい》なことだったとしても停学《ていがく》だ、とおどされていた。

「あいつ、殴《なぐ》り倒《たお》してやる」おれはつぶやいた。

グローバーはおれを落《お》ち着《つ》かせようとした。「いいんだ。ぼく、ピーナッツバター、好《す》きだから」

グローバーはひょいっと、また飛《と》んできたナンシーのサンドイッチをよけた。

「だろうな」おれは立《た》とうとしたところでグローバーに椅子《いす》に引《ひ》きもどされた。

「執行猶予中《しっこうゆうよちゅう》でしょ」グローバーは念《ねん》を押《お》した。「何《なに》かあったら自分《じぶん》のせいになるのは、わかってるでしょ?」

今思《いまおも》うと、あのときあの場《ば》でナンシーをぶん殴《なぐ》っておけばよかった。停学《ていがく》なんて、これから話《はな》す騒動《そうどう》とくらべたらなんでもなかった。

ブラナー先生《せんせい》について美術館《びじゅつかん》を見学《けんがく》した。

車椅子《くるまいす》に乗《の》った先生《せんせい》を先頭《せんとう》に、おれたち六年生《ねんせい》は、やたらと響《ひび》きのいい、大《おお》きな展示室《てんじしつ》をいくつも見《み》た。大理石《だいりせき》の像《ぞう》とか、めちゃくちゃ古《ふる》い黒《くろ》とオレンジ色《いろ》のつぼがいっぱい並《なら》んでるガラスケースとかがいくつもあった。

ふと、これって二千年《せんねん》も三千年《ぜんねん》も昔《むかし》のものなんだよな、と思《おも》った。

先生《せんせい》にいわれてみんな石《いし》の円柱《えんちゅう》のまわりに集《あつ》まった。高《たか》さが四メートルくらいあって、上《うえ》には大《おお》きなスフィンクスがのっている。先生《せんせい》が、これは君《きみ》たちと同《おな》じくらいの歳《とし》の女《おんな》の子《こ》のために作《つく》られた墓石《ぼせき》、ステレだ、と説明《せつめい》を始《はじ》めた。柱《はしら》の表面《ひょうめん》の彫《ほ》り物《もの》の説明《せつめい》もしてくれた。おれは先生《せんせい》の話《はなし》に耳《みみ》をかたむけた。なんだかおもしろそうだったから。けど、まわりはみんなしゃべってばっかりいる。「静《しず》かにしろよ」というたびに、おれはもうひとりの引率《いんそつ》の先生《せんせい》、ドッズ先生《せんせい》ににらまれた。

ドッズ先生《せんせい》はジョージア州出身《しゅうしゅっしん》の小柄《こがら》な女《おんな》の先生《せんせい》で、数学《すうがく》を教《おし》えている。もう五十歳《さい》くらいなのに、いつも黒《くろ》い革《かわ》のジャケットを着《き》ている。不良《ふりょう》っぽくて、ハーレーに乗《の》って生徒《せいと》のロッカー室《しつ》につっこんできそうな感《かん》じだ。ドッズ先生《せんせい》は新学年《しんがくねん》が始《はじ》まって何《なん》カ月《げつ》かしてヤンシーに来《き》た。それまでいた数学《すうがく》の先生《せんせい》がノイローゼになったからだ。

ドッズ先生《せんせい》は初日《しょにち》からナンシー・ボボフィットを気《き》に入《い》って、おれを毛嫌《けぎら》いした。かぎづめみたいに曲《ま》がった人《ひと》さし指《ゆび》でおれをさして、「さあ、わかっているわね」と、甘《あま》い甘《あま》い声《こえ》でいう。つまり、これから一《いっ》カ月間放課後居残《げつかんほうかごいのこ》り、ってことだ。

一度《いちど》なんか、ドッズ先生《せんせい》に真夜中《まよなか》まで、古《ふる》い数学《すうがく》の問題集《もんだいしゅう》の答《こた》えを消《け》しゴムで消《け》させられた。そのあとでグローバーに「あれは人間《にんげん》じゃないな」っていったら、グローバーはおれのことを真剣《しんけん》そのものの顔《かお》で見《み》つめて、「ぼくも絶対《ぜったい》そうだと思《おも》う」といった。

ブラナー先生《せんせい》はギリシャの葬式《そうしき》について説明《せつめい》をつづけている。

そのとき、ナンシー・ボボフィットがステレの裸《はだか》の男《おとこ》の彫刻《ちょうこく》を見《み》て下品《げひん》にくすくす笑《わら》った。おれはふりむいていった。「うるさい」

そんなに大《おお》きな声《こえ》を出《だ》したつもりはなかった。

クラスの全員《ぜんいん》が笑《わら》った。ブラナー先生《せんせい》は説明《せつめい》をやめた。

「ジャクソン君《くん》」ブラナー先生《せんせい》がいった。「何《なに》かいいたいことがあるのかな?」

おれは真《ま》っ赤《か》になった。「いいえ、ちがいます」

ブラナー先生《せんせい》はステレに彫《ほ》られた場面《ばめん》のひとつを指《ゆび》さした。「君《きみ》ならこれが何《なに》を表《あらわ》しているかわかるだろう?」

おれはそれをじっと見《み》て、そして、ほっとした。ちゃんとわかったからだ。「ゼウスの父親《ちちおや》クロノスが子《こ》どもたちを食《た》べているところ、ですか?」

「そうだ」先生《せんせい》の表情《ひょうじょう》から、その答《こた》えではまだ足《た》りないのがわかる。「クロノスが子《こ》どもを食《た》べたのは……」

「えーっと……」おれは神経《しんけい》を集中《しゅうちゅう》させて思《おも》い出《だ》そうとした。「クロノスは神々《かみがみ》の王《おう》で、それで——」

「神々《かみがみ》といっても、クロノスはゼウスたちとはちがうんだが、それは知《し》っているかね?」

ブラナー先生《せんせい》聞《き》いた。

「はい。ゼウスやヘラより前《まえ》の神々《かみがみ》はタイタン族《ぞく》と呼《よ》ばれています」おれはいった。「で……クロノスは、神《かみ》である自分《じぶん》の子《こ》どもたちを信用《しんよう》していませんでした。だから、その、クロノスは自分《じぶん》の子《こ》どもたちを食《た》べた、ですよね? けど、クロノスの妻《つま》は生《う》まれたばかりのゼウスを隠《かく》して、クロノスには代《か》わりに石《いし》を飲《の》みこませました。何年《なんねん》もたって、大人《おとな》になったゼウスは父親《ちちおや》のクロノスをだまし、きょうだいたちを吐《は》き出《だ》させました——」

「気持《きも》ちわるー！」うしろにいた女子《じょし》がいった。

「――そうして、神々《かみがみ》とタイタン族《ぞく》のあいだの激《はげ》しい戦《たたか》いが始《はじ》まりました」おれは話《はな》しつづけた。「そして、神々《かみがみ》が勝《か》ちました」

何人《なんにん》かがくすくす笑《わら》った。

うしろのほうで、ナンシーが友《とも》だちにひそひそいっている。「神話《しんわ》なんか実生活《じっせいかつ》で役《やく》に立《た》つわけないのにね。就職試験《しゅうしょくしけん》に出《で》るとでも思《おも》ってるんじゃない？『クロノスがわが子《こ》を食《た》べた理由《りゆう》を説明《せつめい》せよ』とかさ」

「では、ジャクソン君《くん》」ブラナー先生《せんせい》がいった。「ボボフィット君《くん》からの素晴《すば》らしい質問《しつもん》を少《すこ》しいいかえて、神話《しんわ》は実生活《じっせいかつ》において重要《じゅうよう》だろうか？」

「ほら、聞《き》かれてた」グローバーがつぶやいた。

「うるさいわね」ナンシーが小声《こごえ》でいった。顔《かお》が髪《かみ》の毛《け》より真《ま》っ赤《か》になっている。

少《すく》なくとも、ナンシーもブラナー先生《せんせい》にしかられた。ナンシーのにくまれ口《ぐち》を注意《ちゅうい》するのはブラナー先生《せんせい》だけだ。ブラナー先生《せんせい》の耳《みみ》はレーダーみたいだ。

おれは質問《しつもん》を考《かんが》えて、肩《かた》をすくめた。「わかりません」

「そうか」ブラナー先生《せんせい》は残念《ざんねん》そうな顔《かお》をした。「それでは、ジャクソン君《くん》には五十点《てん》だ。ゼウスがクロノスにマスタードとワインを混《ま》ぜたものを食《た》べさせたところ、クロノスは五人《にん》の子《こ》どもを吐《は》き出《だ》した。五人《にん》ともちろん、不死《ふし》の神々《かみがみ》だったために、クロノスのおなかの中《なか》でも消化《しょうか》されず、ちゃんと大人《おとな》に育《そだ》っていた。ゼウスはきょうだいの神々《かみがみ》とともに、父親《ちちおや》クロノスを倒《たお》し、クロノスが持《も》っていた大鎌《おおがま》でクロノスを切《き》り刻《きざ》み、それをタルタロスにまき散《ち》らした。タルタロスは冥界《めいかい》にある、いちばん暗《くら》い場所《ばしょ》だ。めでたしめでたし、ということろで、昼食《ちゅうしょく》の時間《じかん》にしよう。ドッズ先生《せんせい》、みんなを外《そと》に案内《あんない》してくれますか?」

みんなばらばらになった。女子《じょし》はすきっ腹《ぱら》に手《て》をあて、男子《だんし》はおたがいに押《お》しあいながらふざけている。

おれとグローバーもみんなについて行《い》こうとしたら、ブラナー先生《せんせい》に呼《よ》びとめられた。

「ジャクソン君《くん》」

やっぱり来《き》たか。

グローバーに、先《さき》に行《い》っててくれ、といってから、おれはブラナー先生《せんせい》のほうをむいた。

「なんですか?」

ブラナー先生《せんせい》はいつもの、生徒《せいと》にいやといわせない顔《かお》つきだった——茶色《ちゃいろ》い瞳《ひとみ》で、何千年《なんぜんねん》も生《い》きて何《なに》もかもお見通《みとお》し、って感《かん》じの厳《きび》しい視線《しせん》で人《ひと》を見《み》る。

「さっきの質問《しつもん》に対《たい》する答《こた》えを考《かんが》えておきなさい」ブラナー先生《せんせい》はいった。

「タイタン族《ぞく》のことですか?」

「実生活《じっせいかつ》についてだ。君《きみ》の学《まな》んだことを、実生活《じっせいかつ》にどう役立《やくだ》てるか、ということだ」

「はあ」

「君《きみ》が古典《こてん》の授業《じゅぎょう》で学《まな》んだことは、君《きみ》の生死《せいし》を左右《さゆう》する。それをよく肝《きも》に命《めい》じておくことだ。パーシー・ジャクソン、君《きみ》はもっとがんばれるはずだ」

おれは怒《おこ》りたいくらいだった。先生《せんせい》はおれに期待《きたい》しすぎだ。

ていうか、たしかに、数日間《すうじつかん》の勝《か》ち抜《ぬ》き戦《せん》はけっこうおもしろい。先生《せんせい》は古代《こだい》ローマのよろいかぶとを身《み》にまとって、大声《おおごえ》で「突撃《とつげき》!」と叫《さけ》びながら、剣先《けんさき》にチョークを刺《さ》して、生徒《せいと》たちに問題《もんだい》を出《だ》す。おれたちは黒板《こくばん》のところに走《はし》っていって、歴史《れきし》に出《で》てきた古代《こだい》ギリシャや古代《こだい》ローマの人《ひと》の名前《なまえ》、その人々《ひとびと》の母親《ははおや》の名前《なまえ》、その人《ひと》が信《しん》じていた神《かみ》の名前《なまえ》を書《か》けるだけ書《か》く。けど、ブラナー先生《せんせい》はおれにもみんなと同《おな》じことをやらせる。おれは難《なん》読症《どくしょう》（訳注《やくちゅう》：文字《もじ》を読《よ》んだり表現《ひょうげん》したりするのに不自由《ふじゆう》さを感《かん》じること）で、ＡＤＨＤ（訳注《やくちゅう》：注意《ちゅうい》欠陥多動性障害《けっかんたどうせいしょうがい》）で、生《う》まれてから一度《いちど》もＣマイナスよりいい成績《せいせき》をとったことがないっていうのに。いや――同《おな》じことをやらせるだけじゃない。みんなを超《こ》えろ、っていう。おれには名前《なまえ》も出来事《できごと》も完璧《かんぺき》に覚《おぼ》えられないんだから、それを正《ただ》しく書《か》くなんて無理《むり》なのに。

おれが、もっとがんばってみます、とかなんとかもごもごいっていると、ブラナー先生《せんせい》は悲《かな》しげな顔《かお》でステレを見《み》つめていた。まるで、その女《おんな》の子《こ》の葬式《そうしき》に出《で》たことがあるみたいな表情《ひょうじょう》だった。

先生《せんせい》はおれに、おもてに出《で》て昼食《ちゅうしょく》を食《た》べてきなさい、といった。

クラスのみんなは美術館《びじゅつかん》の前《まえ》の階段《かいだん》のあちこちでお昼《ひる》を食《た》べていた。そこからは五番街《ばんがい》を行《ゆ》き交《か》う人《ひと》や車《くるま》が見《み》えた。

空《そら》を見《み》ると、嵐《あらし》になりそうだった。ニューヨークの空《そら》にこんな真《ま》っ黒《くろ》な雲《くも》がかかっているのは初《はじ》めて見《み》た。たぶん、地球温暖化《ちきゅうおんだんか》かなんかのせいだろう。クリスマスからずっとニューヨーク州《しゅう》の天気《てんき》は不気味《ぶきみ》な感《かん》じだ。大雪《おおゆき》が降《ふ》ったり、洪水《こうずい》になったり、落雷《らくらい》で山火《やまか》事《じ》が起《お》こったりしている。今《いま》ハリケーンが来《き》てる、って聞《き》いても驚《おどろ》いたりしない。ほかのだれも天気《てんき》のことなんか気《き》にしていないみたいだった。男子《だんし》が何人《なんにん》か、ハトにクラッカーをぶつけている。ナンシーが女《おんな》の人《ひと》のポケットから何《なに》かすろうとしてるのに、もちろん、ドッズ先生《せんせい》はちっとも気《き》づいてない。

おれとグローバーはみんなと離《はな》れて噴水《ふんすい》の縁《ふち》に座《すわ》った。そうすれば、おれたちが「あの」学校《がっこう》の生徒《せいと》とは思《おも》われないだろう、と思《おも》ったから――ほかの場所《ばしょ》では何《なに》もできない負《ま》け犬学校《いぬがっこう》の生徒《せいと》だとは。

「居残《いのこ》り？」グローバーがいった。

「いや。ブラナー先生《せんせい》は居残《いのこ》りはさせない。だけど、あの先生《せんせい》おれをほっといてくれないかな、ってときどき思《おも》うんだ。ていうか――おれ、天才《てんさい》じゃないし」

グローバーはしばらく黙《だま》ったままだった。で、そろそろ何《なに》か難《むずか》しい哲学的《てつがくてき》なことをいってておれをなぐさめてくれるんじゃないかな、と思《おも》ったところでこういわれた。「そのリンゴ、もらっていい？」

おれはあまり食欲《しょくよく》がなかったから、グローバーにリンゴをやった。

五番街《ばんがい》をタクシーがつぎつぎと走《はし》っていく。それを見《み》ていて、母《かあ》さんがいるアパートのことを思《おも》った。おれが今《いま》、座《すわ》っているここから、少《すこ》し郊外《こうがい》に行《い》ったところにある。母《かあ》さんにはクリスマスから会《あ》っていない。無性《むしょう》にタクシーに飛《と》び乗《の》って、家《いえ》に帰《かえ》りたくなった。母《かあ》さんはおれを抱《だ》きしめて、会《あ》えてうれしい、っていうだろう。けど、がっかりもするだろう。すぐにおれをヤンシーに帰《かえ》らせて、もっとがんばらなきゃだめよ、っていうだろうな。この六年間《ねんかん》でおれの通《かよ》った学校《がっこう》はヤンシーが六校目《こうめ》で、そのうちにまた退学《たいがく》になるとしても。母《かあ》さんの悲《かな》しそうな顔《かお》は見《み》たくない。

ブラナー先生《せんせい》は車椅子《くるまいす》に乗《の》ったまま、車椅子《くるまいす》用《よう》のスロープの下《した》にいた。セロリをかじりながらペーパーバックの小説《しょうせつ》を読《よ》んでいる。車椅子《くるまいす》のうしろに赤《あか》い傘《かさ》がさしてある。移動《いどう》式《しき》のカフェのテーブルみたいだ。

おれが自分《じぶん》のサンドイッチの包《つつ》みをあけようとすると、ナンシーがぶさいくな友《とも》だち連《づ》れでおれたちの前《まえ》に現《あらわ》れた——観光客《かんこうきゃく》からスリをするのにあきたんだろう——そして、食《た》べかけのサンドイッチをグローバーの膝《ひざ》の上《うえ》に落《お》とした。

「あらら」ナンシーはおれの顔《かお》を見《み》てにやにや笑《わら》った。歯並《はなら》びは悪《わる》いし、そばかすはオレンジ色《いろ》のスプレーをかけたような色《いろ》だ。

おれは冷静《れいせい》にしていようと思《おも》った。カウンセラーの先生《せんせい》から何万回《なんまんかい》も「十数《かぞ》えて、怒《いか》りをしずめなさい」といわれた。けど、むちゃくちゃ頭《あたま》に来《き》て、頭《あたま》の中《なか》が真《ま》っ白《しろ》になった。耳《みみ》の奥《おく》で大波《おおなみ》が轟音《ごうおん》を立《た》てた。

ナンシーに触《さわ》った覚《おぼ》えはない。けど、気《き》づいたら、ナンシーが噴水《ふんすい》の中《なか》でしりもちをついて、わめいていた。「パーシーがつき飛《と》ばした！」

ドッズ先生《せんせい》がすぐに飛《と》んできた。

生徒《せいと》が何人《なんにん》かひそひそいっている。「見《み》た？──」

「──水《みず》が──」

「──ナンシーをつかんで──」

みんなが何《なに》をいっているのかわからなかった。たしかなのは、自分《じぶん》がまた問題《もんだい》を起《お》こした、ってことだけ。

ドッズ先生《せんせい》は、かわいそうなナンシーちゃんが無事《ぶじ》なことをたしかめ、美術館《びじゅつかん》の売店《ばいてん》で新《あたら》しいシャツを買《か》ってあげるから、と約束《やくそく》などをすませたとたん、今度《こんど》はおれを責《せ》める番《ばん》になった。ドッズ先生《せんせい》の目《め》には勝利《しょうり》の炎《ほのお》が燃《も》えている。私《わたし》が今学期中《こんがっきちゅう》ずっと待《ま》っていたことをよくやってくれたわね、とでもいうかのように。「さあ、わかっているわね」

「わかってます」おれはふてくされていった。「一《いっ》カ月間《げつかん》、問題集《もんだいしゅう》の答《こた》え消《け》し」

まずい答《こた》え方《かた》をしてしまった。

「私《わたし》といっしょにいらっしゃい」ドッズ先生《せんせい》がいった。

「待《ま》って！」グローバーがかん高《だか》い声《こえ》でいった。「ぼくです。ぼくが、ナンシーをつき飛《と》ばしたんです」

おれは驚《おどろ》いてグローバーを見《み》た。グローバーがおれをかばおうとするなんて信《しん》じられない。グローバーはドッズ先生《せんせい》を死《し》ぬほど怖《こわ》がってるのに。

先生《せんせい》ににらまれて、グローバーのうっすらひげの生《は》えたあごが震《ふる》えている。

「それはちがうでしょう。アンダーウッド君《くん》」先生《せんせい》がいった。

「だけど——」

「あなたは——ここに——いな——さい」

グローバーは絶望《ぜつぼう》しきった顔《かお》でおれを見《み》た。

「だいじょうぶだって」おれはグローバーにいった。「かばってくれて、ありがとな」

「わかっているわね」ドッズ先生《せんせい》はきつい口調《くちょう》でいった。「さあ」

ナンシーがほくそ笑《え》んでいる。

おれは「あとで殺《ころ》してやる」視線《しせん》の豪華版《ごうかばん》でナンシーをにらんでやった。ドッズ先生《せんせい》のほうをむくと、先生《せんせい》はそこにいなかった。先生《せんせい》はもう階段《かいだん》のいちばん上《うえ》、美術館《びじゅつかん》の入《い》り口《ぐち》に立《た》って、いらいらして手《て》まねきをしている。

どうやってそんなに早《はや》く移動《いどう》したんだ？

こういう経験《けいけん》なら今《いま》までに何度《なんど》もあった。脳《のう》が眠《ねむ》るかなんかして、はっと気《き》づくと何《なに》かを見逃《みのが》している。パズルのピースの一個《いっこ》がこの宇宙《うちゅう》からふと消《き》えたあと、それがあった場所《ばしょ》をじっと見《み》つめているみたいな感《かん》じだ。カウンセラーの先生《せんせい》によると、それはＡＤＨＤの症状《しょうじょう》で、おれの脳《のう》がまちがった解釈《かいしゃく》をしているらしい。

ほんとうにそうかどうかはわからない。

おれはドッズ先生《せんせい》のあとを追《お》った。

階段《かいだん》を半分《はんぶん》くらい上《あ》がったところで、ちらっとグローバーのほうをふり返《かえ》ってみた。グローバーは青《あお》ざめた顔《かお》で、視線《しせん》をおれからブラナー先生《せんせい》、ブラナー先生《せんせい》からおれ、と忙《いそが》しく動《うご》かしている。ブラナー先生《せんせい》、この騒《さわ》ぎに気《き》づいてください、って感《かん》じだ。けど、ブラナー先生《せんせい》は小説《しょうせつ》にむちゅうだ。

おれは階段《かいだん》の上《うえ》に目《め》をもどした。ドッズ先生《せんせい》の姿《すがた》がまた消《き》えた。今度《こんど》はもう美術館《びじゅつかん》の中《なか》だ。玄関《げんかん》ホールの奥《おく》にいる。

なるほど。売店《ばいてん》でおれに、ナンシーのためにシャツを買《か》わせるつもりだな。

けど、実際《じっさい》はそうじゃなかった。

ドッズ先生《せんせい》はどんどん美術館《びじゅつかん》の奥《おく》のほうまで進《すす》んでいく。おれがやっと追《お》いつくと、そこはさっき来《き》た古代《こだい》ギリシャ、古代《こだい》ローマの部屋《へや》だった。

この部屋《へや》にはおれとドッズ先生《せんせい》だけだった。

ドッズ先生《せんせい》は腕組《うでぐ》みをして、古代《こだい》ギリシャの女神像《めがみぞう》が彫《ほ》られた大《おお》きな大理石《だいりせき》の壁《かべ》の前《まえ》に立《た》った。先生《せんせい》はのどの奥《おく》から不気味《ぶきみ》な声《こえ》を出《だ》している。犬《いぬ》がうなっているみたいだ。

その声《こえ》がなくてもおれは不安《ふあん》だった。先生《せんせい》とふたりきりなんて、とくにドッズ先生《せんせい》みたいな相手《あいて》とふたりきりなんて、それだけで不気味《ぶきみ》だ。先生《せんせい》がその大理石《だいりせき》の壁《かべ》を見《み》る目《め》つきなんて、これを粉々《こなごな》にしてやりたい、って感《かん》じ……。

「あなたにはずいぶん手《て》こずらされてきた。わかっているわね」ドッズ先生《せんせい》はいった。身《み》の安全《あんぜん》のために「はい、先生《せんせい》」とこたえた。

先生《せんせい》は革《かわ》のジャケットのそで口《ぐち》を引《ひ》っぱってのばした。「本気《ほんき》で逃《に》げられると思《おも》っていたの？」

先生《せんせい》の目《め》つきは怒《いか》りをとおりこしている。悪人《あくにん》の目《め》つきそのものだ。この人《ひと》は先生《せんせい》じゃないか、とおれはびくびくしながら考《かんが》えた。おれに危害《きがい》を加《くわ》えるはずがない。

「おれ——もっとがんばります」

雷鳴《らいめい》に美術館《びじゅつかん》が震《ふる》えた。

「私《わたし》たちはバカじゃないのよ、パーシー・ジャクソン。遅《おそ》かれ早《はや》かれ、あなたは見《み》つかることになっていたの。白状《はくじょう》なさい。そうすれば、そう痛《いた》い目《め》にはあわせないから」

なんのことをいってるんだ？

思《おも》いあたるのは、おれが寮《りょう》の自分《じぶん》の部屋《へや》でこっそり売《う》っていたキャンディーの隠《かく》し場所《ばしょ》がばれたのかな、ってことくらい。いや、ひょっとしたら、おれが課題《かだい》の『トム・ソーヤ』を読《よ》まないで、インターネットから感想文《かんそうぶん》を写《うつ》したのがばれて、落第《らくだい》させるつもりかも。運《うん》が悪《わる》ければ、『トム・ソーヤ』を読《よ》め、っていわれるかも。

「どうなの？」先生《せんせい》がうながした。

「先生《せんせい》、おれ、べつに……」

「時間切《じかんぎ》れよ」きつい口調《くちょう》でささやくようにいう。

不気味《ぶきみ》としかいいようのないことが起《お》こった。先生《せんせい》の両目《りょうめ》が、赤《あか》く燃《も》える炭《すみ》のように光《ひか》りはじめた。手《て》の指《ゆび》がのびてかぎづめになり、革《かわ》のジャケットは溶《と》けて大《おお》きな革《かわ》の翼《つばさ》になった。先生《せんせい》は人間《にんげん》じゃなくなった。コウモリの翼《つばさ》とかぎづめを持《も》ち、口《くち》には黄色《きいろ》くとがった歯《は》の並《なら》ぶ、しわだらけのばあさんになって、今《いま》にもおれをぼろきれのように引《ひ》き裂《さ》こうとしている。

そのとき、もっと奇妙《きみょう》なことが起《お》こった。

ついさっきまで美術館《びじゅつかん》の外《そと》にいたはずのブラナー先生《せんせい》が、車椅子《くるまいす》を動《うご》かして部屋《へや》の入《い》り口《ぐち》から入《はい》ってきた。手《て》にはボールペンを持《も》っている。

「パーシー、突撃《とつげき》だ！」ブラナー先生《せんせい》はそう叫《さけ》び、ペンをほうった。

ドッズ先生《せんせい》がおれに飛《と》びかかってきた。

おれは短《みじか》い悲鳴《ひめい》をあげてかわした。かぎづめが、おれの耳《みみ》のすぐそばの空気《くうき》を切《き》り裂《さ》いた。おれは宙《ちゅう》を飛《と》んできたボールペンをつかんだ。けど、手《て》にあたった瞬間《しゅんかん》、それはボールペンじゃなくなった。剣《けん》だ——ブラナー先生《せんせい》の青銅《せいどう》の剣《けん》。先生《せんせい》が勝《か》ち抜《ぬ》き戦《せん》のときにいつも使《つか》っているやつだった。

ドッズ先生《せんせい》がくるりとおれのほうにむき直《なお》った。殺人鬼《さつじんき》のような目《め》つきだ。

おれは膝《ひざ》ががくがくだった。手《て》もぶるぶる震《ふる》えて、剣《けん》を落《お》としそう。

ドッズ先生《せんせい》がうなるようにいった。「死《し》んでおしまい！」

そして、飛《と》びかかってきた。

いいようのない恐怖《きょうふ》がおれの体《からだ》をつきぬけた。たったひとつ、頭《あたま》に浮《う》かんだ行動《こうどう》をとるしかなかった。剣《けん》をふりあげた。

ふり下《お》ろした青銅《せいどう》の刃《は》が、ドッズ先生《せんせい》の肩《かた》から、すっと体《からだ》を切《き》り裂《さ》いた。まるで先生《せんせい》の体《からだ》は水《みず》でできているみたいだった。シュルルル！

ドッズ先生《せんせい》は扇風機《せんぷうき》の前《まえ》の砂《すな》の城《しろ》みたいに、散《ち》って黄色《きいろ》い粉《こな》になり、そのまま消《き》えた。あとに残《のこ》ったのは硫黄《いおう》のにおいと、断末魔《だんまつま》の叫《さけ》び声《ごえ》と、ぞくっとする冷気《れいき》だけだ。あの赤《あか》く燃《も》えるふたつの目《め》が、まだおれを見《み》つめている感《かん》じだった。

おれはひとりきりだった。

手《て》の中《なか》にはボールペン。

ブラナー先生《せんせい》はいない。だれもいなかった。

おれはまだ手《て》が震《ふる》えていた。昼《ひる》に食《た》べたものに、幻覚作用《げんかくさよう》のある毒《どく》キノコか何《なに》かが混《ま》じっていたにちがいない。

全部幻覚《ぜんぶげんかく》だったのか？

おれは美術館《びじゅつかん》の外《そと》に出《で》た。

雨《あめ》が降《ふ》りだしていた。

グローバーが噴水《ふんすい》のそばに座《すわ》って、美術館《びじゅつかん》の地図《ちず》を屋根《やね》みたいにかぶっている。ナンシーもまだそこに立《た》っていた。噴水《ふんすい》に落《お》ちてびしょ濡《ぬ》れのまま、ぶさいくな友《とも》だちに文句《もんく》をいっている。ナンシーはおれに気《き》づいた。「カー先生《せんせい》にむちでお尻《しり》をたたかれた？」

おれはいった。「だれに？」

「先生《せんせい》によ、バカ！」

おれは目《め》をぱちくりさせた。カーなんていう名前《なまえ》の先生《せんせい》はいない。おまえ、何《なに》いってるんだと、おれはナンシーに聞《き》いた。

ナンシーはあきれた顔《かお》をして、どこかに行《い》ってしまった。

おれはグローバーに、ドッズ先生《せんせい》はと聞《き》いてみた。

「何先生《なにせんせい》？」

けど、グローバーは返事《へんじ》の前《まえ》に一瞬《いっしゅん》考《かんが》えた。それに、おれの目《め》を見《み》ようとしなかったから、からかっているんだろうと思《おも》った。

「ふざけるなよ。こっちはまじめに聞《き》いてんだ」

頭上《ずじょう》で雷鳴《らいめい》がとどろいた。

ブラナー先生《せんせい》は、というと、赤《あか》い傘《かさ》の下《した》で本《ほん》を読《よ》んでいる。一歩《いっぽ》も動《うご》いていません、って感《かん》じだ。

おれはブラナー先生《せんせい》のほうに歩《ある》いていった。

先生《せんせい》が顔《かお》をあげた。じゃまされて少《すこ》し迷惑《めいわく》そうだ。「おや、それは私《わたし》のボールペンじゃないか。ジャクソン君《くん》、これからはちゃんと自分《じぶん》の筆記具《ひっきぐ》を持《も》ってきなさい」

おれはブラナー先生《せんせい》にボールペンを返《かえ》した。自分《じぶん》がまだそれを握《にぎ》っていたことに、たった今気《いまき》づいたくらいだった。

「先生《せんせい》」おれはいった。「ドッズ先生《せんせい》は?」

ブラナー先生《せんせい》はきょとんとした顔《かお》でおれを見《み》つめた。「だれだって?」

「もうひとりの引率《いんそつ》の先生《せんせい》です。ドッズ先生《せんせい》です。数学《すうがく》の先生《せんせい》の」

ブラナー先生《せんせい》は眉間《みけん》にしわを寄《よ》せて、前《まえ》かがみになった。少《すこ》し心配《しんぱい》そうな顔《かお》をしている。

「パーシー、ここにはドッズなんていう先生《せんせい》はいないよ。私《わたし》の知《し》るかぎり、ヤンシー学園《がくえん》にドッズという名前《なまえ》の先生《せんせい》がいたことはない。君《きみ》、気《き》はたしかかい?」

第《だい》2章《しょう》　運命《うんめい》の三女神《めがみ》、死《し》の靴下《くつした》を編《あ》む

不気味《ぶきみ》な体験《たいけん》なら何度《なんど》かしたことがあるけど、そういうのはだいたいすぐに終《お》わる。このノンストップの幻覚《げんかく》にはお手上《てあ》げだった。学年末《がくねんまつ》までずっと、学園全体《がくえんぜんたい》にからかわれているみたいな感《かん》じだった。生徒《せいと》はみんな、カー先生《せんせい》——あの日《ひ》の校外授業《こうがいじゅぎょう》の終《お》わりにバスに乗《の》りこんできた、おれは初《はじ》めて見《み》る、元気《げんき》のいい金髪《きんぱつ》の女《おんな》の先生《せんせい》——が完全《かんぜん》に、ぜったいに、クリスマス以来《いらい》いる数学《すうがく》の先生《せんせい》だと信《しん》じきっているふりをしていた。

おれは何度《なんど》も、だれかの前《まえ》でいきなりドッズ先生《せんせい》の名前《なまえ》を持《も》ちだしてみた。だれかボロを出《だ》すんじゃないかと思《おも》って。けど、みんな、おまえ頭《あたま》がおかしいんじゃないか、って顔《かお》でこっちを見《み》るだけだった。

おれももう少《すこ》しで信《しん》じそうになっていた——ドッズ先生《せんせい》なんて存在《そんざい》しなかった、と。

もう少《すこ》しで。

けど、グローバーはうそが下手《へた》だった。グローバーの前《まえ》で「ドッズ」という名前《なまえ》を口《くち》にすると、グローバーはうろたえて、それから、そんな先生《せんせい》いなかった、といった。けど、おれにはグローバーがうそをついているのがわかった。

何《なに》かあやしい。メトロポリタン美術館《びじゅつかん》で何《なに》かがあったにちがいない。

昼間《ひるま》はあまり考《かんが》えるひまがなかったけど、夜《よる》になると、かぎづめと革《かわ》の翼《つばさ》を持《も》ったドッズ先生《せんせい》の姿《すがた》がよみがえって、冷《ひ》や汗《あせ》びっしょりで目《め》を覚《さ》ました。

異常気象《いじょうきしょう》はつづいていた。それでもおれの気分《きぶん》はよくならなかった。ある夜《よる》、雷《かみなり》が鳴《な》って、寮《りょう》の部屋《へや》の窓《まど》に激《はげ》しい雨《あめ》が吹《ふ》きつけた。その数日後《すうじつご》には、これまでハドソンヴァレーに来《き》た中《なか》で最大《さいだい》の竜巻《たつまき》が、ヤンシー学園《がくえん》からほんの八十キロのところまで来《き》た。社会科《しゃかいか》の授業《じゅぎょう》で学《まな》んだ最近《さいきん》の出来事《できごと》のひとつには、この年《とし》、突然《とつぜん》のスコールで大西洋《たいせいよう》に落《お》ちた小型《こがた》飛行機《ひこうき》の数《かず》は異常《いじょう》に多《おお》い、なんていうのもあった。

おれはほとんどいつも機嫌《きげん》が悪《わる》く、いらいらするようになってきた。成績《せいせき》はオールDから下《さ》がってオールFになった。ナンシーやその仲間《なかま》とのいさかいも多《おお》くなった。おれはほとんど毎時間《まいじかん》、教室《きょうしつ》の外《そと》に立《た》たされた。

ついに、英語《えいご》のニコル先生《せんせい》から、それまでにも何万回《なんまんかい》もいわれていた「いつもそうなまけてばかりいないで、ちゃんと小《しょう》テストの勉強《べんきょう》をしろ」というせりふをまたいわれた。おれはプチンと切《き》れて、「もうろくジジイ」といい返《かえ》した。その言葉《ことば》の意味《いみ》は知《し》らなかったけど、ニコル先生《せんせい》にはふさわしい気《き》がしたからだ。

次《つぎ》の週《しゅう》、校長先生《こうちょうせんせい》は母《かあ》さんに手紙《てがみ》を送《おく》った。正式《せいしき》の通知《つうち》。当学園《とうがくえん》は来年度《らいねんど》から息子《むすこ》さんを受《う》け入《い》れることはできません。

いいですよ。おれは心《こころ》の中《なか》でいった。ぜんぜんいいですよ。

おれはホームシックだった。

アパーイーストサイドの小《ちい》さなアパートで、母《かあ》さんといっしょに暮《く》らしたかった。けど、そのためには、公立学校《こうりつがっこう》に通《かよ》って、大《だい》きらいな義理《ぎり》の父親《ちちおや》やそいつのバカなポーカー仲間《なかま》にたえなきゃならない。

それに……ヤンシーにはいいところもある。寮《りょう》の部屋《へや》の窓《まど》から見《み》える森《もり》とか、遠《とお》くに見《み》えるハドソン川《がわ》とか、松《まつ》の木《き》のにおいとか。グローバーと別《わか》れるのもさびしい。グローバーはちょっと変《か》わっているけど親友《しんゆう》だ。九月《がつ》からおれがいなくなってもやっていけるかどうか、心配《しんぱい》だ。

それから、古典《こてん》の授業《じゅぎょう》も――ブラナー先生《せんせい》の熱《あつ》い勝《か》ち抜《ぬ》き戦《せん》ともお別《わか》れ。君《きみ》は頭《あたま》のいい生徒《せいと》だと信《しん》じている、という先生《せんせい》の言葉《ことば》も聞《き》けなくなる。

学年末《がくねんまつ》テストが近《ちか》づくと、おれは古典《こてん》のテスト勉強《べんきょう》だけした。古典《こてん》は君《きみ》の生死《せいし》を左右《さゆう》する、といったブラナー先生《せんせい》の言葉《ことば》を忘《わす》れていなかった。どうしてかはわからないけど、先《せん》生《せい》を信《しん》じるようになっていた。

学年末《がくねんまつ》テストの前《まえ》の晩《ばん》、いらいらして『ギリシャ神話入門《しんわにゅうもん》』を部屋《へや》の壁《かべ》に投《な》げつけた。単語《たんご》がページから浮《う》かびあがってきて、頭《あたま》のまわりをぐるぐるまわって、文字《もじ》の一個一個《いっこいっこ》が百八十度回転《どかいてん》をはじめたからだ。ケイロンとカロンのちがいなんてどうやったって覚《おぼ》えられないし、ポリュデクテスとポリデューシーズのちがいだってわからない。それに、これらのラテン語《ご》の動詞《どうし》を活用《かつよう》させせろだって？　やめてくれ。

部屋《へや》をうろうろ歩《ある》きまわった。シャツの中《なか》でアリが何匹《なんびき》ももぞもぞしてる気分《きぶん》だ。

ふと、ブラナー先生《せんせい》の真剣《しんけん》な表情《ひょうじょう》を、千年《せんねん》も生《い》きているみたいな瞳《ひとみ》を思《おも》い出《だ》した。

〈パーシー・ジャクソン、君《きみ》はもっとがんばれるはずだ〉

おれは大《おお》きく深呼吸《しんこきゅう》して、『ギリシャ神話入門《しんわにゅうもん》』を拾《ひろ》いあげた。

今《いま》まで一度《いちど》も先生《せんせい》に相談《そうだん》にいったことなんかないけど、ブラナー先生《せんせい》のところに行《い》ったら何《なに》かヒントをくれるかもしれない。少《すく》なくとも、古典《こてん》のテストでもらいそうな黒々《くろぐろ》としたFの言《い》い訳《わけ》ができるかもしれない。ヤンシー学園《がくえん》を去《さ》る前《まえ》に、おれが努力《どりょく》したことはブラナー先生《せんせい》に知《し》ってもらいたかった。

おれは先生《せんせい》たちの個室《こしつ》がある階《かい》におりていった。ほとんどの部屋《へや》は真《ま》っ暗《くら》でだれもいなかったけど、ブラナー先生《せんせい》の部屋《へや》は少《すこ》しドアがあいていて、ドアの小窓《こまど》からの明《あ》かりが廊《ろう》下《か》の床《ゆか》に長細《ながほそ》く映《うつ》っていた。

あと三歩《ぽ》でドアの取《と》っ手《て》に手《て》が届《とど》く、というところで、中《なか》から人《ひと》の声《こえ》が聞《き》こえた。ブラナー先生《せんせい》が何《なに》かいった。こたえたのは明《あき》らかにグローバーの声《こえ》だ。「……パーシーのことが心配《しんぱい》です」

おれはかたまった。

ふだんなら立《た》ち聞《ぎ》きなんてしない。けど、聞《き》かずにいられるか？　自分《じぶん》のことで親友《しんゆう》が大人《おとな》と話《はな》してるんだ。

おれはじりじりっと近《ちか》づいた。

「……夏休《なつやす》みは無防備《むぼうび》になります」グローバーがしゃべっている。「まさか、学校《がっこう》に復讐《ふくしゅう》の女神《めがみ》が来《く》るなんて！　ぼくたちが気《き》づいたってことは、やつらだって——」

「せかしては、状況《じょうきょう》が悪《わる》くなるだけだ」ブラナー先生《せんせい》がいった。「パーシーにはもっと大人《おとな》になってもらわなくては」

「だけど、時間《じかん》がないんです。最終期限《さいしゅうきげん》はこの夏至《げし》——」

「パーシー抜《ぬ》きでなんとかするしかないだろう。今《いま》のところは知《し》らないままでそっとしておいてやるんだ」

「先生《せんせい》、パーシーは復讐《ふくしゅう》の女神《めがみ》を見《み》てしまった……」

「幻覚《げんかく》だ」ブラナー先生《せんせい》はきっぱりいった。「生徒《せいと》や先生《せんせい》たちにはミストをかけた。パーシーもまわりのいうことを信《しん》じざるをえないだろう」

「先生《せんせい》、ぼく……二度《にど》と任務《にんむ》をしくじりたくないんです」グローバーはせっぱつまった声《こえ》でいった。「どういうことかおわかりだと思《おも》いますけど」

「グローバー、君《きみ》の失敗《しっぱい》じゃない」ブラナー先生《せんせい》がやさしくいった。「私《わたし》があの数学教師《すうがくきょうし》の正体《しょうたい》に気《き》づくべきだったんだ。とにかく、パーシーがこの夏《なつ》を生《い》きのびられるかどうか心配《しんぱい》だ――」

神話《しんわ》の本《ほん》がおれの手《て》から落《お》ち、廊下《ろうか》の床《ゆか》の上《うえ》で大《おお》きな音《おと》を立《た》てた。

ブラナー先生《せんせい》が話《はな》すのをやめた。

心臓《しんぞう》をどきどきいわせながら、おれは教科書《きょうかしょ》を拾《ひろ》いあげ、あとずさった。

ブラナー先生《せんせい》の部屋《へや》のドアの小窓《こまど》のむこうを人影《ひとかげ》が横切《よこぎ》った。おれが知《し》っている車椅子《くるまいす》の先生《せんせい》より背《せ》が高《たか》い人影《ひとかげ》で、弓《ゆみ》のようなものを持《も》っている。

おれはいちばん近《ちか》くのドアを細《ほそ》くあけ、そっと中《なか》にもぐりこんだ。

その数秒後《すうびょうご》、パカッパカッとゆっくり歩《ある》く音《おと》が聞《き》こえた。角材《かくざい》が床《ゆか》にあたるみたいなくぐもった音《おと》だ。それから、動物《どうぶつ》が鼻《はな》を鳴《な》らすみたいな音《おと》が、おれのいる部屋《へや》のすぐ外《そと》で聞《き》こえた。ドアにある小窓《こまど》のむこうで、黒《くろ》く大《おお》きなものが立《だ》ちどまり、そして、また歩《ある》きだした。

おれの首筋《くびすじ》を大粒《おおつぶ》の汗《あせ》が伝《つた》った。

廊下《ろうか》のどこかからブラナー先生《せんせい》の声《こえ》が聞《き》こえた。「だれもいない」そうつぶやいた。「このあいだの冬至《とうじ》からどうも神経《しんけい》がおかしくてね」

「ぼくもです」グローバーがいった。「けれど、ぼくはほんとうに……」

「寮《りょう》にもどりなさい」ブラナー先生《せんせい》がグローバーにいった。「明日《あす》は朝《あさ》からずっとテストを受《う》けなくてはならないのだろう」

「それはいわないでください」

ブラナー先生《せんせい》の部屋《へや》の明《あ》かりが消《き》えた。

おれは真《ま》っ暗《くら》な中《なか》で待《ま》った。永遠《えいえん》に待《ま》つことになりそうな気《き》がした。

かなりたってから、廊下《ろうか》に出《で》て、寮《りょう》にもどった。

グローバーはベッドの上《うえ》に寝《ね》そべって、ずっとそうしてました、って感《かん》じで古典《こてん》の勉強《べんきょう》をしている。

「ねえ」グローバーが眠《ねむ》そうな目《め》でいった。「テスト勉強《べんきょう》、かんぺき？」

おれは返事《へんじ》をしなかった。

「ひどい顔《かお》してるよ」グローバーは眉《まゆ》をひそめた。「だいじょうぶ？」

「ちょっと……つかれてるだけ」

グローバーに表情《ひょうじょう》を見《み》られないように顔《かお》をそむけて、寝《ね》るしたくをはじめた。

さっき下《した》で聞《き》いた内容《ないよう》が理解《りかい》できなかった。全部《ぜんぶ》夢《ゆめ》だと思《おも》いたかった。

けど、ひとつだけはっきりしていることがある。グローバーがおれのいないところで、ブラナー先生《せんせい》とおれのことを話《はな》していた。おれが何《なに》か危険《きけん》にさらされている、という話《はなし》だった。


次《つぎ》の日《ひ》の午後《ごご》、たっぷり三時間《じかん》の古典《こてん》のテストを終《お》えて、つづりをまちがって書《か》いたギリシャ人《じん》やローマ人《じん》の名前《なまえ》で目《め》をちかちかさせながら教室《きょうしつ》から出《で》ようとしたところで、ブラナー先生《せんせい》に呼《よ》びとめられた。

一瞬《いっしゅん》、昨日《きのう》の夜《よる》の立《た》ち聞《ぎ》きがばれたのかと心配《しんぱい》したけど、そうじゃないみたいだった。

「パーシー」先生《せんせい》はいった。「ヤンシー学園《がくえん》を去《さ》ることになってもがっかりするな。これは……よりよい将来《しょうらい》のためだ」

口調《くちょう》はやさしくても、そのせりふはやっぱり恥《は》ずかしかった。先生《せんせい》は小声《こごえ》で話《はな》しているけど、まだテスト中《ちゅう》のほかの生徒《せいと》にも聞《き》こえているはずだ。ナンシーがこっちを見《み》ていじわるそうに笑《わら》って、くちびるをすぼめてキスを送《おく》るまねをした。

おれは小《ちい》さい声《こえ》で「わかりました」といった。

「つまり、その……」ブラナー先生《せんせい》は車椅子《くるまいす》を前《まえ》にうしろに動《うご》かした。何《なに》をいったらいいかわからない、って感《かん》じだ。「ここは君《きみ》がいるべきところじゃない。その時《とき》が来《く》ればわかる」

目《め》がちくちくした。

ここにおれの大好《だいす》きな先生《せんせい》がいて、みんなの前《まえ》で、ここはおれには無理《むり》な学校《がっこう》だった、だって。一年間《いちねんかん》ずっとおれを信《しん》じている、っていってたのに、今《いま》はおれが退学《たいがく》になるのもとうぜんだ、ってさ。

「そうですね」声《こえ》がふるえた。

「いや、いや」ブラナー先生《せんせい》がいった。「そうじゃないんだ。私《わたし》がいいたかったのは……君《きみ》はふつうの生徒《せいと》じゃない。だからといって——」

「ありがとうございます。ほんとうにありがとうございます。それを思《おも》い出《だ》させてくれて」

「パーシー――」

おれはそのまま教室《きょうしつ》を出《で》た。

終業式《しゅうぎょうしき》の日《ひ》、スーツケースに服《ふく》を詰《つ》めこんだ。まわりではほかのやつらがわいわいと、休暇《きゅうか》をどう過《す》ごすか話《はな》している。ひとりはスイスにハイキングに行《い》く予定《よてい》。ひとりは一《いっ》カ月《げつ》カリブ海《かい》をクルーズの予定《よてい》。みんなおれと同《おな》じ非行少年《ひこうしょうねん》。けど、裕福《ゆうふく》な非行少年《ひこうしょうねん》だ。父親《ちちおや》は会社《かいしゃ》のおえらいさんだったり、外交官《がいこうかん》だったり、有名人《ゆうめいじん》だったり。おれは無名一家《むめいいっか》の、無名《むめい》な人間《にんげん》だ。

おまえは今年《ことし》の夏《なつ》どうするつもりだ、と聞《き》かれて、ニューヨークの街《まち》にもどる、とこたえた。

こいつらにはないしょだけど、帰《かえ》ったら、犬《いぬ》の散歩《さんぽ》とか雑誌《ざっし》の定期購読《ていきこうどく》の勧誘《かんゆう》とかのバイトをしなきゃならないだろう。で、何《なに》もすることがないときには、秋《あき》になったらどの学《がっ》校《こう》に行《い》くことになるか心配《しんぱい》しなきゃならない。

「へえ」ひとりがいった。「そりゃいいな」

やつらはおれなんてそこにいないみたいに話《はなし》をつづけた。

別《わか》れをいいづらいただひとりの相手《あいて》、それはグローバーだ。けど、結局《けっきょく》、いわずにすんだ。グローバーはおれと同《おな》じ、マンハッタン行《い》きの長距離《ちょうきょり》バスを予約《よやく》していた。だから、学校《がっこう》を出《で》てもいっしょだった。

バスに乗《の》っているあいだじゅうずっと、グローバーは不安《ふあん》そうに通路《つうろ》のほうをちらちら見《み》ては、ほかの乗客《じょうきゃく》を気《き》にしていた。ヤンシーを離《はな》れてみて、おれはグローバーがいつもぴりぴり、そわそわしていることに気《き》づいた。何《なに》か悪《わる》いことが起《お》きるのを予測《よそく》しているみたいだ。今《いま》までは、グローバーはいついじめられるか心配《しんぱい》しているんだ、と思《おも》っていた。けど、長距離《ちょうきょり》バスでいじめにあうはずがない。

とうとう、おれは黙《だま》っていられなくなった。

「復讐《ふくしゅう》の女神《めがみ》をさがしてるのか？」

グローバーは座席《ざせき》から飛《と》びあがりそうになった。「な――なんのこと？」

おれは、試験《しけん》の前《まえ》の晩《ばん》にグローバーがブラナー先生《せんせい》と話《はな》しているのを立《た》ち聞《ぎ》きしたことを白状《はくじょう》した。

グローバーの目元《めもと》がぴくぴくっとけいれんした。「どこまで聞《き》いた？」

「いや……そんなに聞《き》いてない。期限《きげん》は夏至《げし》、って何《なに》？」

グローバーは一瞬《いっしゅん》びくっとした。「あのさ、パーシー……ぼく、心配《しんぱい》だっただけなんだ。わかる？　なんていうか、数学《すうがく》の先生《せんせい》の悪魔《あくま》を幻覚《げんかく》で見たり……」

「グローバー――」

「だからブラナー先生《せんせい》に話《はな》したんだ。パーシーは勉強《べんきょう》のしすぎかなんかだと思《おも》います、って。だって、ドッズ先生《せんせい》なんていないし、それに……」

「グローバーはほんとに、ほんとに、うそをつくのが下手《へた》だな」

グローバーは耳《みみ》のつけ根《ね》まで真《ま》っ赤《か》になった。

グローバーはシャツのポケットに手《て》を入《い》れてさぐり、よれよれの名刺《めいし》を一枚《いちまい》とり出《だ》した。

「これ、持《も》っててくれる？　この夏休《なつやす》みのあいだに、ぼくの助《たす》けが必要《ひつよう》になるかもしれないから」

名刺《めいし》には気取《きど》った文字《もじ》が書《か》いてある。難読症《なんどくしょう》のおれの目《め》には最悪《さいあく》だ。けど、なんとかかんとか読《よ》めた。こんな感《かん》じだ。

グローバー・アンダーウッド
従者《キーパー》

ハーフの丘
ニューヨーク州ロングアイランド
(800)009-0009

「何《なに》？　ハーフ――」
「口《くち》に出《だ》していっちゃだめ！」グローバーが叫《さけ》んだ。「それ、ぼくの、その……夏休《なつやす》みのあいだの住所《じゅうしょ》なんだ」

おれはがっくりした。グローバーも夏《なつ》はどこかべつのとこで過《す》ごすんだ。グローバーの家《いえ》がヤンシーのほかのやつらみたいに裕福《ゆうふく》だなんて考《かんが》えたこともなかった。

「そっか」おれは暗《くら》い声《こえ》でいった。「たとえば、おれがグローバーの別荘《べっそう》に行《い》きたくなったときとかのためか」

グローバーはうなずいた。「それか……ぼくの助《たす》けが必要《ひつよう》になったときのために」

「グローバーの助《たす》け？」

思《おも》っていたよりきつい口調《くちょう》になってしまった。

グローバーはのどぼとけまで真《ま》っ赤《か》になった。「あのさ、パーシー、ぼく――パーシーを守《まも》ったりしなくちゃいけないんだ」

おれはグローバーを見《み》つめた。

こっちは一年中《いちねんじゅう》ずっと、いじめ好《ず》きのやつらからグローバーを守《まも》るためにけんかをしてきた。新学年《しんがくねん》が始《はじ》まっておれがいなかったら、グローバーはめちゃくちゃにやられる、それが心配《しんぱい》で眠《ねむ》れないこともあった。なのに今《いま》、グローバーは、おまえを守《まも》るのはおれ、みたいなことをいってる。

「グローバー、はっきりいってくれ。おれを何《なに》から守《まも》るっていうんだ？」

タイヤが大《おお》きくきしんだ。ダッシュボードから黒《くろ》い煙《けむり》があがって、バスの中《なか》が腐《くさ》った卵《たまご》みたいなにおいでいっぱいになった。運転手《うんてんしゅ》が悪態《あくたい》をついて、ハイウェイのわきに車《くるま》を寄《よ》せた。

何分間《なんぷんかん》かエンジンの部分《ぶぶん》をいじったあと、運転手《うんてんしゅ》は、みなさんこのバスから降《お》りてください、といった。おれとグローバーもほかの乗客《じょうきゃく》といっしょに外《そと》に出《で》た。

そこは遠《とお》くへのびる田舎道《いなかみち》だった——ここでバスが故障《こしょう》したりしなかったら、見《み》むきもされないようなところだ。ハイウェイのバスから降《お》りた側《そば》にはカエデの木《き》と車《くるま》から捨《す》てられたごみしかない。反対側《はんたいがわ》、午後《ごご》の熱気《ねっき》に照《て》るアスファルトの四車線《しゃせん》のむこうには、果物《くだもの》を売《う》っている古《ふる》ぼけた屋台《やたい》があった。

売《う》られているものはほんとうにうまそうだった。真《ま》っ赤《か》なチェリーやリンゴ、クルミやアンズの箱《はこ》が山積《やまづ》みで、猫《ねこ》の足《あし》の飾《かざ》りのついた桶《おけ》の中《なか》には氷《こおり》がいっぱい入《はい》っていて、そこにリンゴジュースのビンがたくさんつっこんである。客《きゃく》はいない。三人《にん》のおばあさんがカエデの木陰《こかげ》で揺《ゆ》り椅子《いす》に腰《こし》かけ、見《み》たこともないくらい大《おお》きな靴下《くつした》を編《あ》んでいる。

靴下《くつした》はセーターくらい大《おお》きい。けど、どう見《み》ても靴下《くつした》だ。右側《みぎがわ》にいるおばあさんが片方《かたほう》を編《あ》んで、左側《ひだりがわ》にいるおばあさんがもう片方《かたほう》を編《あ》んでいる。真《ま》ん中《なか》のおばあさんは、あざやかな青《あお》の糸玉《いとだま》が入《はい》ったでかいかごを抱《かか》えている。

三人《にん》ともすごく年寄《としよ》りに見《み》える。顔《かお》は青白《あおじろ》くて、しなびた果物《くだもの》みたいにしわだらけ。白髪《しらが》はうしろでひっつめて白《しろ》いハンカチでしばってある。色《いろ》あせた綿《めん》のワンピースからつき出《だ》した腕《うで》はがりがりだ。

何《なに》より不気味《ぶきみ》だったのは、三人《にん》ともまっすぐおれを見《み》ている気《き》がしたこと。

それを教《おし》えようと思《おも》ってグローバーのほうを見《み》ると、やつの顔《かお》から血《ち》の気《け》が引《ひ》いていた。鼻《はな》がぴくぴくしている。

「グローバー？　おい、どうした――」

「あの三人《にん》、パーシーのこと見《み》てるんじゃないよね？　ちがうよね？」

「見《み》てる。不気味《ぶきみ》だよな？　あの靴下《くつした》、おれにはけると思《おも》うか？」

「ふざけないで。笑《わら》い事《ごと》じゃないよ」

真《ま》ん中《なか》のおばあさんが大《おお》きなはさみをとり出《だ》した――片方《かたほう》の刃《は》は金色《きんいろ》、もう片方《かたほう》の刃《は》は銀色《ぎんいろ》で、鎌《かま》みたいに長《なが》い。グローバーが息《いき》をのんだ。

「バスにもどろう」グローバーがいった。「早《はや》く」

「何《なに》いってんだ？　中《なか》は一〇〇〇度《ど》もあるぞ」

「早《はや》く！」グローバーはバスのとびらを引《ひ》きあけてもぐりこんだ。けど、おれは入《はい》らなかった。

三人《にん》のおばあさんは、道《みち》をはさんでまだおれを見《み》ている。真《ま》ん中《なか》のおばあさんが糸《いと》を切《き》った。四車線道路《しゃせんどうろ》のこちら側《がわ》からでも「チョキン」という音《おと》が聞《き》こえた。ほかのふたりがあざやかな青《あお》の靴下《くつした》をまるめた。いったいだれの靴下《くつした》なんだろう——大男《ビッグフット》かゴジラのかな。

バスのうしろにいた運転手《うんてんしゅ》が、煙《けむり》をあげる大《おお》きな金属《きんぞく》の塊《かたまり》をエンジン部分《ぶぶん》からもぎとった。バスがぶるぶる震《ふる》え、エンジンが動《うご》きだした。

乗客《じょうきゃく》たちから喜《よろこ》びの声《こえ》があがった。

「お待《ま》たせいたしました！」運転手《うんてんしゅ》がそう叫《さけ》んで帽子《ぼうし》でバスをはたいた。「みなさん、バスに乗《の》ってください！」

バスがまた走《はし》りだした。おれは熱《ねっ》っぽい気《き》がした。風邪《かぜ》でも引《ひ》いたみたいに。

グローバーも気分《きぶん》がよくなさそうだった。ぶるぶる震《ふる》えて、歯《は》をがちがちいわせている。

「グローバー？」

「何《なに》？」

「なんかおれに隠《かく》してるだろ？」

グローバーはシャツの袖口《そでぐち》を自分《じぶん》のおでこにおしつけた。「パーシー、さっきの果物《くだもの》の屋台《やたい》。何《なに》か気《き》づいた？」

「おばあさんのことか？　それがどうしたって？　なんか……ドッズ先生《せんせい》に似《に》てたな」

グローバーの表情《ひょうじょう》は読《よ》めなかったけど、なんとなく、あの果物屋台《くだものやたい》のおばあさんたちはドッズ先生《せんせい》よりもっと、はるかに邪悪《じゃあく》なものなのが伝《つた》わってきた。グローバーがいった。

「何《なに》に気《き》づいたか、それだけ教《おし》えて」

「真《ま》ん中《なか》にいたおばあさんがはさみを出《だ》して、糸《いと》を切《き》った」

グローバーは目《め》をつぶって、胸《むね》の前《まえ》で十字《じゅうじ》を切《き》るみたいなしぐさをした。けど、十字《じゅうじ》じゃない。もっとべつの、ずっと昔《むかし》っぽい感《かん》じのしぐさだ。

グローバーがいった。「パーシーは、真《ま》ん中《なか》のが糸《いと》を切《き》るのを見《み》たんだ」

「ああ、それで？」けど、そういいながら、それが一大事《いちだいじ》なのはわかっていた。

「そうはさせない」グローバーが独《ひと》り言《ごと》のようにいって、親指《おやゆび》をかみはじめた。「今回《こんかい》はこのあいだとはちがうぞ」

「このあいだって？」

「いつも六年生《ねんせい》なんだ。六年生《ねんせい》より上《うえ》にはなれないんだ」

「グローバー」本気《ほんき》でグローバーが怖《こわ》くなってきた。「なんのことをいってるんだよ？」

「バスターミナルから家《いえ》までいっしょに送《おく》らせて。約束《やくそく》」

おかしなことをいうやつだ、と思《おも》いながら約束《やくそく》した。

「それ、迷信《めいしん》かなんか？」おれは聞《き》いた。

返事《へんじ》なし。

「グローバー――糸《いと》をチョキンって切《き》ったあれさ、だれかが死《し》ぬとかそういうこと？」

グローバーは今《いま》にも泣《な》きだしそうな顔《かお》でこっちを見《み》た。おれの棺《かん》おけの上《うえ》にのせる、おれがいちばん好《す》きそうな花《はな》をつんでいるさいちゅうです、って感《かん》じの顔《かお》だった。

第《だい》3章《しょう》　グローバー、ズボンをはかずに現《あらわ》れる

告白《こくはく》タイム：おれはバスから降《お》りたとたん、グローバーを見捨《みす》てました。はい、はい、わかってます。失礼《しつれい》でした。けど、グローバーのやつ、ちょっと怖《こわ》かったんだ。死人《しにん》を見《み》るみたいな顔《かお》でおれのことを見《み》て、「どうしていつもこうなるんだ？」とか「どうしていつも六年生《ねんせい》なんだ？」とかつぶやいて。

気《き》が動転《どうてん》すると、グローバーの膀胱《ぼうこう》はいつも縮《ちぢ》んでしまう。で、やっぱり、バスから降《お》りたとたん、グローバーはおれに待《ま》っていると約束《やくそく》をさせてから、トイレに直行《ちょっこう》した。おれは待《ま》ったりしなかった。自分《じぶん》のスーツケースを持《も》って、バスターミナルからこっそり出《で》て、最初《さいしょ》に来《き》た郊外《こうがい》行きのタクシーをつかまえた。

「東《ひがし》一〇四丁目《ちょうめ》の一《いち》」運転手《うんてんしゅ》にそういった。

おれの母《かあ》さんについて一言《ひとこと》。本人《ほんにん》が登場《とうじょう》する前《まえ》に。

名前《なまえ》はサリー・ジャクソン。世界《せかい》でいちばん性格《せいかく》がいい。つまり、性格《せいかく》のいい人《ひと》は運《うん》が悪《わる》い、っていうおれの理論《りろん》どおりだ。母《かあ》さんの両親《りょうしん》は、母《かあ》さんが五歳《さい》のときに飛行機事故《ひこうきじこ》で死《し》んで、母《かあ》さんはおじさんに引《ひ》き取《と》られた。けど、このおじさんにあまりかわいがってもらえなかった。小説家志望《しょうせつかしぼう》だった母《かあ》さんは、高校《こうこう》に行《い》きながら働《はたら》いて、創作《そうさく》のいい授業《じゅぎょう》がある大学《だいがく》に入《はい》るためのお金《かね》を貯《た》めた。その頃《ころ》、おじさんがガンになった。母《かあ》さんは高校《こうこう》三年《ねん》で学校《がっこう》をやめて、おじさんの介護《かいご》をした。おじさんが死《し》んだあと、母《かあ》さんにはお金《かね》も、家族《かぞく》も、卒業証書《そつぎょうしょうしょ》もなかった。

母《かあ》さんにとって唯一《ゆいいつ》なぐさめだったのは、父《とう》さんと出会《であ》ったこと。

おれには父《とう》さんの記憶《きおく》がない。あたたかい光《ひかり》みたいな印象《いんしょう》しかない。それはたぶん、おぼろげな父《とう》さんの笑顔《えがお》だ。母《かあ》さんは父《とう》さんの話《はなし》をするのが好《す》きじゃない。悲《かな》しくなるから、といって。父《とう》さんの写真《しゃしん》もない。

そう、父《とう》さんと母《かあ》さんは結婚《けっこん》していなかった。父《とう》さんはお金持《かねも》ちでえらい人《ひと》だったから、ふたりの関係《かんけい》は秘密《ひみつ》だったらしい。そうこうするうちに、ある日《ひ》、父《とう》さんは何《なに》か大切《たいせつ》な用《よう》事《じ》で船《ふね》で大西洋《たいせいよう》に出《で》たきり、二度《にど》と帰《かえ》ってこなかった。海《うみ》に消《き》えたの、と母《かあ》さんはいった。死《し》んだんじゃないの。海《うみ》に消《き》えたの、と。

母《かあ》さんはいろんな仕事《しごと》をしながら夜間学校《やかんがっこう》に通《かよ》って高校《こうこう》を卒業《そつぎょう》し、ひとりでおれを育《そだ》てた。母《かあ》さんが文句《もんく》をいったり、怒《おこ》ったりしたことはない。一度《いちど》もない。けど、おれは手《て》のかかる子《こ》どもだったはずだ。

そのうちに、母《かあ》さんはゲイブ・アグリアーノと結婚《けっこん》した。ゲイブはおれと会《あ》って最初《さいしょ》の三十秒《びょう》はいい人《ひと》だった。けど、すぐに、世界《せかい》チャンピオン級《きゅう》の最低男《さいていおとこ》の本性《ほんしょう》がばれた。まだ小《ちい》さかった頃《ころ》、おれはやつに「くさくさゲイブ」というあだ名《な》をつけた。悪《わる》いけど、ほんとなんだ。やつは、カビの生《は》えたニンニクピザを汗《あせ》くさい体操着《たいそうぎ》でくるんだみたいにくさい。

おれとゲイブのあいだで、母《かあ》さんはかなり苦労《くろう》していた。くさくさゲイブの母《かあ》さんに対《たい》する態度《たいど》とか、おれとゲイブの関係《かんけい》とかで……ま、実際《じっさい》の様子《ようす》は、おれが家《いえ》に帰《かえ》ったらわかる。

おれはアパートの一室《いっしつ》の、ささやかな我《わ》が家《や》に入《はい》っていった。母《かあ》さんが仕事《しごと》から帰《かえ》ってるといいけど、と思《おも》いながら。母《かあ》さんはまだで、くさくさゲイブがリビングで仲間《なかま》とポーカーをしていた。テレビはスポーツだけ放送《ほうそう》するチャンネルが大音響《だいおんきょう》でつけっぱなし。カーペットの上《うえ》はポテトチップとビールの缶《かん》だらけ。

ゲイブはろくにこっちを見《み》もせずに、下《した》をむいてくわえタバコでいった。「もどってきたか」

「母《かあ》さんは？」

「仕事《しごと》だ」ゲイブがいった。「金《かね》、あるか？」

ほら、やっぱり。〈お帰《かえ》り〉も、〈よく帰《かえ》ってきたな〉も、〈この六カ月間《げつかん》、どうだった？〉、もない。

ゲイブは前《まえ》より太《ふと》った。古着《ふるぎ》を着《き》た、牙《きば》なしセイウチみたいだ。頭《あたま》には毛《け》が三本《ぼん》、はげ頭《あたま》にぴっちりとかしつけてある。それでかっこよく見《み》えたりするとでも思《おも》っているらしい。

ゲイブはクイーンズにあるメガマート電器店《でんきてん》の店長《てんちょう》のくせに、ほとんど家《いえ》にいる。とっくの昔《むかし》にクビになっていいはずだ。ゲイブは給料《きゅうりょう》をもらって、それでくさくて気持《きも》ちが悪《わる》いだけのタバコを買《か》う。もちろん、ビールも。いつもビールだ。おれが家《いえ》にもどるたびに、ギャンブルで賭《か》ける金《かね》をせびる。これはやつにいわせれば「男同士《おとこどうし》の秘密《ひみつ》」。つまり、母《かあ》さんにそれをばらしたら、ぶん殴《なぐ》るぞ、って意味《いみ》だ。

「金《かね》はないよ」おれはゲイブにいった。

ゲイブは脂《あぶら》ぎった顔《かお》をしかめた。

ゲイブは警察犬《けいさつけん》みたいに金《かね》のにおいをかぎつける。これにはびっくりだ。自分《じぶん》がくさくても、ほかのにおいはちゃんとわかるんだ。

「バスターミナルからタクシーに乗《の》ったはずだ」ゲイブがいった。「二十ドル札《さつ》で払《はら》っただろう。つり銭《せん》は六ドルか、七ドル。この家《いえ》で暮《く》らすつもりなら、それなりのことはしてもらわないとな。だろ、エディ？」

このアパートの管理人《かんりにん》、エディがちょっと気《き》の毒《どく》そうにおれのことを見《み》た。「おいおい、ゲイブ」エディがいった。「今帰《いまかえ》ってきたばかりだろう」

「だろ？」ゲイブがもう一度《いちど》いった。

エディは気《き》まずい顔《かお》で、手《て》に持《も》ったプレッツェルのボウルに視線《しせん》を落《お》とした。ほかのふたりはきゅうにくだらない話《はなし》を始《はじ》めた。

「わかったよ」おれはポケットからくしゃくしゃのドル札《さつ》を何枚《なんまい》か出《だ》して、テーブルの上《うえ》にほうった。「負《ま》けますように」

「成績表《せいせきひょう》が来《き》たぞ、秀才君《しゅうさいくん》！」おれの背中《せなか》にむかってゲイブがいった。「自分《じぶん》がどれだけえらいと思《おも》ってるんだ！」

おれは自分《じぶん》の部屋《へや》のドアをバタンと閉《し》めた。けど、ほんとうはおれの部屋《へや》じゃない。おれが学校《がっこう》の寮《りょう》にいるあいだ、この部屋《へや》はゲイブの「書斎《しょさい》」になる。ここで仕事《しごと》なんかしない。アンティークカーの雑誌《ざっし》を見《み》るくらいなのに、おれの荷物《にもつ》をクローゼットに押《お》しこんで、窓枠《まどわく》の上《うえ》には泥《どろ》だらけのブーツ。部屋《へや》の中《なか》は思《おも》いっきり、くさい香水《こうすい》と、タバコと、飲《の》み残《のこ》したビールのにおい。

おれはスーツケースをベッドの上《うえ》に投《な》げた。なつかしい家《いえ》、か。

ゲイブの悪臭《あくしゅう》は、ドッズ先生《せんせい》の悪夢《あくむ》とか、果物屋台《くだものやたい》のおばあさんが大《おお》きなはさみで糸《いと》をチョキンと切《き》る音《おと》くらいぞっとする。

けど、それを思《おも》い出《だ》したとたん、両脚《りょうあし》ががくがくしだした。グローバーの不安《ふあん》そうな顔《かお》を思《おも》い出《だ》した——「ぼくに家《いえ》まで送《おく》らせてくれるって約束《やくそく》して」といわれたことも。きゅうに全身《ぜんしん》に寒気《さむけ》が走《はし》った。もしかしたら、だれかが——何《なに》かが——この瞬間《しゅんかん》、おれの居場所《いばしょ》をさがしてるかも。何《なに》かが、恐《おそ》ろしいかぎづめを長《なが》くのばしながら、階段《かいだん》をのしのしあがってきてるかも。

そこに、母《かあ》さんの声《こえ》がした。「パーシー?」

母《かあ》さんが部屋《へや》のドアをあけると、恐怖《きょうふ》が消《き》えた。

母《かあ》さんが部屋《へや》に入《はい》ってくるだけで、おれは元気《げんき》になる。母《かあ》さんの輝《かがや》く瞳《ひとみ》は光《ひかり》の角度《かくど》で色《いろ》が変《か》わる。母《かあ》さんの笑顔《えがお》はキルトのふとんみたいにあったかい。長《なが》くて茶色《ちゃいろ》い髪《かみ》には少《すこ》し白《しろ》いものが混《ま》じっているけど、ぜんぜん老《ふ》けていない。母《かあ》さんがおれを見《み》るときは、おれのいいところしか見《み》えていない感《かん》じ。悪《わる》いとこなんかひとつもない、って感《かん》じ。母《かあ》さんが声《こえ》を荒《あら》げたり、だれかにいじわるなことをいったりするなんて一度《いちど》も聞《き》いたことがない。おれやゲイブにだっていわない。

「まあ、パーシー」母《かあ》さんはおれをぎゅっと抱《だ》きしめた。「信《しん》じられない。クリスマスに会《あ》ったときより大《おお》きくなったわねえ!」

母《かあ》さんの赤白青《あかしろあお》三色《しょく》の制服《せいふく》は、世界一《せかいいち》いいにおいがする。チョコレートとかリコリスキャンディーとかいろんな、母《かあ》さんがグランドセントラル駅《えき》のキャンディーショップで売《う》っているもののにおいだ。おれが家《いえ》に帰《かえ》ったとき恒例《こうれい》の、「試食品《ししょくひん》」の大《おお》きな袋《ふくろ》を持《も》ってきてくれた。

母《かあ》さんはおれといっしょにベッドの端《はし》に座《すわ》った。甘酸《あまず》っぱいブルーベリーのグミをくちゃくちゃかんでいると、母《かあ》さんはおれの髪《かみ》を手《て》ですきながら、おれが手紙《てがみ》に書《か》かなかったことを何《なに》から何《なに》まで聞《き》きたがった。退学《たいがく》のことは一言《ひとこと》も口《くち》にしない。そんなこと、どうでもいいみたいだった。母《かあ》さんが知《し》りたいのは、おれが元気《げんき》にしていたか、大切《たいせつ》な息子《むすこ》が無事《ぶじ》にやっていたか、ってこと。

おれは母《かあ》さんに、うるさいなあ、ほっといてよ、とかなんとかいった。けど、母《かあ》さんに会《あ》えてほんとに、ほんとうにうれしかった。

リビングからゲイブがどなった。「おい、サリー――豆《まめ》のペーストはどうした?」

おれは歯《は》ぎしりをした。

母《かあ》さんは世界《せかい》で最高《さいこう》の女性《じょせい》だ。億万長者《おくまんちょうじゃ》と結婚《けっこん》したっておかしくない。あんな、ゲイブみたいな最低野郎《さいていやろう》じゃなくて。

母《かあ》さんのために、ヤンシー学園《がくえん》での退学前《たいがくまえ》の日々《ひび》のことをおもしろおかしく話《はな》した。退《たい》学《がく》になってもそんな落《お》ちこむことじゃないよ。今回《こんかい》はあともう少《すこ》しで一年《いちねん》だったのにな。友《とも》だちも何人《なんにん》かできたんだ。古典《こてん》、けっこう得意《とくい》でさ。それに、正直《しょうじき》、いざこざっていっても校長先生《こうちょうせんせい》がいうほどじゃなかったんだ。おれ、ヤンシー学園《がくえん》好《す》きだった。ほんとに。学園《がくえん》での日々《ひび》をよくいっているうちに、自分《じぶん》でもそれを信《しん》じそうになった。グローバーとブラナー先生《せんせい》のことを考《かんが》えたら、胸《むね》がじんとしてきた。ナンシーでさえ、きゅうに、そんなに悪《わる》い子《こ》じゃなく思《おも》えてきた。

美術館《びじゅつかん》に校外授業《こうがいじゅぎょう》で行《い》くまでは……。

「どうしたの?」母《かあ》さんの目《め》がおれの心《こころ》をノックして、秘密《ひみつ》を引《ひ》き出《だ》そうとしている。

「何《なに》か怖《こわ》いことでもあった?」

「いや、ないよ」

うそをついて気《き》がとがめた。ほんとうはドッズ先生《せんせい》のことも、編《あ》み物《もの》をしていた三人《にん》のおばあさんのことも話《はな》したかった。けど、ばかげた話《はなし》に聞《き》こえるだろうと思《おも》ったんだ。

母《かあ》さんはくちびるをきゅっと結《むす》んだ。おれが何《なに》か隠《かく》してるのはわかっているけど、無理《むり》には聞《き》かない。

「パーシーをびっくりさせるニュースがあるの」母《かあ》さんはいった。「海《うみ》に行《い》くつもりなの」

おれは目《め》を大《おお》きくした。「モントーク（訳注《やくちゅう》：ニューヨーク州《しゅう》ロングアイランド東端《とうたん》の岬《みさき》）？」

「三泊《ぱく》――同《おな》じコテージで」

「いつ？」

母《かあ》さんはほほ笑《え》んだ。「母《かあ》さんが着替《きが》えたらすぐに」

信《しん》じられない。おれも母《かあ》さんも三年前《ねんまえ》にモントークに行《い》ったきりだ。ゲイブに、そんな金《かね》はない、っていわれて。

ドアのところにゲイブが現《あら》われてどなった。「豆《まめ》のペーストはどうした？　聞《き》こえなかったのか？」

ゲイブをぶん殴《なぐ》ってやりたかった。けど、母《かあ》さんと目《め》が合《あ》って、母《かあ》さんのいいたいことがわかった。ほんのしばらく、ゲイブの前《まえ》ではいい子《こ》にしてて。とにかく、母《かあ》さんがモントークに行《い》くしたくができるまで。そうしたら、ここから逃《に》げ出《だ》せる。

「今《いま》、そっちに行《い》こうと思《おも》っていたところ」母《かあ》さんはゲイブにいった。「ちょっと旅行《りょこう》の話《はなし》をしていたの」

ゲイブは眉間《みけん》にしわを寄《よ》せた。「旅行《りょこう》？　本気《ほんき》か？」

「やっぱりな」おれは独《ひと》り言《ごと》みたいにつぶやいた。「行《い》かせてくれるはずがないよ」

「だいじょうぶよ」母《かあ》さんもだれにともなくいった。「お父《とう》さんはお金《かね》のことを心配《しんぱい》してるだけ。それだけよ。それに、豆《まめ》のペーストだけじゃあきちゃうでしょ。この週末《しゅうまつ》のあいだ足《た》りなくならないように、七層《そう》になったディップを作《つく》っておくわ。アボカドのペーストにサワークリーム。特製《とくせい》のディップよ」

ゲイブの表情《ひょうじょう》が少《すこ》しやわらいだ。「で、旅行《りょこう》にかかる金《かね》は……おまえが服《ふく》を買《か》うために貯《た》めていたのを使《つか》うんだろ？」

「そうよ、あなた」

「で、おれの車《くるま》は往復《おうふく》に使《つか》うだけだな？」

「大切《たいせつ》に使《つか》うわ」

ゲイブは二重《にじゅう》あごをかいた。「いいとするか、すぐにその七層《そう》のディップを作《つく》ってくれるんだったら……そこにいるガキが、おれのポーカーのじゃまをしたことをちゃんと謝《あやま》るんだったら」

いいとするか、おれにあんたの股間《こかん》をけとばさせてくれたら。で、一週間《いっしゅうかん》ソプラノで歌《うた》ってくれるんだったら。

けど、母《かあ》さんの目《め》が、ゲイブを怒《おこ》らせないで、といっている。

なんで母《かあ》さんはこいつのことがまんしてるんだ？　おれはわめきたかった。なんでこいつの思《おも》いどおりにするんだ？

「すみませんでした」おれは小《ちい》さな声《こえ》でいった。「ものすごく大切《たいせつ》なポーカーのじゃまをして、ほんとうにすみませんでした。どうぞすぐにまたポーカーをつづけてください」

ゲイブは眉《まゆ》を寄《よ》せた。ちっぽけな脳《のう》みそでおれの言葉《ことば》にいやみがないか、見抜《みぬ》こうとしているんだろう。

「まあ、よしとするか」ゲイブがいった。

ゲイブはまたポーカーにもどった。

「ありがとう、パーシー」母《かあ》さんがいった。「モントークに着《つ》いたら、またおしゃべりをしましょう……パーシーがさっき話《はな》し忘《わす》れたこととか。ね？」

一瞬《いっしゅん》、母《かあ》さんの目《め》が不安《ふあん》げに見《み》えた――バスの中《なか》でグローバーが見《み》せたのと同《おな》じ――母《かあ》さんまで宙《ちゅう》を漂《ただよ》うみょうな冷気《れいき》を感《かん》じているみたいだ。けど、すぐに母《かあ》さんはまた笑顔《えがお》になった。おれのかんちがいだったにちがいない。母《かあ》さんはおれの頭《あたま》をくしゃくしゃっとなでて、ゲイブのために七層《そう》のディップを作《つく》りにいった。

一時間後《いちじかんご》、おれも母《かあ》さんも出《で》かけるしたくができた。

ゲイブはポーカーを中断《ちゅうだん》して、おれが母《かあ》さんの鞄《かばん》を車《くるま》に運《はこ》ぶのを見《み》ながら、ずっとぶつぶつ文句《もんく》をいっていた。この週末《しゅうまつ》のあいだずっと料理《りょうり》をしてもらえないこと――それより一大事《いちだいじ》は、七十八年型《ねんがた》カマロが使《つか》えないことだ。

「車《くるま》に傷《きず》をつけるなよ、秀才君《しゅうさいくん》」おれが最後《さいご》の鞄《かばん》を車《くるま》に積《つ》んでいると、ゲイブがいった。「かすり傷《きず》も許《ゆる》さん」

おれは運転《うんてん》しないって。十二歳《さい》なんだから。けど、ゲイブにはそんなの関係《かんけい》ない。カモメがやつの車《くるま》に糞《ふん》をしただけで、おれを責《せ》める口実《こうじつ》になる。

ゲイブがおっくうそうにアパートにもどっていくのを見《み》ていたおれは、むちゃくちゃ頭《あたま》にきて、自分《じぶん》でも説明《せつめい》できないことをした。ゲイブがアパートの入《い》り口《ぐち》から中《なか》に入《はい》りかけたときだ。おれはグローバーがバスでしていた、悪《わる》いものを追《お》い払《はら》う、みたいな手《て》ぶりをしてみた。胸《むね》の前《まえ》で手《て》をかぎづめみたいにして、それをゲイブのほうにつき出《だ》した。網戸《あみど》が思《おも》い切《き》りいきおいよく閉《し》まって、ゲイブは尻《しり》をひっぱたかれて大砲《たいほう》の玉《たま》みたいに一気《いっき》に階段《かいだん》を上《のぼ》っていった。ただの風《かぜ》のせいだったかもしれないし、ちょうつがいがちょっとこわれてたのかもしれない。けど、調《しら》べるひまはなかったからわからない。

おれは七十八年型《ねんがた》カマロに乗《の》りこみ、母《かあ》さんに「早《はや》く」といった。


予約《よやく》したコテージは、ロングアイランドの岬《みさき》の先端《せんたん》のほうの、南側《みなみがわ》にあった。色《いろ》あせたカーテンのかかった淡《あわ》い色《いろ》の四角《しかく》い建物《たてもの》で、半分砂浜《はんぶんすなはま》に埋《う》もれるように建《た》っていた。シーツはいつも砂《すな》だらけで、キャビネットの中《なか》にはクモがいるし、海《うみ》はたいてい冷《つめ》たくて泳《およ》げない。

おれはここが大好《だいす》きだった。

ここには赤《あか》ん坊《ぼう》の頃《ころ》から来《き》ていた。母《かあ》さんはもっと前《まえ》から来《き》ていた。母《かあ》さんの口《くち》からはっきり聞《き》いたことはないけど、なんでこの海岸《かいがん》を好《す》きなのか、おれは知《し》ってる。母《かあ》さんはここで父《とう》さんと出会《であ》ったんだ。

車《くるま》がモントークに近《ちか》づくにつれて、母《かあ》さんはどんどん若返《わかがえ》るみたいだった。何年間《なんねんかん》もの心配《しんぱい》と仕事《しごと》づかれが顔《かお》から消《き》えて、目《め》は海《うみ》の色《いろ》に変《か》わっている。

日《ひ》が沈《しず》む頃《ころ》には着《つ》いて、コテージの窓《まど》をあけていつもどおりに掃除《そうじ》をした。海岸《かいがん》を散歩《さんぽ》して、カモメに青《あお》トウモロコシチップをやって、青《あお》いゼリービーンズとか、青《あお》い塩味《しおあじ》タフィーとか、ほかにもいろいろ母《かあ》さんが店《みせ》から持《も》ってきた試食品《ししょくひん》を食《た》べた。

ここで青《あお》い食《た》べ物《もの》の説明《せつめい》をしておいたほうがいいかも。

昔《むかし》、ゲイブが母《かあ》さんに「青《あお》い食《た》べ物《もの》なんてない」っていって、ふたりは口《くち》げんかになった。そのときはほんとうにくだらないことに思《おも》えたけど、それ以来《いらい》、母《かあ》さんは青《あお》い食《た》べ物《もの》に異常《いじょう》に執着《しゅうちゃく》している。誕生日《たんじょうび》には青《あお》いケーキを焼《や》く。スムージーはブルーベリー。買《か》って帰《かえ》るのは青《あお》トウモロコシのトルティーヤチップだし、店《みせ》から持《も》って帰《かえ》るのは青《あお》いキャンディー。これって——母《かあ》さんがアグリアーノじゃなくて旧姓《きゅうせい》のジャクソンでとおしていることと合《あ》わせて——母《かあ》さんがゲイブのいいなりになっていないことの証拠《しょうこ》だ。母《かあ》さんにも、おれと同《おな》じで少《すこ》し反抗的《はんこうてき》なところがある。

暗《くら》くなってくると火《ひ》をおこして、その火《ひ》でホットドッグとマシュマロをあぶった。母《かあ》さんは自分《じぶん》が子《こ》どものときの話《はなし》をしてくれた。母《かあ》さんの両親《りょうしん》が飛行機事故《ひこうきじこ》で死《し》ぬ前《まえ》の話《はなし》だ。いつかお金《かね》が貯《た》まって、キャンディーの店《みせ》をやめたときに書《か》きたいと思《おも》っている小説《しょうせつ》のことも話《はな》してくれた。

そのうち、おれは思《おも》い切《き》って、モントークに来《く》るといつも気《き》になることを聞《き》いた——父《とう》さんのことだ。母《かあ》さんの目《め》がうるうるしてきた。母《かあ》さんはまたいつもと同《おな》じ話《はなし》をするだろう。それはわかっているけど、父《とう》さんの話《はなし》なら何度《なんど》聞《き》いても聞《き》きあきない。

「やさしい人《ひと》だったのよ。背《せ》が高《たか》くて、ハンサムで、たくましかった。でも、心《こころ》はやさしかった。前《まえ》にも話《はな》したと思《おも》うけど、パーシーの黒《くろ》い髪《かみ》と、緑《みどり》の目《め》は父《とう》さんゆずりなのよ」

母《かあ》さんはキャンディーの袋《ふくろ》に手《て》を入《い》れて、青《あお》いゼリービーンズをとり出《だ》した。「父《とう》さんにパーシーを会《あ》わせてあげたかった。きっとすごく誇《ほこ》りに思《おも》ったでしょうね」

母《かあ》さんはなんでそんなふうにいえるんだろう？　おれのどこが誇《ほこ》りなんだ？　難読症《なんどくしょう》で、ＡＤＨＤで、成績《せいせき》はＤプラスばっかりで、六年間《ねんかん》に六回退学《かいたいがく》になったっていうのに。

「おれが何歳《なんさい》のとき？　ていうか……父《とう》さんがいなくなったのっていつ？」

母《かあ》さんは火《ひ》を見《み》つめた。「父《とう》さんとはひと夏《なつ》いっしょに過《す》ごしただけ。この海岸《かいがん》のこの場所《ばしょ》で。このコテージで」

「けど……赤《あか》ん坊《ぼう》のおれに会《あ》ってるよね」

「ううん。母《かあ》さんが妊娠《にんしん》しているのは知《し》っていたけど、パーシーには会《あ》ってないの。生《う》まれる前《まえ》に、いなくなったの」

おれはその事実《じじつ》と、頭《あたま》の中《なか》のおぼろげな記憶《きおく》――父《とう》さんの記憶《きおく》――をつなげようとした。あたたかい光《ひかり》。笑顔《えがお》。

おれは今《いま》までずっと、父《とう》さんは赤《あか》ん坊《ぼう》のおれに会《あ》ったことがあると思《おも》っていた。母《かあ》さんがそうはっきりいったことは一度《いちど》もなかったけど、それでも、おれは信《しん》じていた。けど今《いま》聞《き》いた話《はなし》だと、父《とう》さんは一度《いちど》もおれに会《あ》ったことがない……。

おれは父《とう》さんに腹《はら》が立《た》った。ばかだと思《おも》われるかもしれないけど、なんでそんな船旅《ふなたび》に出《で》たんだよ、母《かあ》さんと結婚《けっこん》する勇気《ゆうき》がなかったのかよ、とどなりつけてやりたかった。父《とう》さんがいなくなって、そのせいで、おれと母《かあ》さんはくさくさゲイブと暮《く》らすはめになった。

「またおれを追《お》い払《はら》うつもり？　またべつの寄宿学校《きしゅくがっこう》？」

母《かあ》さんは火《ひ》からマシュマロをはなした。

「わからないわ」母《かあ》さんは沈《しず》んだ声《こえ》でいった。「母《かあ》さんは……母《かあ》さんはどうにかしなくちゃ、と思《おも》っているけど」

「おれを家《いえ》にいさせたくないから？」そういったとたんに後悔《こうかい》した。

母《かあ》さんの目《め》に涙《なみだ》があふれた。母《かあ》さんはおれの手《て》をとって、ぎゅっと握《にぎ》った。「パーシー、ちがうの。そうする――そうしなくちゃいけないのよ。パーシーのために。パーシーを遠《とお》くに行《い》かせなくちゃいけないの」

その言葉《ことば》を聞《き》いて、ブラナー先生《せんせい》にいわれたことを思《おも》い出《だ》した――君《きみ》にとってはヤンシーを離《はな》れるのがいちばんいい。

「おれがふつうじゃないから？」

「それを悪《わる》いことみたいにいうのは、自分《じぶん》がどんなにすばらしい人間《にんげん》かわかってない証《しょう》拠《こ》ね。ヤンシー学園《がくえん》は遠《とお》いから、やっと安全《あんぜん》なところに行《い》ったと思《おも》っていたのに」

「安全《あんぜん》って、何《なに》から？」

母《かあ》さんと目《め》が合《あ》って、一気《いっき》にいろいろなことを思《おも》い出《だ》した——今《いま》まで自分《じぶん》に起《お》きた不気《ぶき》味《み》で、恐《おそ》ろしいことを全部《ぜんぶ》。中《なか》には忘《わす》れたつもりのこともあった。

三年生《ねんせい》のとき、黒《くろ》いトレンチコートを着《き》た男《おとこ》が、校庭《こうてい》で遊《あそ》んでいたおれに近《ちか》づいてきた。先生《せんせい》たちが、警察《けいさつ》を呼《よ》びますよ、とおどすと、男《おとこ》はがなり立《た》てながら帰《かえ》っていった。つばの大《おお》きな帽子《ぼうし》をかぶったその男《おとこ》はひとつ目《め》だった。顔《かお》の真《ま》ん中《なか》に目《め》がひとつあるだけだった。けど、おれがそういってもだれも信《しん》じてくれなかった。

その前《まえ》は——まだほんとに小《ちい》さい頃《ころ》の記憶《きおく》だ。幼稚園《ようちえん》で寝《ね》かせられたベビーベッドに偶《ぐう》然《ぜん》、蛇《へび》が一匹入《いっぴきはい》りこんでいた。おれをむかえにきた母《かあ》さんが悲鳴《ひめい》をあげた。おれがうろこのついた、ひもで遊《あそ》んでいたからだ。幼《おさな》いおれがぷくぷくした手《て》で、いつのまにか蛇《へび》の首《くび》をしめて殺《ころ》していたんだ。

どの学校《がっこう》でも、何《なに》かぞっとする、危《あぶ》ないことが起《お》こって、おれは退学《たいがく》させられた。

母《かあ》さんに、果物屋台《くだものやたい》のおばあさんのことや、美術館《びじゅつかん》でのドッズ先生《せんせい》のことや、その先生《せんせい》を剣《けん》で切《き》り裂《さ》いたら粉《こな》になったっていう不気味《ぶきみ》な幻覚《げんかく》のこととかを話《はな》したほうがいいのはわかっていた。けど、決心《けっしん》がつかなかった。なんとなく、話《はな》したらこのモントークの旅行《りょこう》が終《お》わってしまう気《き》がした。それは避《さ》けたかった。

「母《かあ》さんはできるだけパーシーといっしょにいたいと思《おも》っていたけど、それはまちがいだといわれたわ。でも、ひとつだけ、べつの方法《ほうほう》が――お父《とう》さんが、パーシーを行《い》かせたい、と思《おも》っていたところがあるの。ただ、母《かあ》さんは……母《かあ》さんにはつらくて」

「父《とう》さんがおれをどこか特別《とくべつ》な学校《がっこう》に入《い》れたがってたってこと?」

「学校《がっこう》じゃなくて」母《かあ》さんはやさしくいった。「訓練所《くんれんじょ》なの」

めまいがした。どういうことだ? 父《とう》さんが――おれが生《う》まれる前《まえ》にどこかに行《い》ってしまった人《ひと》が――母《かあ》さんに訓練所《くんれんじょ》の話《はなし》をするなんて。それに、そんなにだいじなことなら、なんで今《いま》まで黙《だま》ってたんだ?

「ごめんね、パーシー」母《かあ》さんはおれの目《め》の表情《ひょうじょう》を読《よ》みとった。「でも、母《かあ》さんにはこれ以上《いじょう》いえない。母《かあ》さんはパーシーをそんなところに送《おく》りたくなかった。パーシーとはもう永遠《えいえん》に会《あ》えなくなるかもしれないから」

「永遠《えいえん》に？　けど、ただの訓練所《くんれんじょ》……」

母《かあ》さんは火《ひ》のほうに顔《かお》をむけた。その表情《ひょうじょう》でわかった。これ以上質問《いじょうしつもん》をしたら母《かあ》さんは泣《な》き出《だ》してしまう。

その日《ひ》の夜《よる》、ずいぶんリアルな夢《ゆめ》を見《み》た。

海岸《かいがん》には暴風《ぼうふう》が吹《ふ》き荒《あ》れて、二種類《しゅるい》のきれいな動物《どうぶつ》、白《しろ》い馬《うま》と金色《きんいろ》のワシが波打《なみう》ちぎわで殺《ころ》し合《あ》いをしていた。ワシが空《そら》から急降下《きゅうこうか》して、大《おお》きなかぎづめで馬《うま》の鼻《はな》づらを切《き》り裂《さ》く。馬《うま》がうしろ足《あし》で立《た》ちあがり、ワシの翼《つばさ》をけとばす。馬《うま》とワシが争《あらそ》うあいだ、地響《じひび》きがして、地中《ちちゅう》のどこかで怪物《かいぶつ》の薄笑《うすわら》いのような声《こえ》が「もっと相手《あいて》を痛《いた》めつけろ」とけしかけていた。

おれは駆《か》けだした。この殺《ころ》し合《あ》いを止《と》めなきゃ。けど、おれの動《うご》きはスローモーション。間《ま》に合《あ》わないのはわかっていた。ワシが急降下《きゅうこうか》してきた。くちばしをつき出《だ》し、馬《うま》の大《おお》きく見開《みひら》いた目《め》をめがけて。おれは叫《さけ》んだ。〈やめろ！〉

そのとたん、夢《ゆめ》から覚《さ》めた。

外《そと》はほんとうに嵐《あらし》だった。木《き》が音《おと》を立《た》てて折《お》れ、家《いえ》も倒《たお》れそうなくらいの暴風雨《ぼうふうう》だった。海岸《かいがん》には馬《うま》の姿《すがた》も、ワシの姿《すがた》もない。稲妻《いなずま》で外《そと》は昼間《ひるま》のように明《あか》るく、五、六メートルの波《なみ》が砲弾《ほうだん》のように砂丘《さきゅう》にぶつかっていた。

また雷《かみなり》が鳴《な》って、母《かあ》さんが目《め》を覚《さ》ました。上半身《じょうはんしん》を起《お》こし、目《め》を大《おお》きく見開《みひら》いて、「ハリケーンだわ」といった。

まさか。こんな夏《なつ》の初《はじ》めにロングアイランドにハリケーンが来《く》るはずない。けど、そのことを海《うみ》は忘《わす》れてしまったみたいだった。轟々《ごうごう》と吹《ふ》く風《かぜ》の音《おと》に混《ま》じって、遠《とお》くからうなり声《ごえ》が聞《き》こえた。その怒《おこ》っているような、苦《くる》しんでいるような声《こえ》に、おれはぞっとした。

すると、すぐ近《ちか》くで音《おと》がした。砂浜《すなはま》で蒸気機関車《じょうききかんしゃ》が走《はし》っているみたいな音《おと》だ。そして、せっぱ詰《つ》まったような声《こえ》——だれかがおれたちのコテージのドアをたたきながら、叫《さけ》んでいる。

母《かあ》さんはネグリジェのままベッドから飛《と》び出《だ》して鍵《かぎ》をあけた。

戸口《とぐち》にグローバーが立《た》っていた。四角《しかく》い背景《はいけい》では雨《あめ》が激《はげ》しく降《ふ》っている。けど、これ……これはほんとのグローバーじゃない。

「一晩中《ひとばんじゅう》さがしてたんだぞ」グローバーは息《いき》を切《き》らしながらいった。「ひどいじゃないか」

母《かあ》さんは怯《おび》えた顔《かお》でおれを見《み》た——グローバーに怯《おび》えているんじゃない。グローバーが来《き》た理由《りゆう》に怯《おび》えているんだ。

「パーシー」母《かあ》さんは雨《あめ》に負《ま》けないよう声《こえ》を張《は》りあげた。「学校《がっこう》で何《なに》があったの？　どうして母《かあ》さんに話《はな》してくれなかったの？」

おれは石《いし》のようにかたまって、グローバーを見《み》た。自分《じぶん》の目《め》が見《み》ているものが理解《りかい》できなかった。

「オー　ズー　カイ　アロイ　シアイ（訳注《やくちゅう》：古代《こだい》ギリシャ語《ご》で「くそっ、なんてことだ」「もともとは『おお、最高神《さいこうしん》、そして、その他《た》の神々《かみがみ》よ』の意《い》」）！」グローバーが大声《おおごえ》でいった。「すぐうしろにいる！　お母《かあ》さんに話《はな》さなかったのか？」

おれはショックのせいで、グローバーが古代《こだい》ギリシャ語《ご》でののしったことにも、自分《じぶん》がちゃんとそれを理解《りかい》したことにも気《き》づかなかった。ショックのせいで、こんな真夜中《まよなか》にグローバーはどうやってひとりでここに来《き》たんだ、とも思《おも》わなかった。それにグローバーはズボンをはいていなかった——しかも、脚《あし》があるはずのところに……脚《あし》があるはずのところに……。

母《かあ》さんは厳《きび》しい目《め》でおれを見《み》て、今《いま》までに聞《き》いたことがないような口調《くちょう》でいった。

「パーシー、今《いま》すぐ話《はな》して！」

口《くち》ごもりながら、果物屋台《くだものやたい》のおばあさんたちのこと、ドッズ先生《せんせい》のことを話《はな》すと、母《かあ》さんはおれを見《み》つめた。稲妻《いなずま》に照《て》らされる母《かあ》さんの顔《かお》は死人《しにん》みたいに血《ち》の気《け》がなかった。

母《かあ》さんはハンドバッグをつかみ、おれにはレインコートをほうり、こういった。「車《くるま》に乗《の》って。ふたりとも。行《い》くわよ！」

グローバーもカマロにむかって走《はし》った——けど、人間《にんげん》の走《はし》りじゃない。毛《け》むくじゃらの尻《しり》と脚《あし》を動《うご》かして小《こ》またで駆《か》けていた。突然《とつぜん》、グローバーは脚《あし》の筋肉《きんにく》に障害《しょうがい》がある、というのがどういう意味《いみ》なのかわかった。走《はし》るのは速《はや》いのに、歩《ある》くときは脚《あし》をひきずるわけがわかった。

つまり、五本《ほん》の指《ゆび》のついた足《あし》があるべきところに、足《あし》がなかったんだ。あるのはふたつに割《わ》れたひづめだった。

第《だい》4章《しょう》　パーシー、母親《ははおや》から闘牛《とうぎゅう》を教《おそ》わる

車《くるま》は夜《よる》を切《き》り裂《さ》いて、真《ま》っ暗《くら》な田舎道《いなかみち》を走《はし》った。すさまじい風《かぜ》がカマロに吹《ふ》きつけ、激《はげ》しい雨《あめ》がフロントガラスを打《う》った。母《かあ》さんは何《なに》も見《み》えるはずがないのに、アクセルを踏《ふ》みつづけた。

稲妻《いなずま》が光《ひか》るたびに、おれは後部座席《こうぶざせき》のとなりにいるグローバーを見《み》た。おれの頭《あたま》がおかしくなったのか？　でなきゃ、グローバーは毛足《けあし》の長《なが》いカーペットかなんかでできたズボンをはいてるのか？　けど、そうじゃない。幼稚園《ようちえん》の頃《ころ》「さわれる動物園《どうぶつえん》」に行《い》ったときにかいだにおい――ヒツジからとるラノリン（訳注《やくちゅう》：羊毛脂《ようもうあぶら》）のにおいがする。湿《しめ》っぽい家《か》畜《ちく》のにおいだ。

やっと思《おも》いついて出《で》た言葉《ことば》は、「じゃあ、グローバーと母《かあ》さんは……知《し》り合《あ》い？」

グローバーはすばやくバックミラーを見《み》た。うしろにほかの車《くるま》はいないのに。「正確《せいかく》に

はちょっとちがう」グローバーがいった。「なんていうか、じかに会《あ》ったことはないんだ。だけど、お母《かあ》さんは、ぼくがパーシーを見守《みまも》ってるのは知《し》っていた」

「見守《みまも》ってた？」

「見張《みは》ってたんだ。無事《ぶじ》でいられるように。だけど、親友《しんゆう》なのはうそじゃない」グローバーはあわててつけ足《た》した。「ぼくはほんとうの友《とも》だちだ」

「けど……正体《しょうたい》はなんなんだ？」

「それは今《いま》のところどうでもいい」

「どうでもいい？　おれの親友《しんゆう》は腰《こし》から下《した》が、ロバ――」

グローバーが高《たか》い、しゃがれた声《こえ》で「メエェエ！」と鳴《な》いた。

前《まえ》にもグローバーが同《おな》じ声《こえ》を出《だ》すのを聞《き》いたことがあった。けど、いつも、おどおどしながら笑《わら》っているせいだ、と思《おも》っていた。今《いま》になって、どっちかっていえば怒《おこ》ったヒツジの鳴《な》き声《ごえ》だ、と気《き》づいた。

「ヤギだよ！」グローバーが大声《おおごえ》でいった。

「え？」

「ぼくは腰《こし》から下《した》が『ヤギ』なの」

「さっき自分《じぶん》でどうでもいいっていったくせに」

「メエェ！　そんなことというと、サテュロスにひづめで踏《ふ》みつぶされるぞ！」

「おい、待《ま》てよ。サテュロスって。つまりそれ……ブラナー先生《せんせい》が教《おし》えてくれた神話《しんわ》の？」

「果物屋台《くだものやたい》のおばあさんも神話《しんわ》？　ドッズ先生《せんせい》も神話《しんわ》だと思《おも》う？」

「てことは認《みと》めるんだな。ドッズ先生《せんせい》の存在《そんざい》を！」

「もちろん」

「じゃあ、なんで——」

「深《ふか》く知《し》らなければ、怪物《かいぶつ》たちも寄《よ》ってこない」グローバーは、そんなことも知《し》らないの、とでもいうようにいった。「人間《にんげん》の目《め》にはミストをかけた。パーシーも復讐《ふくしゅう》の女神《めがみ》のことは幻覚《げんかく》だと思《おも》ってくれたら、と願《ねが》ってた。だけど、うまくいかなかった。パーシーは自分《じぶん》の正体《しょうたい》を自覚《じかく》しはじめた」

「おれの正体《しょうたい》——ちょっと待《ま》てよ。どういうことだ？」

不気味《ぶきみ》なうなり声《ごえ》がまたうしろのほうから聞《き》こえた。さっきより近《ちか》い。おれたちを追《お》ってきた何《なに》かは、まだ追跡《ついせき》をつづけている。

「パーシー」母《かあ》さんがいった。「説明《せつめい》しなくちゃいけないことがたくさんあるのに、時間《じかん》がないの。わたしたち、パーシーを守《まも》らなくちゃいけないの」

「何《なに》から？　だれに追《お》われてるって？」

「いや、たいした相手《あいて》じゃない」グローバーがいった。ロバといわれてまだむっとしている。「死者《ししゃ》の国《くに》の王《おう》と、血《ち》に飢《う》えたその家来《けらい》が二、三人《にん》」

「やめてちょうだい！」

「すみません、ジャクソンさん。もっとスピードをあげていただけませんか？」

おれはこの状況《じょうきょう》を見《み》て見《み》ぬふりをしようと思《おも》ったけど、それは無理《むり》だった。はっきりいってこれは夢《ゆめ》じゃない。おれには想像力《そうぞうりょく》なんてない。こんなに不気味《ぶきみ》な話《はなし》、想像《そうぞう》しろったって無理《むり》だ。

母《かあ》さんはきゅうに左《ひだり》に曲《ま》がった。車《くるま》はさっきより細《ほそ》い道《みち》にそれ、明《あ》かりの消《き》えた農家《のうか》や木《き》の茂《しげ》る丘《おか》、長《なが》く横《よこ》にのびる白《しろ》い柵《さく》にかかった『イチゴ狩《が》りできます』の看板《かんばん》の横《よこ》を駆《か》けぬけた。

「どこに行《い》くの？」おれはきいた。

「訓練所《くんれんじょ》よ。さっき話《はな》した」母《かあ》さんの声《こえ》が緊張《きんちょう》している。おれの前《まえ》だから怖《こわ》いのをこらえてる。「お父《とう》さんがパーシーを入《い》れるつもりだったところよ」

「母《かあ》さんがおれを行《い》かせたくないところ」

「やめて、お願《ねが》い。母《かあ》さんもつらくてたまらないのよ。わかって。パーシーの身《み》が危《あぶ》ないの」

「おばあさんたちが糸《いと》を切《き》ったからね」

「おばあさんじゃないよ」グローバーがいった。「運命《うんめい》の三女神《めがみ》（訳注《やくちゅう》：生命《せいめい》の糸《いと》を紡《つむ》ぐクロト、糸《いと》の長《なが》さを決《き》めるラケシス、糸《いと》を切《き》るアトロポス）だ。どういう意味《いみ》かわかる？——三女神《めがみ》がパーシーの前《まえ》に現《あらわ》れた、その意味《いみ》。三人《にん》が姿《すがた》を現《あらわ》すのはパーシーの……だれかの死《し》が近《ちか》いときなんだ」

「おい、今《いま》『パーシーの』っていった」

「いってないよ。『だれかの』っていったんだ」

「その『だれか』はおれのことだろ」

「一般論《いっぱんろん》だよ。パーシーだけのことじゃないよ」

「ふたりとも！」母《かあ》さんがいった。

母《かあ》さんが右《みぎ》に急《きゅう》カーブを切《き》った。一瞬《いっしゅん》、人影《ひとかげ》が見《み》えた。母《かあ》さんはそれをよけようとした――黒《くろ》く揺《ゆ》らめく人影《ひとかげ》は、もううしろの嵐《あらし》の中《なか》だ。

「あれ、何《なに》？」おれはきいた。

「もう少《すこ》しよ」母《かあ》さんはおれの質問《しつもん》を無視《むし》した。「あと二キロ。お願《ねが》い、お願《ねが》い、お願《ねが》い」

どこまであともう少《すこ》しなのかわからなかったけど、気《き》がつくとおれは体《からだ》を前《まえ》に乗《の》りだして、そこに着《つ》くことを必死《ひっし》に祈《いの》っていた。

車《くるま》の外《そと》は雨《あめ》、そして、闇《やみ》、それだけだった――ロングアイランドの先端《せんたん》によくある、何《なに》もない田舎道《いなかみち》を走《はし》っていた。おれはドッズ先生《せんせい》のことを、先生《せんせい》が尖《とが》った歯《は》と革《かわ》の翼《つばさ》を持《も》つ何《なに》かに姿《すがた》を変《か》えた瞬間《しゅんかん》のことを考《かんが》えた。今《いま》さらのように怖《こわ》くなって、手足《てあし》が冷《つめ》たくなった。先生《せんせい》は人間《にんげん》じゃなかった。おれを殺《ころ》そうとしていた。

それから、ブラナー先生《せんせい》……先生《せんせい》がほうり投《な》げてくれた剣《けん》のことも。グローバーにそのことをきこうと思《おも》った瞬間《しゅんかん》、首筋《くびすじ》に鳥肌《とりはだ》が立《た》った。まぶしい閃光《せんこう》、耳《みみ》をつんざく音《おと》。そして、車《くるま》が爆発《ばくはつ》した。

そのときのことを思《おも》い出《だ》すと、自分《じぶん》の体《からだ》の重《おも》みがなくなったみたいな感《かん》じだった。押《お》しつぶされる、揚《あ》げ油《あぶら》にほうりこまれる、洗車機《せんしゃき》の中《なか》にいる。その全部《ぜんぶ》がいっぺんに起《お》こっている感《かん》じだった。

おれの額《ひたい》は運転席《うんてんせき》の背中《せなか》にめりこんでいた。おれは体《からだ》を起《お》こしながらうめいた。

「パーシー」母《かあ》さんが叫《さけ》んだ。

「だいじょうぶ……」

おれはぼうっとする頭《あたま》をふった。死《し》んではいない。車《くるま》が爆発《ばくはつ》したわけじゃなかった。道《みち》からそれて溝《みぞ》にはまったらしい。運転席側《うんてんせきがわ》のドアが泥《どろ》につっこんでいる。車《くるま》の天井《てんじょう》は卵《たまご》の殻《から》みたいにぱっかり割《わ》れて、雨《あめ》が吹《ふ》きこんでいた。

稲妻《いなずま》。ほかに説明《せつめい》しようがない。雷《かみなり》に打《う》たれてハンドルがきかなくなった。後部座席《こうぶざせき》にいるおれのとなりには、身動《みうご》きひとつしない、大《おお》きなかたまりがあった。「グローバー！」

ぐったりしたグローバーの口《くち》のはしから血《ち》が一筋《ひとすじ》伝《つた》っている。グローバーの毛《け》むくじゃらの尻《しり》を揺《ゆ》すりながら心《こころ》の中《なか》で祈《いの》った。やめてくれ！　半分《はんぶん》ヤギだって、おまえはおれの親友《しんゆう》だ。死《し》ぬな！

グローバーが、「おなかすいた」とうなった。それを聞《き》いておれは少《すこ》しほっとした。

「パーシー」母《かあ》さんがいった。「しかたがないわ……」その声《こえ》はふるえていた。

おれはうしろをふり返《かえ》った。稲妻《いなずま》が走《はし》った瞬間《しゅんかん》、泥《どろ》まみれになった車《くるま》のうしろの窓《まど》の外《そと》に人影《ひとかげ》が見《み》えた。こっちにむかって、路肩《ろかた》をのっそり歩《ある》いてくる。おれはぞっとした。その真《ま》っ黒《くろ》な人影《ひとかげ》はアメフト選手《せんしゅ》くらいでかかった。頭《あたま》にまるめた毛布《もうふ》をのせているみたいだ。ごつい上半身《じょうはんしん》は毛《け》におおわれている。両手《りょうて》を上《うえ》にあげているせいで、角《つの》が生《は》えているのかと思《おも》った。

おれは息《いき》をのんだ。「あれ、だれ――」

「パーシー」母《かあ》さんはおそろしいくらい真剣《しんけん》だ。「車《くるま》から出《で》て」

母《かあ》さんは運転席側《うんてんせきがわ》のドアに体当《たいあ》たりした。泥《どろ》であかなくなっている。おれも自分《じぶん》のそばのドアをあけようとした。こっちもだめだ。絶望的《ぜつぼうてき》になって天《てん》をあおぐと、穴《あな》があいていた。ここから出《で》られるかも。けど、割《わ》れ目《め》の縁《ふち》はまだ高温《こうおん》で、くすぶっている。

「助手席《じょしゅせき》からはい出《だ》して！」母《かあ》さんがいった。「パーシー──走《はし》っていくのよ。あの大《おお》きな木《き》が見《み》える？」

「どれ？」

また稲妻《いなずま》が光《ひか》った。くすぶって煙《けむり》をあげる天井《てんじょう》の穴《あな》から、母《かあ》さんのいった木《き》が見《み》えた。いちばん近《ちか》くの丘《おか》のてっぺんに、ホワイトハウスのクリスマスツリー級《きゅう》の大《おお》きな松《まつ》の木《き》が立《た》っている。

「あそこが境界線《きょうかいせん》よ。丘《おか》を越《こ》えると、そのむこうの谷《たに》に大《おお》きな農家《のうか》があるわ。全速力《ぜんそくりょく》で走《はし》って、ふりむいちゃだめ。大声《おおごえ》で助《たす》けを求《もと》めて。ドアのところに着《つ》くまで、止《と》まっちゃだめよ」

「母《かあ》さんもいっしょに行《い》こう」

母《かあ》さんは青《あお》ざめ、瞳《ひとみ》は悲《かな》しげだった。海《うみ》を見《み》つめるときみたいに。

「いやだ！」おれは叫《さけ》んだ。「母《かあ》さんもいっしょに来《き》て。グローバーを運《はこ》ぶのを手伝《てつだ》って」

「おなかすいた！」グローバーがうめいた。さっきより少《すこ》し大《おお》きな声《こえ》で。頭《あたま》に毛布《もうふ》をのせた男《おとこ》はどんどんこっちにむかってくる。鼻《はな》を鳴《な》らす音《おと》が聞《き》こえる。近《ちか》づくにつれてわかった。頭《あたま》に毛布《もうふ》をのせられるはずがない。だって、両手《りょうて》は——でっかくて分厚《ぶあつ》い両手《りょうて》は——だらりと下《さ》げたまま前後《ぜんご》にふっている。毛布《もうふ》じゃない。毛《け》だらけの、頭《あたま》のはずがないくらい大《おお》きいものは……頭《あたま》だった。角《つの》みたいにみえるとがったものは……。

「追《お》われているのは『わたしたち』じゃない。パーシーなのよ。それに、母《かあ》さんは境界《きょうかい》線《せん》のむこうには行《い》けない」

「けど……」

「時間《じかん》がないの。行《い》って、お願《ねが》い」

おれはかっとなった。それから、母《かあ》さんに、ヤギのグローバーに、角《つの》の生《は》えたやつに腹《はら》が立《た》った。そいつは牡牛《おうし》みたいに重《おも》い足取《あしど》りで、ゆっくり、まっすぐに近《ちか》づいてくる。

おれはグローバーを乗《の》り越《こ》えて、降《ふ》りしきる雨《あめ》の中《なか》、ドアをあけた。「いっしょに行《い》くんだ。母《かあ》さん、早《はや》く」

「いったでしょ——」

「母《かあ》さん！　母《かあ》さんを置《お》いていったりしない。グローバーを運《はこ》ぶのを手伝《てつだ》って」

返事《へんじ》を待《ま》たずに、おれはグローバーを引《ひ》きずって車《くるま》の外《そと》にはい出《で》た。グローバーは驚《おどろ》くくらい軽《かる》かったけど、母《かあ》さんが手《て》を貸《か》してくれなかったら、遠《とお》くまで運《はこ》ぶのは無理《むり》だっただろう。

母《かあ》さんとおれは両側《りょうがわ》からグローバーを支《ささ》えて、腰《こし》の高《たか》さまである濡《ぬ》れた草《くさ》の中《なか》をよろけるように丘《おか》をのぼりはじめた。

ちらっとふり返《かえ》ると、怪物《かいぶつ》の姿《すがた》が初《はじ》めてはっきり見《み》えた。身長《しんちょう》は二メートルはある。腕《うで》も脚《あし》も雑誌《ざっし》『筋肉男《きんにくおとこ》』の表紙《ひょうし》に出《で》てくるみたい――二頭筋《とうきん》も三頭筋《とうきん》もむきむき、ほかの筋《きん》肉《にく》も野球《やきゅう》のボールみたいにぱんぱんで、血管《けっかん》が網《あみ》のように浮《う》き出《で》ている。服《ふく》は着《き》ていなくて下着《したぎ》だけ――ていうか、真《ま》っ白《しろ》なブリーフだけ――おかしな感《かん》じだけど、上半身《じょうはんしん》はめちゃくちゃ怖《こわ》い。へそのあたりから茶色《ちゃいろ》くて太《ふと》い毛《け》が生《は》えていて、それが肩《かた》にかけてどんどん濃《こ》くなっている。

筋肉《きんにく》りゅうりゅうで毛《け》むくじゃらの肩《かた》の上《うえ》に、巨大《きょだい》な頭《あたま》。鼻《はな》はおれの腕《うで》くらい長《なが》くて、鼻水《はなみず》をたらした鼻《はな》の穴《あな》にはぎらぎら光《ひか》る真鍮《しんちゅう》の鼻輪《はなわ》。残忍《ざんにん》そうな黒《くろ》い目《め》に、二本《ほん》の角《つの》――

先《さき》のとがった黒《くろ》と白《しろ》のしましまのでっかい角《つの》だ。電動鉛筆削《でんどうえんぴつけず》りでだってここまでとがらせられない。

この怪物《かいぶつ》なら知《し》っている。ブラナー先生《せんせい》が話《はな》してくれた最初《さいしょ》の物語《ものがたり》に出《で》てくるやつだ。けど、現実《げんじつ》にいるはずがない。

おれは降《ふ》る雨《あめ》に目《め》をしばたたかせた。「あれは——」

「クレタ王《おう》ミノスの妻《つま》パシパエが白《しろ》い牡牛《おうし》と交《まじ》わって生《う》んだ子《こ》よ」母《かあ》さんがいった。「あの怪物《かいぶつ》がここまで本気《ほんき》でパーシーを殺《ころ》したがっていたなんて」

「けど、あれはミノ……」

「名前《なまえ》をいっちゃだめ」母《かあ》さんがいった。「名前《なまえ》には力《ちから》があるから」

松《まつ》の大木《たいぼく》まではまだまだ遠《とお》い——あと百メートルは登《のぼ》らなくちゃいけない。

もう一度《いちど》ふり返《かえ》ってみた。

牛男《うしおとこ》はおれたちの乗《の》っていた車《くるま》におおいかぶさり、窓《まど》から中《なか》を見《み》ている——いや、正確《せいかく》には、見《み》てはいない。鼻《はな》をこすりつけて、においをかいでいる感《かん》じだ。なんでわざわざそんなことをしてるんだ？　おれたちと五十メートルしか離《はな》れてないのに。

「おなかすいた」グローバーがうめいた。

「しーっ」おれはグローバーにいった。「母《かあ》さん、あいつ何《なに》やってんだ？　こっちが見《み》えないのかな？」

「目《め》も耳《みみ》も悪《わる》いのよ。においがたよりなの。でも、すぐにわたしたちがどこにいるか気《き》づくわ」

その言葉《ことば》が合図《あいず》だったかのように、牛男《うしおとこ》は怒《いか》りの叫《さけ》びをあげた。そして、天井《てんじょう》の穴《あな》に手《て》をつっこんでゲイブのカマロを持《も》ちあげた。車台《しゃだい》がギギギッ、バリバリッと音《おと》をたてた。牛男《うしおとこ》は車《くるま》を頭《あたま》の上《うえ》まで持《も》ちあげ、道路《どうろ》に投《な》げつけた。車《くるま》は濡《ぬ》れたアスファルトの上《うえ》でスリップして、火花《ひばな》を散《ち》らしながら百メートルくらいすべって止《と》まった。ガソリンタンクが爆発《ばくはつ》した。

〈かすり傷《きず》も許《ゆる》さん〉とゲイブがいっていたのを思《おも》い出《だ》した。

やばい。

「パーシー」母《かあ》さんがいった。「相手《あいて》はこっちに気《き》づいたら突進《とっしん》してくるわ。ぎりぎりまで待《ま》って、飛《と》びのくのよ――真横《まよこ》に。あの怪物《かいぶつ》は走《はし》りだしたら方向《ほうこう》を変《か》えられないから。

わかった？」

「母《かあ》さん、なんでそんなにいろいろ知《し》ってるの？」

「長《なが》い間襲《あいだおそ》われるのを心配《しんぱい》していたから。こうなるのはわかっていたはずなのに。母《かあ》さん、自分勝手《じぶんかって》だったわ。パーシーをそばに置《お》いておくなんて」

「おれをそばに置《お》いておく？　けど——」

もう一度怒《いちどいか》りの叫《さけ》びをあげると、牛男《うしおとこ》はのしのしと丘《おか》を登《のぼ》りはじめた。

おれたちのにおいをかぎつけたんだ。

松《まつ》の大木《たいぼく》まではあと数《すう》メートル。けど、斜面《しゃめん》はどんどんきつく、すべりやすくなってくる。なのに、グローバーの重《おも》さは変《か》わらない。

牛男《うしおとこ》がせまってきた。あと何秒《なんびょう》かで踏《ふ》みつぶされてしまう。

母《かあ》さんはつかれきっているはずなのに、グローバーに肩《かた》を貸《か》していた。「行《い》って、パーシー！　離《はな》れて！　母《かあ》さんがいったことを忘《わす》れないで」

別《わか》れたくなかったけど、母《かあ》さんのいうとおりだ——ほかに方法《ほうほう》がない。おれは左方向《ひだりほうこう》にいきおいよく駆《か》けだし、うしろを見《み》てみた。牛男《うしおとこ》はまっしぐらにおれにむかってくる。黒《くろ》い目《め》が憎悪《ぞうお》に燃《も》えている。体《からだ》から腐《くさ》った肉《にく》みたいなにおいがただよってくる。

牛男《うしおとこ》が頭《あたま》を下《さ》げて突進《とっしん》してきた。かみそりのように鋭《するど》い角先《つのさき》を、おれの胸元《むなもと》にまっすぐむけて。

体《からだ》の芯《しん》から怖《こわ》くて、逃《に》げ出《だ》したくてたまらなかった。けど、それじゃ失敗《しっぱい》する。こいつより早《はや》く走《はし》れるはずがない。おれは足《あし》を踏《ふ》んばり、ぎりぎりのところで横《よこ》に飛《と》びのいた。

牛男《うしおとこ》は貨物列車《かもつれっしゃ》みたいにそのまま暴走《ぼうそう》し、怒《いか》りに吠《ほ》えてふり返《かえ》った。けど、今度《こんど》はおれのほうに、じゃなく、母《かあ》さんのほうにだった。母《かあ》さんはグローバーを草《くさ》むらの中《なか》に下《お》ろしているところだった。

おれたちは丘《おか》のてっぺんにいた。反対側《はんたいがわ》を見《み》おろすと、母《かあ》さんのいっていたとおり、谷《たに》が見《み》えた。農家《のうか》の黄色《きいろ》い明《あ》かりが点々《てんてん》と、雨《あめ》にかすんで光《ひか》っている。けど、まだあと八百メートルはある。無事《ぶじ》にたどり着《つ》くことはできないだろう。

牛男《うしおとこ》は鼻《はな》を鳴《な》らし、地面《じめん》をけった。目《め》は母《かあ》さんをにらんだままだ。母《かあ》さんは丘《おか》のてっぺんからゆっくりあとずさりを始《はじ》めた。来《き》た道《みち》を引《ひ》き返《かえ》し、牛男《うしおとこ》からグローバーを引《ひ》き離《はな》そうとしている。

「パーシー、走《はし》って！　母《かあ》さんはこれ以上《いじょう》いっしょに行《い》けない。走《はし》って！」

けど、おれは動《うご》けなかった。恐怖《きょうふ》にかたまっていた。牛男《うしおとこ》が母《かあ》さんにむかって突進《とっしん》していった。母《かあ》さんはおれに教《おし》えたとおり、横《よこ》によけようとした。けど、怪物《かいぶつ》は今度《こんど》はヘマをしなかった。片手《かたて》をさっとつき出《だ》し、逃《に》げようとする母《かあ》さんの首《くび》をつかんだ。怪物《かいぶつ》に持《も》ちあげられて、母《かあ》さんは手足《てあし》をばたばたさせてもがいた。

「母《かあ》さん！」

おれと目《め》が合《あ》い、母《かあ》さんはあえぎながらやっとのことで最後《さいご》の一言《ひとこと》をいった。「行《い》って！」

そのとき、牛男《うしおとこ》が怒《いか》りに吠《ほ》えながら、母《かあ》さんの首《くび》をつかんだ両手《りょうて》に力《ちから》をこめた。と、おれの目《め》の前《まえ》で、母《かあ》さんの姿《すがた》が溶《と》けだした。ホログラムみたいに全身《ぜんしん》が金色《きんいろ》に輝《かがや》いて、光《ひかり》の中《なか》に溶《と》けていく。一瞬《いっしゅん》、まぶしい閃光《せんこう》をはなち、母《かあ》さんはそのまま……消《き》えた。

「うそだ！」

恐怖《きょうふ》が怒《いか》りに変《か》わった。今《いま》まで眠《ねむ》っていた力《ちから》が目覚《めざ》めて、手足《てあし》がかっと熱《あつ》くなった——ドッズ先生《せんせい》にかぎづめが生《は》えた瞬間《しゅんかん》にわいたのと同《おな》じ力《ちから》だ。

牛男《うしおとこ》はグローバーに近《ちか》づいていった。グローバーは草《くさ》むらの中《なか》でぐったりしている。牛《うし》男《おとこ》は身《み》をかがめ、おれの親友《しんゆう》のにおいをかいだ。すぐにグローバーもつかまって溶《と》かされてしまうだろう。

そんなことさせない。

おれは赤《あか》いレインコートを脱《ぬ》いだ。

「おい!」そう叫《さけ》びながらレインコートをふり、牛男《うしおとこ》にむかって走《はし》った。「おい、バカ牛《うし》! ひき肉《にく》にしちまうぞ!」

「うおぉー」牛男《うしおとこ》は太《ふと》ったこぶしをふりながら、こっちにむかってきた。

いいことを思《おも》いついた——いや、ばかばかしい思《おも》いつきかもしれないけど、何《なに》もしないよりましだ。松《まつ》の大木《たいぼく》に背中《せなか》をつけ、牛男《うしおとこ》の前《まえ》でレインコートをふった。土壇場《どたんば》で横《よこ》にとびのくつもりだった。

けど、そうはいかなかった。

相手《あいて》のスピードが速《はや》すぎた。おれがどっちに逃《に》げてもつかまえられるよう、両腕《りょううで》をつき出《だ》して突進《とっしん》してきた。

スローモーションになった。

おれの両脚《りょうあし》は緊張《きんちょう》していた。横《よこ》に飛《と》ぶことはできない。おれはまっすぐ上《うえ》に飛《と》んだ。牛《うし》男《おとこ》の頭《あたま》を踏《ふ》み台代《だいが》わりにけって、宙返《ちゅうがえ》りして、首《くび》のうしろに着地《ちゃくち》した。

今《いま》どうしたんだ？　考《かんが》えるひまはなかった。千分《せんぶん》の一秒後《いちびょうご》、牛男《うしおとこ》は頭《あたま》から木《き》につっこんだ。その衝撃《しょうげき》で、おれは食《く》いしばった歯《は》が折《お》れそうになった。

牛男《うしおとこ》はふらふらしながら、おれをふり落《お》とそうとする。おれは投《な》げだされないよう角《つの》に抱《だ》きついた。雷鳴《らいめい》と稲妻《いなずま》はさっきよりも激《はげ》しくなった。雨《あめ》が目《め》に入《はい》る。腐《くさ》った肉《にく》のにおいで鼻《はな》の奥《おく》が痛《いた》い。

牛男《うしおとこ》はロデオの馬《うま》のように体《からだ》をよじり、激《はげ》しく揺《ゆ》らしている。うしろに下《さ》がって木《き》に頭《あたま》を打《う》ちつければ、おれをぺしゃんこにできるのに。けど、おれにはわかってきた。こいつ、前《まえ》にしか行《い》けないんだ。

そのうちに、グローバーが草《くさ》むらの中《なか》でうなりはじめた。大《おお》きな声《こえ》で「静《しず》かにしてろ」といいたいけど、こう激《はげ》しく揺《ゆ》すぶられていると、口《くち》をあけたら自分《じぶん》で舌《した》を噛《か》み切《き》ってしまう。

「おなかすいた!」グローバーがうめいた。

牛男《うしおとこ》はくるりとグローバーのほうをむき、また地面《じめん》をけって突進《とっしん》しようとした。こいつに首《くび》をしめられて、母《かあ》さんはまぶしい閃光《せんこう》の中《なか》に消《き》えた。それを考《かんが》えたら、体《からだ》じゅうがハイオクガソリンみたいな怒《いか》りでいっぱいになった。おれは両手《りょうて》で片方《かたほう》の角《つの》をつかみ、思《おも》い切《き》りうしろに引《ひ》っぱった。牛男《うしおとこ》がはっと体《からだ》をかたくし、驚《おどろ》いて鼻《はな》を鳴《な》らし、そして——ポキン!

牛男《うしおとこ》は叫《さけ》び声《ごえ》をあげて、おれを宙《ちゅう》に飛《と》ばした。おれは草《くさ》むらにあお向《む》けに倒《たお》れ、頭《あたま》を岩《いわ》にぶつけた。体《からだ》を起《お》こすと、視界《しかい》がぼやけていたけど、両手《りょうて》には角《つの》を握《にぎ》っていた。でっかいナイフくらいの大《おお》きさの骨《ほね》の武器《ぶき》だ。折《お》れたところがぎざぎざになっている。

牛男《うしおとこ》が突進《とっしん》してきた。

反射的《はんしゃてき》におれは横《よこ》に転《ころ》がって膝立《ひざだ》ちになると、横《よこ》を走《はし》る相手《あいて》のわき腹《ばら》に、折《お》れた角《つの》をつき出《だ》した。毛《け》におおわれたあばらのすぐ下《した》めがけて。

牛男《うしおとこ》は苦《くる》しそうに吠《ほ》えた。激《はげ》しくもがき、胸元《むなもと》をかきむしり、それから溶《と》けだした——母《かあ》さんのときのように金色《きんいろ》のまぶしい光《ひかり》はない。砂山《すなやま》が風《かぜ》に吹《ふ》かれて崩《くず》れ、砂《すな》にもどるような感《かん》じだった。ドッズ先生《せんせい》がはじけ飛《と》んだときと同《おな》じだ。怪物《かいぶつ》の姿《すがた》が消《き》えた。

雨《あめ》はやんでいた。風《かぜ》はまだうなっているけど、それも遠《とお》い。家畜《かちく》のにおいがし、おれの膝《ひざ》はがくがくだった。頭《あたま》が割《わ》れそうだった。体《からだ》に力《ちから》が入《はい》らなくて、怖《こわ》くて、悲《かな》しくて震《ふる》えていた。たった今《いま》、目《め》の前《まえ》で母《かあ》さんが消《き》えた。地面《じめん》につっぷして泣《な》きたかった。けど、グローバーがいる。助《たす》けを必要《ひつよう》としている。おれはなんとかグローバーを引《ひ》っぱり起《お》こし、ふらつく足《あし》でいっしょに谷《たに》を下《くだ》った。農家《のうか》の明《あ》かりにむかって。声《こえ》をあげて泣《な》きながら、母《かあ》さんを呼《よ》んだ。けど、グローバーはしっかりつかまえていた——グローバーから手《て》を離《はな》すわけにはいかない。

最後《さいご》に覚《おぼ》えているのは、木《き》のポーチに倒《たお》れこんで、見上《みあ》げると天井《てんじょう》のファンがまわっていて、黄色《きいろ》い光《ひかり》のまわりをガが飛《と》んでいたこと。それと、見《み》たことのあるひげ面《づら》の男《おとこ》と、金髪《きんぱつ》をお姫《ひめ》さまみたいにカールさせたかわいい女《おんな》の子《こ》の心配《しんぱい》そうな顔《かお》。ふたりともおれを見《み》おろしていた。女《おんな》の子《こ》がいった。「この子《こ》よ。この子《こ》にちがいないわ」

「静《しず》かに、アナベス」男《おとこ》がいった。「まだ意識《いしき》がある。中《なか》に運《はこ》びなさい」

第《だい》5章《しょう》　パーシー、馬《うま》とトランプをする

家畜《かちく》ばかり出《で》てくる不気味《ぶきみ》な夢《ゆめ》を見《み》た。ほとんどはおれを殺《ころ》そうとしていた。残《のこ》りは食料《しょくりょう》をほしがっていた。

何度《なんど》も目《め》を覚《さ》ましたにちがいない。けど、見《み》るものも聞《き》くものも何《なに》がなんだかわからなくて、また気《き》が遠《とお》くなった。自分《じぶん》がふかふかのベッドに寝《ね》て、スプーンで何《なに》かを食《た》べさせてもらったのは覚《おぼ》えている。バターをかけたポップコーンみたいな味《あじ》がするプディングだった。金髪《きんぱつ》の女《おんな》の子《こ》がつきそって、おれのあごについた汁《しる》を、愉快《ゆかい》そうに笑《わら》いながらスプーンですくいとっていた。

おれが目《め》をあけたのに気《き》づいて、女《おんな》の子《こ》はたずねた。「夏至《げし》が来《き》たらどうなるの？」

おれはなんとかしわがれた声《こえ》を出《だ》した。「え？」

女《おんな》の子《こ》はあたりを見《み》まわした。だれかに聞《き》かれたら困《こま》る、とでもいうように。「どう

なってるの？　何《なに》を盗《と》られたの？　あと何週間《なんしゅうかん》かしかないのに！」

「悪《わる》いけど」おれは口《くち》ごもった。「おれにはさっぱり……」

だれかがドアをたたいた。女《おんな》の子《こ》はあわてておれの口《くち》にプディングを押《お》しこんだ。

次《つぎ》に目《め》を覚《さ》ますと、女《おんな》の子《こ》はいなくなっていた。

サーファーみたいな、金髪《きんぱつ》でがっしりした若者《わかもの》が部屋《へや》のすみに立《た》って、おれを見張《みは》っていた。目《め》が青《あお》くて──少《すく》なくとも十二個《こ》──それが、頬《ほお》にも、額《ひたい》にも、手《て》の甲《こう》にもあった。


やっと意識《いしき》がはっきりしてくると、まわりにみょうなことは何《なに》もなかった。ただ、みんなおれに対《たい》して親切《しんせつ》だった。こんなことは初《はじ》めてだ。おれは大《おお》きなポーチに置《お》かれたデッキチェアに腰《こし》かけて、草地《くさち》のはるかむこうに連《つら》なる緑《みどり》の丘《おか》を見《み》つめていた。そよ風《かぜ》はイチゴのにおい。おれは膝《ひざ》に毛布《もうふ》をかけ、頭《あたま》のうしろに枕《まくら》をあてていた。すべて気持《きも》ちがよかったけど、口《くち》の中《なか》だけはサソリの巣《す》になっている感《かん》じだった。舌《した》が乾《かわ》いて荒《あ》れていて、歯《は》の一本一本《いっぽんいっぽん》が痛《いた》い。

デッキチェアのとなりのテーブルの上《うえ》には背《せ》の高《たか》いコップがあった。なかみは冷《つめ》たいリンゴジュースらしい。緑色《みどりいろ》のストローがさしてあって、赤《あか》いチェリーにつきさした紙《かみ》の傘《かさ》もついている。

手《て》に力《ちから》が入《はい》らなくて、コップをつかんだけどあやうく落《お》としそうになった。

「気《き》をつけて」聞《き》きおぼえのある声《こえ》がいった。

グローバーがポーチの手《て》すりにもたれていた。一週間《いっしゅうかん》も眠《ねむ》っていないみたいな顔《かお》だ。わきに靴箱《くつばこ》をだいじに抱《かか》えている。青《あお》いジーンズに、コンバースのハイカット。「ハーフ訓《くん》練所《れんじょ》」と書《か》かれたオレンジ色《いろ》のTシャツを着《き》ている。昔《むかし》どおりの、いつものグローバーだ。ヤギ少年《しょうねん》じゃない。

じゃあ、あれは悪《わる》い夢《ゆめ》だったんだろう。母《かあ》さんは無事《ぶじ》なんだ。おれはまだ母《かあ》さんといっしょに旅行中《りょこうちゅう》で、何《なに》か理由《りゆう》があってこの大《おお》きな家《いえ》を訪《たず》ねたんだ。そして……。

「パーシーはぼくの命《いのち》の恩人《おんじん》だよ」グローバーがいった。「ぼく……その、せめて何《なに》かしたくて……あの丘《おか》にもどってみた。パーシーがこれをほしいかと思《おも》って」

グローバーはもったいぶった様子《ようす》でおれの膝《ひざ》の上《うえ》に靴箱《くつばこ》を置《お》いた。

中《なか》には白《しろ》と黒《くろ》のしましまの牡牛《おうし》の角《つの》が一本入《いっぽんはい》っていた。折《お》れた根元《ねもと》はぎざぎざで、先《さき》には血《ち》が乾《かわ》いてこびりついている。悪《わる》い夢《ゆめ》じゃなかった。

「ミノタウロス?」おれはいった。

「パーシー、よくないよ。そういうふうに――」

「ギリシャ神話《しんわ》ではそう呼《よ》ばれているんだろ? 半分人間《はんぶんにんげん》で半分牛《はんぶんうし》のミノタウロス」

グローバーは居心地《いごこち》が悪《わる》そうに姿勢《しせい》を変《か》えた。「パーシーは二日間意識《ふつかかんいしき》を失《うしな》ってたんだ。どのくらい覚《おぼ》えている?」

「母《かあ》さん。母《かあ》さんはほんとうに……」

グローバーはうつむいた。

おれは草地《くさち》のむこうを見《み》つめた。真《ま》っ青《さお》な空《そら》の下《した》、木立《こだち》が点々《てんてん》と見《み》え、小川《おがわ》がくねりながら流《なが》れ、何《なん》エーカーものイチゴ畑《ばたけ》が広《ひろ》がっている。ここはゆるやかな丘陵地《きゅうりょうち》に囲《かこ》まれていた。真《ま》ん前《まえ》にあるいちばん高《たか》い小山《こやま》のてっぺんに、あの松《まつ》の大木《たいぼく》が立《た》っている。それさえ、太陽《たいよう》の光《ひかり》を浴《あ》びてきれいに見《み》える。

母《かあ》さんは消《き》えてしまった。世界中《せかいじゅう》が真《ま》っ暗《くら》で冷《ひ》え切《き》っている。きれいなものなんて何《なに》もない。

「ごめん」グローバーはすすり泣《な》いた。「ぼくはできそこないだ。ぼく──世界《せかい》でいちばんだめなサテュロスだ」

そういいながら地団太《じだんだ》を踏《ふ》んだせいで、グローバーの足《あし》が脱《ぬ》げた。ていうか、コンバースのハイカットが脱《ぬ》げた。靴《くつ》の中《なか》には発泡《はっぽう》スチロールが詰《つ》めてあって、それにひづめの形《かたち》がくっきり残《のこ》っていた。

「たいへんだ！」グローバーがつぶやいた。

澄《す》み切《き》った空《そら》に雷鳴《らいめい》がとどろいた。

グローバーが足代《あしが》わりの靴《くつ》にひづめをもどそうと苦労《くろう》しているのを見《み》ながら、おれは思《おも》った。そっか、そういうことか、と。

グローバーはサテュロス（訳注《やくちゅう》：半人半《はんじんはん》ヤギの山野《さんや》の精《せい》）だ。たぶん、グローバーの茶色《ちゃいろ》い巻《ま》き毛《げ》を剃《そ》ったら、頭《あたま》に小《ちい》さい角《つの》があるにちがいない。けど、あまりにもみじめで、サテュロスが実在《じつざい》しようがミノタウロスが実在《じつざい》しようが、どうでもよかった。重要《じゅうよう》なのはただひとつ、母《かあ》さんがほんとうに握《にぎ》りつぶされて黄色《きいろ》い光《ひかり》に溶《と》け、いなくなってしまった、ということだけだった。

おれはひとりぼっちだ。親《おや》はいない。これからはだれと暮《く》らす……くさくさゲイブと？

いやだ。ぜったいにいやだ。初《はじ》めは路上《ろじょう》でもいいや。十七歳《さい》のふりをして、軍隊《ぐんたい》に入《はい》る。何《なん》とかしてみせる。

グローバーはまだめそめそしている。かわいそうに――かわいそうなヤギ、サテュロス、なんでもいい――今《いま》にも殴《なぐ》られると思《おも》っている顔《かお》だ。

「グローバーのせいじゃないから」

「ううん、ぼくのせいだ。パーシーを守《まも》らなくちゃいけなかったのに」

「母《かあ》さんにたのまれたのか？」

「ちがう。だけど、それがぼくの役目《やくめ》なんだ。従者《キーパー》だから。少《すく》なくとも……前《まえ》はそうだった」

「けど、なんで……」きゅうにめまいがして、視界《しかい》が揺《ゆ》らいだ。

「無理《むり》しちゃだめだよ、ほら」

グローバーはコップを持《も》つおれの手《て》を支《ささ》え、おれの口《くち》にストローを運《はこ》んだ。

おれは、えっ、と思《おも》った。リンゴジュースだと思《おも》ってたのにぜんぜんちがう。チョコチップクッキーの味《あじ》。液体《えきたい》クッキーだ。しかも、そのへんのクッキーじゃない――母《かあ》さんが作《つく》る青《あお》いチョコチップを入《い》れたクッキーだ。焼《や》き立《た》てでバターの香《かお》りがして、チョコチップがまだ溶《と》けているやつだ。それを飲《の》んだら、体《からだ》じゅうがあたたかく、気持《きも》ちよく、元気《げんき》いっぱいになった。悲《かな》しみが消《き》えたわけじゃない。けど、母《かあ》さんの手《て》に頰《ほお》をなでられたみたいな、小《ちい》さい頃《ころ》と同《おな》じようにクッキーを手渡《てわた》されたみたいな、何《なに》もかもだいじょうぶよといわれたみたいな、そんな気分《きぶん》だった。

気《き》づくと、全部《ぜんぶ》飲《の》みほしていた。コップをのぞくと、あたたかい飲《の》み物《もの》を飲《の》んだはずなのに、氷《こおり》はぜんぜん溶《と》けていなかった。

「おいしかった?」グローバーがきいた。

おれはうなずいた。

「どんな味《あじ》だった?」グローバーはひどくうらやましそうだ。おれは気《き》がとがめた。

「ごめん。飲《の》ませてあげればよかった」

グローバーは目《め》を見開《みひら》いた。「ちがうよ!　そういうつもりでいったんじゃないんだ。ただ……知《し》りたかっただけなんだ」

「チョコチップクッキーの味《あじ》だった。母《かあ》さんの手作《てづく》りの」

グローバーはため息《いき》をもらした。「で、今《いま》どんな気分《きぶん》？」

「なんか、ナンシー・ボボフィットを百メートルくらい投《な》げ飛《と》ばせそうな感《かん》じ」

「よかった。よかったよ。それ以上《いじょう》は飲《の》まないほうがいいと思《おも》うよ」

「それ、どういう意味《いみ》？」

グローバーはおれの手《て》から空《から》のコップを注意深《ちゅういぶか》く、ダイナマイトか何《なに》かみたいに受《う》け取《と》って、テーブルの上《うえ》にもどした。「行《い》こうか。ケイロンとミスターＤが待《ま》ってる」


ポーチは農家《のうか》をぐるりと縁取《ふちど》っていた。

おれはふらふらの足《あし》で、かなりの距離《きょり》をがんばって歩《ある》いた。グローバーがミノタウロスの角《つの》を持《も》ってくれようとしたけど、おれは自分《じぶん》でしっかり持《も》っていた。苦《くる》しい思《おも》いをして手《て》に入《い》れた戦利品《せんりひん》だ。手放《てばな》すわけにはいかない。

ポーチを半周《はんしゅう》して農家《のうか》の反対側《はんたいがわ》まで行《い》ったところで、おれはひと息《いき》ついた。

ここはロングアイランドの北岸《ほくがん》にちがいない。農家《のうか》のこちら側《がわ》では山《やま》の斜面《しゃめん》をたどっていくと海《うみ》になり、それが一《いち》キロも先《さき》まできらきら輝《かがや》いている。農家《のうか》の建物《たてもの》と海《うみ》のあいだにはよくわからないものがいろいろあった。広々《ひろびろ》とした土地《とち》に点々《てんてん》と建《た》っているのは古代《こだい》ギリシャの遺跡《いせき》――パビリオン、円形劇場《えんけいげきじょう》、競技場《きょうぎじょう》――と似《に》ているけど、どれも真新《まあたら》しくて、白《しろ》い大理石《だいりせき》の円柱《えんちゅう》が太陽《たいよう》の光《ひかり》に輝《かがや》いている。近《ちか》くの砂場《すなば》では高校生《こうこうせい》くらいの子《こ》が十人《にん》くらいとサテュロスがバレーボールをしていた。小《ちい》さな湖《みずうみ》の湖面《こめん》をカヌーがすべるように走《はし》っていく。グローバーと同《おな》じオレンジ色《いろ》のTシャツを着《き》た子《こ》たちが、森《もり》の中《なか》に集《あつ》まって建《た》っているコテージのまわりで追《お》いかけっこ。アーチェリー場《じょう》では何人《なんにん》かが練習《れんしゅう》をし、並木道《なみきみち》で乗馬《じょうば》をしている子《こ》もいる。おれが幻覚《げんかく》を見《み》ているんじゃなきゃ、翼《つばさ》の生《は》えた馬《うま》もいる。

ポーチの曲《ま》がり角《かど》を見《み》ると、ふたりの男《おとこ》がトランプ台《だい》をはさんで座《すわ》っていた。おれにスプーンでポップコーン味《あじ》のプディングを食《た》べさせてくれた女《おんな》の子《こ》もいて、トランプ台《だい》のすぐそばのポーチの手《て》すりにもたれている。

こっちをむいている男《おとこ》は小柄《こがら》で太《ふと》っていた。赤《あか》い鼻《はな》に充血《じゅうけつ》した大《おお》きな目《め》。くるくるの髪《かみ》の毛《け》は真《ま》っ黒《くろ》で、紫色《むらさきいろ》に見《み》えるくらい。よく絵《え》で見《み》かける赤《あか》ん坊《ぼう》の天使《てんし》と似《に》ている――なんていうんだっけ、アルバム？　ちがう、ケルビム（訳注《やくちゅう》：知識《ちしき》を司《つかさど》る天使《てんし》）、それだ。この男《おとこ》はまるで、トレーラーハウスの駐車場《ちゅうしゃじょう》で中年男《ちゅうねんおとこ》になってしまったケルビムだ。あんなトラ柄《がら》のアロハシャツを着《き》てちゃ、ゲイブのポーカー仲間《なかま》にはなじめそうにない。けど、この男《おとこ》ならゲイブを負《ま》かすことだってできそうだ。

「あれがミスターDだよ」グローバーが小《ちい》さな声《こえ》でいった。「この訓練所《くんれんじょ》の所長《しょちょう》だよ。礼儀正《れいぎただ》しくね。あの女《おんな》の子《こ》はアナベス・チェイス。アナベスは訓練生《くんれんせい》だけど、ここにいちばん長《なが》くいるんだ。あと、前《まえ》に会《あ》ったことがあると思《おも》うけど、ケイロンは……」

グローバーがこっちに背《せ》をむけている男《おとこ》を指《ゆび》さした。

まず、車椅子《くるまいす》に座《すわ》っているのがわかった。それから、ツイードの上着《うわぎ》、薄《うす》くなった茶色《ちゃいろ》の髪《かみ》の毛《け》、ぼさぼさのあごひげ……。

「ブラナー先生《せんせい》!」おれは大声《おおごえ》をあげた。

古典《こてん》のブラナー先生《せんせい》がこっちをむいてほほ笑《え》んだ。目《め》がいたずらっぽく輝《かがや》いている。小《しょう》テストの選択肢《せんたくし》の解答《かいとう》を全部《ぜんぶ》Bにしてあったときに、教室《きょうしつ》で見《み》せたのと同《おな》じ目《め》だ。

「ああ、パーシー、いいところに来《き》た」先生《せんせい》はいった。「これで四人《にん》でトランプができる」

ブラナー先生《せんせい》はおれにミスターDの右側《みぎがわ》の席《せき》をすすめた。ミスターDは充血《じゅうけつ》した目《め》でおれを見《み》て、大《おお》きなため息《いき》をついた。「おっと、こういわなくてはいけないかな。ハーフ訓《くん》練所《れんじょ》へようこそ。これでよし。しかし、君《きみ》に会《あ》えてうれしい、とはいいがたい」

「あ、どうも」おれはさっとミスターDから少《すこ》し離《はな》れた。ゲイブといっしょに暮《く》らしていて学《まな》んだことがあるとしたら、それは、アル中《ちゅう》の大人《おとな》の見分《みわ》け方《かた》だ。ミスターDが酒《さけ》を飲《の》んだことがないっていうなら、おれは針千本《はりせんぼん》飲《の》んだっていい。

「アナベス?」ブラナー先生《せんせい》が金髪《きんぱつ》の女《おんな》の子《こ》に声《こえ》をかけた。

そばに来《き》たアナベスに、ブラナー先生《せんせい》はおれたちを紹介《しょうかい》した。「このお嬢《じょう》さんに看病《かんびょう》してもらってパーシーはよくなったんだ。アナベス、パーシーの寝場所《ねばしょ》を見《み》てきてくれないか? パーシーにはとりあえず十一番《ばん》コテージに入《はい》ってもらうから」

アナベスはいった。「わかりました、ケイロン」

アナベスはおれと同《おな》じ年《とし》くらいだろう。背《せ》はおれより少《すこ》し高《たか》いくらいだけど、運動神経《うんどうしんけい》ははるかによさそうだ。よく日焼《ひや》けしていて、髪《かみ》の毛《け》はカールした金髪《きんぱつ》で、おれが思《おも》い描《えが》いているカリフォルニアの女《おんな》の子《こ》に近《ちか》いけど、目《め》だけはイメージとちがう。目《め》は意外《いがい》なことに、嵐《あらし》のときの雲《くも》みたいな灰色《はいいろ》。かわいい目《め》だけどちょっと怖《こわ》い。どうやったらけんかでおれに勝《か》てるか、その最善《さいぜん》の方法《ほうほう》を考《かんが》えているみたいな目《め》だ。

アナベスはおれが両手《りょうて》で抱《かか》えたミノタウロスの角《つの》にちらりと目《め》をやり、またおれを見《み》た。今《いま》にも、〈ミノタウロスを殺《ころ》したのね！〉とか、〈わあ、すごい！〉とかいいそうだった。

けど、アナベスはこういった。「寝《ね》てるとき、よだれをたらしてたわよ」

そして、金髪《きんぱつ》をうしろになびかせながら、芝生《しばふ》の上《うえ》を全速力《ぜんそくりょく》で走《はし》っていってしまった。

「じゃあ」おれは話題《わだい》を変《か》えたかった。「ブラナー先生《せんせい》は、その、ここで働《はたら》いてるんですか？」

「ブラナー先生《せんせい》、ではない」もとブラナー先生《せんせい》はいった。「悪《わる》いがそれは偽名《ぎめい》だ。ケイロンと呼《よ》んでくれ」

「わかりました」完全《かんぜん》に混乱《こんらん》した頭《あたま》で、おれは所長《しょちょう》を見《み》た。「で、ミスターDは……何《なに》かの省略《しょうりゃく》ですか？」

ミスターDはトランプを切《き》る手《て》を止《と》めて、おれのほうを見《み》た。おれが大《おお》きなげっぷでもしたみたいに。「お若《わか》いの、それぞれの名前《なまえ》にはそれぞれの力《ちから》がある。理由《りゆう》もなくむやみに人《ひと》の名前《なまえ》をいってまわってはならん」

「わかりました。すいません」

「パーシーにいっておかなくては」もとブラナー・ケイロンが割《わ》りこんだ。「パーシーが無事《ぶじ》でうれしいよ。訓練所候補生《くんれんじょこうほせい》のところに出張《しゅっちょう》に行《い》ったのはひさしぶりだったんだ。むだ骨《ぼね》だったと思《おも》いたくはなかったからね」

「出張《しゅっちょう》？」

「ヤンシー学園《がくえん》で一年《いちねん》、パーシーの教育《きょういく》をしに、だ。もちろん、ほとんどの学校《がっこう》にはサテュロスを派遣《はけん》して見張《みは》らせている。しかし、グローバーからすぐに連絡《れんらく》が来《き》た。パーシーをひと目見《めみ》て、特別《とくべつ》なものを感《かん》じた、というんだ。そこで、私《わたし》は北《きた》に行《い》くことにした。もともといた古典《こてん》の先生《せんせい》にはうまく……というか、辞職願《じしょくねがい》を出《だ》させて」

おれは学年度《がくねんど》の初《はじ》めのことを思《おも》い出《だ》そうとした。もう何年《なんねん》も前《まえ》のことの気《き》がする。けど、そういえば、ヤンシー学園《がくえん》での最初《さいしょ》の一週間《いっしゅうかん》、古典《こてん》の先生《せんせい》はブラナー先生《せんせい》じゃなかった。ところが、説明《せつめい》もなくその先生《せんせい》はいなくなって、ブラナー先生《せんせい》が古典《こてん》の授業《じゅぎょう》を受《う》け持《も》つことになった。

「おれを教《おし》えるためだけに、ヤンシー学園《がくえん》に来《き》たんですか?」

ケイロンはうなずいた。「正直《しょうじき》いって、最初《さいしょ》は疑《うたが》っていた。お母《かあ》さんに連絡《れんらく》をとり、ハーフ訓練所《くんれんじょ》に入《はい》る場合《ばあい》にそなえて、息子《むすこ》さんを見守《みまも》っています、と知《し》らせた。しかし、パーシーはまだ何《なに》もろくに知《し》らなかった。にもかかわらず、生《い》きのびてここまで来《き》た。つねにそれが第一関門《だいいちかんもん》だ」

「グローバー」ミスターDが待《ま》ちきれない様子《ようす》でいった。「おまえもやるのかやらないのか?」

「やります!」グローバーはぶるぶる震《ふる》えながら四番目《ばんめ》の椅子《いす》に腰《こし》かけた。それにしても、なんでグローバーはトラ模様《もよう》のアロハシャツの小太《こぶと》り男《おとこ》に、こんなにびくびくしてるんだ?

「とうぜん、ピナクルのルールは知《し》っているな?」ミスターDはあやしむような目《め》つきでおれを見《み》た。

「いや」おれはいった。

「いいえ、知《し》りません」ミスターDがいった。

「知《し》りません」おれはまねしていった。この訓練所所長《くんれんじょしょちょう》のことがだんだんきらいになってきた。

「まあいい」ミスターDはおれにいった。「ピナクルというのは、グラディエーターやパックマンと同様《どうよう》、人間《にんげん》が発明《はつめい》した素晴《すば》らしいゲームのひとつだ。教養《きょうよう》ある若者諸君《わかものしょくん》には、ぜひ、ピナクルのルールを覚《おぼ》えてもらいたい」

「その子《こ》は覚《おぼ》えが早《はや》いよ」ケイロンがいった。

「教《おし》えてください」おれはいった。「ここはどこなんですか？　おれ、ここで何《なに》をするんですか？　ブラナー先《せん》……ケイロンは、どうしておれの教育《きょういく》のためだけにヤンシーに来《き》たんですか？」

ミスターDは、ふん、と鼻《はな》を鳴《な》らした。「わしも同《おな》じ質問《しつもん》をした」

所長《しょちょう》はトランプを配《くば》った。グローバーは一枚配《いちまいくば》られるたびに、びくっとしている。ケイロンは「君《きみ》にはわかっているはずだ」という顔《かお》でおれにほほ笑《え》んだ。古典《こてん》の先生《せんせい》だったときと同《おな》じ、「成績《せいせき》がどんなに悪《わる》くても、パーシーは私《わたし》にとっていちばんの生徒《せいと》だ」といっているみたいな笑顔《えがお》だ。おれには答《こた》えがちゃんとわかっている、ケイロンはそう信《しん》じていた。

「パーシー」ケイロンはいった。「お母《かあ》さんから何《なに》も聞《き》いていないのかい?」

「母《かあ》さんからは……」おれは海《うみ》を見《み》つめる、母《かあ》さんの悲《かな》しげな目《め》を思《おも》い出《だ》した。「母《かあ》さんはこういってました。できればおれをここに送《おく》りたくないけど、父《とう》さんにそうたのまれた、って。いったんここに入《はい》ったら、もう出《で》られないだろう、って。母《かあ》さんはおれとずっといっしょに暮《く》らしたかったんです」

「よくあることだ」ミスターDがいった。「そして、たいていは殺《ころ》されてしまう。お若《わか》いの、ビッドするのか?」

「え?」おれは聞《き》き返《かえ》した。

ミスターDがいらいらした様子《ようす》でピナクルのビッドのしかたを説明《せつめい》してくれた。おれはそのとおりにビッドした。

「どうやら、まだまだ教《おし》えなくてはならないことがたくさんあるようだ」ケイロンがいった。「通常《つうじょう》のオリエンテーションビデオだけでは足《た》りないだろう」

「オリエンテーションビデオ?」おれは聞《き》いた。

「いや、やめておこう」ケイロンがいった。「もうわかっていると思《おも》うが、君《きみ》の友人《ゆうじん》のグローバーはサテュロスで、また」——ケイロンは角《つの》の入《はい》った靴箱《くつばこ》を指《ゆび》さした——「君《きみ》が殺《ころ》した相手《あいて》はミノタウロスだ。お手柄《てがら》だったな。パーシーがまだ知《し》らないことがあるとすれば、それは、パーシーの人生《じんせい》にはある大《おお》きな力《ちから》がいくつも作用《さよう》しているということだ。神々《かみがみ》——いわゆるギリシャの神々《かみがみ》と呼《よ》ばれる者《もの》は——まだしぶとく生《い》きている」

おれはトランプ台《だい》のまわりの三人《にん》を見《み》た。

だれかが大声《おおごえ》で「うそだよ！」というのを待《ま》った。けど、返《かえ》ってきたのは、ミスターDの「おお、ロイヤルマリッジだ！　トリック！　トリック！」という大声《おおごえ》だけだった。ミスターDは高笑《たかわら》いしながら自分《じぶん》の点《てん》を計算《けいさん》した。

「ミスターD」グローバーがおずおずとたずねた。「食《た》べないんだったら、もらっていいですか？　そのダイエットコークの缶《かん》？」

「何《なに》？　ああ、かまわんよ」

グローバーは空《から》になったアルミ缶《かん》を大《おお》きくかじりとり、泣《な》きだしそうな顔《かお》でくちゃくちゃかんだ。

「待《ま》ってください」おれはケイロンにいった。「今《いま》、神《かみ》は存在《そんざい》する、そういいましたよね」

「いや、いいかい」ケイロンがいった。「唯一絶対《ゆいいつぜったい》の神《かみ》とか、万物《ばんぶつ》の神《かみ》とかはまったく別物《べつもの》だ。そういう抽象的《ちゅうしょうてき》な神《かみ》についてはよくわからない」

「抽象的《ちゅうしょうてき》？　けど、さっき実際《じっさい》に——」

「ああ、あれは具体的《ぐたいてき》な神々《かみがみ》のことだ。たとえば、自然界《しぜんかい》や人間界《にんげんかい》を司《つかさど》る偉大《いだい》な存在《そんざい》。つまり、オリンポスの山《やま》に住《す》む、不死《ふし》の神々《かみがみ》。たくさんいる神々《かみがみ》のことだ」

「たくさんいる？」

「そう、かなりいる。この神々《かみがみ》については古典《こてん》の授業《じゅぎょう》で教《おし》えたね」

「ゼウスやヘラやアポロンのことですね」

そこにまた聞《き》こえてきた——雲《くも》ひとつない空《そら》の遠《とお》くから、雷鳴《らいめい》が。

「お若《わか》いの」ミスターDがいった。「わしがおまえさんだったら、そうやすやすと神々《かみがみ》の名《な》を口《くち》にしないがね」

「けど、みんな作《つく》り話《ばなし》です。みんな——神話《しんわ》じゃないですか。稲妻《いなずま》とか、四季《しき》とか、そういうのを説明《せつめい》するためのの。神話《しんわ》って、科学《かがく》が出《で》てくる前《まえ》に人々《ひとびと》が信《しん》じてたことじゃないですか」

「ふん、科学《かがく》だと！」ミスターDがいった。「いいかい、ペルセウス・ジャクソン」――おれはほんとうの名前《なまえ》をいわれてどきっとした。だれにも教《おし》えたことがないのに――「今《いま》から二千年後《せんねんご》の人間《にんげん》は、今《いま》の『科学《かがく》』をどう思《おも》うと思《おも》う？　え？　原始的《げんしてき》だ、ばかばかしい、というだろう。そういうことだ。ま、わしは人間《にんげん》が好《す》きだ――人間《にんげん》たちの時間《じかん》の感覚《かんかく》ときたら、まったく笑《わら》ってしまう。自分《じぶん》たちは長生《ながい》きだ、と思《おも》っている。ほんとうにそうかい、ケイロン？　この子《こ》を見《み》て、わしに教《おし》えてくれ」

ミスターDのことはあまり好《す》きになれなかったけど、ミスターDがおれを「人間《にんげん》」と呼《よ》んだのは何《なに》かひっかかった。まるで……自分《じぶん》はちがうみたいじゃないか。おれは息苦《いきぐる》しくなってきた。どうしてグローバーが大真面目《おおまじめ》な顔《かお》で自分《じぶん》のトランプを見《み》つめ、アルミ缶《かん》をかみ、口《くち》をとざしているのかわかったからだ。

「パーシー」ケイロンがいった。「信《しん》じようと信《しん》じまいとそれは君《きみ》の勝手《かって》だ。しかし、実際《じっさい》に『不死《ふし》』は永遠《えいえん》を意味《いみ》する。ちょっと想像《そうぞう》してみてごらん。死《し》なない、ということを。

消《き》えない、ということを。今君《いまきみ》がここにいるように永久《えいきゅう》に存在《そんざい》しつづける、ということを」

おれはあやうく、うっかり、「なんかありそうな話《はなし》ですね」といいそうになった。けど、ケイロンの口調《くちょう》から思《おも》いとどまった。

「つまり、人々《ひとびと》が神々《かみがみ》の存在《そんざい》を信《しん》じようと信《しん》じまいと関係《かんけい》ない、ってことですね」

「そのとおり」ケイロンはうなずいた。「もしも自分《じぶん》が神《かみ》だとして、神話《しんわ》だ、といわれたいかい？　稲妻《いなずま》を説明《せつめい》するための昔話《むかしばなし》だといわれたいかい？　パーシー・ジャクソン、君《きみ》がいつの日《ひ》か自分《じぶん》のことを神話《しんわ》だといわれたらどうする？　母親《ははおや》を失《うしな》った少年《しょうねん》が立《た》ち直《なお》る方法《ほうほう》を説明《せつめい》するために創《つく》られた物語《ものがたり》だといわれたらどうする？」

おれは心臓《しんぞう》がどきどきしだした。ケイロンはなぜかおれを怒《おこ》らせようとしている。けど、そうはさせるものか。「それはいやです。けど、神々《かみがみ》の存在《そんざい》は信《しん》じません」

「おや、信《しん》じたほうがいいぞ」ミスターDがつぶやいた。「でないと、どこかの神《かみ》に焼《や》かれて灰《はい》になってしまうぞ」

グローバーがいった。「す、すみません。パーシーはお母《かあ》さんを亡《な》くしたばかりで動揺《どうよう》してるんです」

「こいつは運《うん》がいい」ミスターDはトランプを見《み》ながらつぶやいた。「しかし、まったく、信《しん》じる心《こころ》を持《も》たぬ子《こ》どもらの世話《せわ》をしなくてはならんとは！」

ミスターDが手《て》をふると、トランプ台《だい》の上《うえ》にワイングラスがひとつ現《あらわ》れた。まるで太陽《たいよう》の光《ひかり》が一瞬《いっしゅん》曲《ま》がり、空気《くうき》を編《あ》んでガラスを生《う》み出《だ》したかのようだった。ワイングラスにはひとりでに赤《あか》ワインがいっぱいになった。

おれはあっけにとられた。けど、ケイロンは一瞬顔《いっしゅんかお》をあげただけだった。

「ミスターD、禁酒中《きんしゅちゅう》じゃないのか」ケイロンが注意《ちゅうい》した。

ミスターDはワインを見《み》て驚《おどろ》いたふりをした。

「いかん」ミスターDは天《てん》をあおいで叫《さけ》んだ。「昔《むかし》の癖《くせ》が！　すまん！」

また雷鳴《らいめい》がとどろいた。

ミスターDがもう一度手《いちどて》をふると、ワイングラスはダイエットコークの缶《かん》に変《か》わった。

ミスターDはざんねんそうにため息《いき》をつき、缶《かん》のプルタブをあけ、またトランプをつづけた。

ケイロンがおれにむかってウインクした。「ミスターDは少《すこ》し前《まえ》に自分《じぶん》の父親《ちちおや》にそむいて森《もり》の精《せい》に恋《こい》をした。ところが、その森《もり》の妖精《ようせい》にはすでに相手《あいて》がいて、触《ふ》れてはいけない精《せい》だった」

「森《もり》の妖精《ようせい》」おれはそうくり返《かえ》しながら、宇宙《うちゅう》から現《あらわ》れたようなダイエットコークの缶《かん》を見《み》つめていた。

「そうなんだ」ミスターDは認《みと》めた。「父親《ちちおや》はわしを罰《ばっ》するのが大好《だいす》きでな。一度目《いちどめ》はアルコール禁止《きんし》。ぞっとする！　まったく恐《おそ》ろしい十年間《ねんかん》だった！　二度目《にどめ》は――いや、ほんとうにかわいい子《こ》で、がまんができなかったんだよ――で、二度目《にどめ》はここに送《おく》られた。ハーフの丘《おか》に、おまえさんみたいな悪《わる》がきの訓練所《くんれんじょ》にな。父親曰《ちちおやいわ》く、『いいお手本《てほん》になれ』、『若者《わかもの》をけなすんじゃなく、ともに暮《く》らすんだ』だと。ふん！　まったく不公平《ふこうへい》だ」

ミスターDはふくれっ面《つら》をした六歳《さい》の子《こ》どものようだった。

「それじゃあ……」おれは口《くち》ごもった。「ミスターDのお父《とう》さんは……」

「ディ　イモータルズ（訳注《やくちゅう》：ラテン語《ご》で「なんてことだ」）！」ミスターDがいった。「ケイロン、この程度《ていど》のことも教《おし》えていないのか？　わしの父親《ちちおや》はゼウスだ」

おれはギリシャ神話《しんわ》に出《で》てくる、Dで始《はじ》まる名前《なまえ》をざっと思《おも》い出《だ》してみた。ワインにトラの皮《かわ》。サテュロスはみんなここで働《はたら》いてるらしい。グローバーはミスターDがご主人様《しゅじんさま》みたいにぺこぺこしてる。

「ディオニュソス」おれはいった。「酒《さけ》の神《かみ》の」

ミスターDは目《め》をまんまるくした。「近頃《ちかごろ》はどういうのかね、グローバー？　子《こ》どもたちは『ピンポーン！』なんていうのかい？」

「は、はい」

「じゃあ、パーシー・ジャクソン君《くん》にピンポーン！　アフロディテだと思《おも》っていたんじゃないか？」

「ミスターDは神《かみ》なんですね」

「そうだ」

「神《かみ》。あなたが？」

ミスターDはおれのほうをまっすぐむいた。その目《め》に紫《むらさき》の炎《ほのお》が燃《も》えている。そこにはこの情《なさ》けない小太《こぶと》り男《おとこ》の正体《しょうたい》が映《うつ》っていた。ブドウのつるが信《しん》じない者《もの》たちをしめ殺《ころ》し、酒《さけ》におぼれた戦士《せんし》たちを戦《たたか》いの夢《ゆめ》に狂《くる》わせ、船乗《ふなの》りたちが手《て》をひれに、顔《かお》を細長《ほそなが》いイルカの顔《かお》に変《か》えられて悲鳴《ひめい》をあげている。もしおれがたのめば、もっとひどい場面《ばめん》も見《み》せてくれるだろう。おれは脳《のう》に病気《びょうき》を植《う》えつけられて、一生《いっしょう》ずっと拘束服《こうそくふく》を着《き》て、ゴムでできた部《へ》屋《や》にとじこめられるかもしれない。

「どうだ、試《ため》してみるか？」ミスターDがおさえた声《こえ》でいった。

「いえ、けっこうです」

目《め》の炎《ほのお》が少《すこ》し小《ちい》さくなった。ミスターDはまたトランプをつづけた。「わしの勝《か》ちだな」

「いや、どうかな、ミスターD」ケイロンはストレートを出《だ》し、自分《じぶん》の点《てん》を計算《けいさん》した。「私《わたし》の勝《か》ちだ」

ミスターDは車椅子《くるまいす》からケイロンを消《け》してしまうかも、そう思《おも》ったけど、ミスターDは軽《かる》いため息《いき》をついただけだった。もと古典《こてん》のブラナー先生《せんせい》に負《ま》けるのには慣《な》れている、とでもいうように。ミスターDが立《た》ちあがるとグローバーも立《た》った。

「つかれた」ミスターDがいった「今晩《こんばん》のキャンプファイアーにそなえて昼寝《ひるね》をする。だがその前《まえ》に、グローバー、今回《こんかい》もおまえさんと話《はなし》をしなくては。今回《こんかい》の任務《にんむ》における、おまえの完璧《かんぺき》にほど遠《とお》い行動《こうどう》についてな」

グローバーの顔《かお》に汗《あせ》が吹《ふ》き出《で》ている。「は、はい」

ミスターDはこっちをむいた。「パーシー・ジャクソン、おまえさんは十一番《ばん》コテージだ。礼《れい》をわきまえてな」

ミスターDはゆうゆうと農家《のうか》に入《はい》っていった。そのあとから肩《かた》を落《お》としたグローバーがついていく。

「グローバーはだいじょうぶなんですか?」おれはケイロンにたずねた。

うなずいたものの、ケイロンは少《すこ》し心配《しんぱい》そうだった。「ディオニュソスは本気《ほんき》で怒《おこ》っているわけじゃない。ただ、今《いま》の仕事《しごと》が大《だい》きらいなだけだ。しばらくのあいだ……その、地《ち》上勤務《じょうきんむ》にされた、とでもいうのかな。オリンポスに呼《よ》びもどされるまであと一世紀《いっせいき》も待《ま》つなんて、たえられないんだ」

「オリンポス山《さん》。ほんとうにそこに神殿《しんでん》があるんですか?」

「いいか、ギリシャにはオリンポスという山《やま》がある。神々《かみがみ》の居場所《いばしょ》、つまり、神々《かみがみ》の力《ちから》が結集《けっしゅう》する場所《ばしょ》というものがあり、大昔《おおむかし》はそれがオリンポス山《さん》だった。今《いま》でも昔《むかし》のならわしでその呼《よ》び名《な》は変《か》わらないが、神殿《しんでん》はほかの場所《ばしょ》に移《うつ》った。神々《かみがみ》が引《ひ》っ越《こ》したのと同《おな》じでね」

「つまり、ギリシャ神話《しんわ》の神々《かみがみ》はここにいるってことですか？　この……アメリカに？」

「そのとおりだ。神々《かみがみ》は西洋《せいよう》の心《こころ》を持《も》って移動《いどう》した」

「何《なに》を持《も》って、ですか？」

「わかるだろう。いわゆる『西洋文明《せいようぶんめい》』だよ。それは抽象的《ちゅうしょうてき》な考《かんが》えにすぎないと思《おも》っていたのかい？　いや、それは生《い》きている力《ちから》なんだ。何千年《なんぜんねん》も明《あか》るく燃《も》えていた知《ち》の集大成《しゅうたいせい》だ。神々《かみがみ》もその一部《いちぶ》なんだ。西洋文明《せいようぶんめい》の源《みなもと》は神々《かみがみ》だ、といってもいい。少《すく》なくとも、神々《かみがみ》は西洋文明《せいようぶんめい》と強《つよ》く結《むす》びついている。西洋文明《せいようぶんめい》が完全《かんぜん》に崩壊《ほうかい》しないかぎり、神々《かみがみ》の姿《すがた》が消《き》えることはない。最初《さいしょ》の西洋文明《せいようぶんめい》の炎《ほのお》はギリシャであがった。その後《ご》、君《きみ》もよく知《し》っているように——いや、私《わたし》の試験《しけん》に通《とお》ったのだから知《し》らないと困《こま》る——西洋文明《せいようぶんめい》の炎《ほのお》の心臓部《しんぞうぶ》はローマに移《うつ》り、それとともに神々《かみがみ》も移動《いどう》した。そう、名前《なまえ》は変《か》わったが——ゼウスはユピテルに、アフロディテはウェヌスに、変《か》わったが——ギリシャでもローマでもその力《ちから》は変《か》わらず、同《おな》じ神々《かみがみ》が存在《そんざい》した」

「その後《ご》、神々《かみがみ》は死《し》んだ」

「死《し》んだ？　まさか。西洋《せいよう》が死《し》んだかい？　神々《かみがみ》はただ移動《いどう》しただけだ。ドイツやフランスやスペインに、短期間《たんきかん》だけ。炎《ほのお》が明《あか》るく燃《も》えるところに神々《かみがみ》はつねに存在《そんざい》した。イギリスにも何世紀《なんせいき》かいた。イギリスの建築物《けんちくぶつ》を見《み》れば一目瞭然《いちもくりょうぜん》だ。人々《ひとびと》は神々《かみがみ》を忘《わす》れない。この三千年間《ぜんねんかん》、神々《かみがみ》が支配《しはい》していた場所《ばしょ》に行《い》けばかならず、絵画《かいが》や彫像《ちょうぞう》、多《おお》くの重要《じゅうよう》な建《けん》築物《ちくぶつ》にその姿《すがた》を見《み》ることができる。そして、パーシー、君《きみ》のいうとおり、神々《かみがみ》は今《いま》このアメリカ合衆国《がっしゅうこく》にいる。この国《くに》の象徴《しょうちょう》をごらん。ゼウスのワシだ。ロックフェラーセンターにはプロメテウスの像《ぞう》がある。ワシントンの政府庁舎《せいふちょうしゃ》の正面《しょうめん》はギリシャ風《ふう》だ。アメリカの都市《とし》の中《なか》で、オリンポスの神々《かみがみ》を目《め》にしないところがあるかね？　好《この》むと好《この》まざるとにかかわらず――たしかに、古代《こだい》ローマのことをあまり好《す》きではない人間《にんげん》は多《おお》いが――現在《げんざい》はアメリカが炎《ほのお》の心臓部《しんぞうぶ》だ。アメリカは西洋文明《せいようぶんめい》を受《う》け継《つ》ぐ偉大《いだい》な力《ちから》なんだ。オリンポスもここにある。そして、われわれもここにいるんだ」

ちょっと待《ま》ってくれ。とくに、このおれまで、ケイロンのいう「われわれ」の一員《いちいん》みたいじゃないか。どこかの団体《だんたい》のメンバーみたいだ。

「ケイロンはだれなんです？　おれは……おれはだれなんですか？」

ケイロンがほほ笑《え》んだ。体《からだ》をずらし、車椅子《くるまいす》から立《た》ちあがりそうに見《み》えたけど、それはできないはずだった。ケイロンは腰《こし》から下《した》がまひしている。

「君《きみ》がだれか、って？」ケイロンは考《かんが》えこんだ。「そうだな、それはわれわれみなが答《こた》えを知《し》りたがっている問《と》いだ。しかし、今《いま》のところ、君《きみ》には十一番《ばん》コテージに入《はい》ってもらおう。新《あたら》しい仲間《なかま》もたくさんいる。また、明日《あす》はたっぷり訓練《くんれん》を受《う》けてもらうよ。そうそう、今晩《こんばん》のキャンプファイアーには甘《あま》いお菓子《かし》もあるらしい。私《わたし》はチョコレートに目《め》がないんだ」

そういうと、ケイロンは車椅子《くるまいす》から立《た》ちあがった。けど、その様子《ようす》は少《すこ》しみょうだった。膝《ひざ》から毛布《もうふ》が落《お》ちても両脚《りょうあし》は動《うご》かなかった。ベルトから上《うえ》の腹《はら》の部分《ぶぶん》がどんどん長《なが》くのびはじめた。最初《さいしょ》、白《しろ》いベルベットの長《なが》い肌着《はだぎ》を着《き》ているように見《み》えた。けど、ケイロンは椅子《いす》からどんどんのびて、ふつうの人間《にんげん》より背《せ》が高《たか》くなっていった。ベルベットの肌着《はだぎ》なんかじゃない。動物《どうぶつ》の体《からだ》だった。ごわごわした白《しろ》い毛《け》の下《した》に、筋肉《きんにく》や腱《けん》が透《す》けて見《み》えている。そして、車椅子《くるまいす》も椅子《いす》じゃない。車輪《しゃりん》がついた、大《おお》きな手品《てじな》の箱《はこ》だ。あんなものに全《ぜん》部《ぶ》が入《はい》るはずがない。箱《はこ》から長《なが》い脚《あし》が一本《いっぽん》出《で》てきた。膝《ひざ》が大《おお》きくつき出《だ》す。足《あし》の先《さき》は磨《みが》きあげられた巨大《きょだい》なひづめだ。次《つぎ》にまた一本《いっぽん》、前脚《まえあし》が。つづいてうしろ脚《あし》が二本《ほん》。そして、箱《はこ》はからになり、にせものの人間《にんげん》の足《あし》が二本《ほん》ついた、スチール製《せい》の骨組《ほねぐ》みになった。

おれは車椅子《くるまいす》から飛《と》び出《だ》した馬《うま》を見《み》つめた。大《おお》きな白馬《はくば》だ。けど、馬《うま》の首《くび》があるはずのところには、よく知《し》っている古典《こてん》の先生《せんせい》の上半身《じょうはんしん》。馬《うま》の胴《どう》に継《つ》ぎ目《め》なく合体《がったい》している。

「ああ、らくになった」半人半馬《はんじんはんば》のケンタウロスはいった（訳注《やくちゅう》：ケイロンはギリシャ神話《しんわ》に出《で》てくるケンタウロス族《ぞく》の賢者《けんじゃ》）。「ずいぶん長《なが》いことあそこに入《はい》っていたせいで、ひづめのうしろのほうがしびれてしまったよ。さあ、おいで、パーシー・ジャクソン。訓練所《くんれんじょ》の仲間《なかま》に紹介《しょうかい》しよう」

第《だい》6章《しょう》　パーシー、シャワー室《しつ》で勝利《しょうり》をおさめる

自分《じぶん》の古典《こてん》の先生《せんせい》が馬《うま》だった、という事実《じじつ》を受《う》け入《い》れてしまうと、いっしょに歩《ある》くのは楽《たの》しかった。ただ、うしろは歩《ある》かないようにした。おれは何度《なんど》かニューヨークのデパートの毎年恒例《まいとしこうれい》のパレードのとき、スコップで糞《ふん》を掃除《そうじ》するアルバイトをしたことがあるんだ。悪《わる》いけど、ケイロンの上半身《じょうはんしん》は信用《しんよう》しても、下半身《かはんしん》はそうはいかない。

おれはケイロンといっしょにバレーボールコートの横《よこ》を通《とお》りすぎた。何人《なんにん》かがひじでつつきあっている。ひとりがおれの持《も》っているミノタウロスの角《つの》を指《ゆび》さした。もうひとりがいった。「あいつが?」

訓練生《くんれんせい》のほとんどはおれより年上《としうえ》だった。サテュロスはみんなグローバーよりも体《からだ》が大《おお》きく、みんなオレンジ色《いろ》のハーフ訓練所《くんれんじょ》のTシャツを着《き》て歩《ある》きまわっている。毛《け》むくじゃらのうしろ脚《あし》はむき出《だ》しのままだ。ふだんは人見知《ひとみし》りをしないおれだけど、みんなから見《み》

られて居心地《いごこち》が悪《わる》かった。トンボ返《がえ》りか何《なに》かしてみせてくれよ、といわれているみたいな気分《きぶん》だった。

おれはふり返《かえ》って農家《のうか》を見《み》た。思《おも》っていたよりずっと大《おお》きい——空《そら》みたいに真《ま》っ青《さお》な四階建《かいだ》てで、窓枠《まどわく》は真《ま》っ白《しろ》。海辺《うみべ》の高級《こうきゅう》リゾートみたいだ。てっぺんにある、ワシの形《かたち》をした真鍮《しんちゅう》の風向計《ふうこうけい》を見《み》ていたおれは、ふとあるものが気《き》になった。三角屋根《かくやね》の下《した》、いちばん高《たか》いところにある窓《まど》に何《なに》かの影《かげ》が見《み》えた。カーテンが揺《ゆ》れた。ほんの一瞬《いっしゅん》だったけど、ぜったいにこっちを見張《みは》っていたにちがいない。

「あそこに何《なに》があるんですか?」ケイロンにたずねた。

おれの指《ゆび》さすほうを見《み》たケイロンの顔《かお》から笑《え》みが消《き》えた。「ただの屋根裏部屋《やねうらべや》だ」

「だれか住《す》んでるんですか?」

「いや」ケイロンはきっぱりといった。「あそこにはだれもいない」

ケイロンは信用《しんよう》できると思《おも》う。けど、カーテンが揺《ゆ》れたのもほんとうだった。

「いそごう」ケイロンの口調《くちょう》は明《あか》るかったが、少《すこ》し無理《むり》をしているようでもあった。「見《み》せたいものがたくさんあるんだ」

イチゴ畑《ばたけ》を歩《ある》いていくと、そこでは訓練生《くんれんせい》がつぎつぎとかごにイチゴを摘《つ》み、そのかたわらではサテュロスがアシ笛《ぶえ》を吹《ふ》いていた。

ケイロンが、この訓練所《くんれんじょ》では農作物《のうさくぶつ》を育《そだ》て、ニューヨークのレストランやオリンポス山《さん》に出荷《しゅっか》している、と教《おし》えてくれた。「それで収入《しゅうにゅう》を得《え》ているんだ。イチゴはほとんど手《て》がかからない」

また、ミスターDは実《み》をつける植物《しょくぶつ》には効果《こうか》てきめん、とのこと。ミスターDがそばにいると、果物《くだもの》はどれも必死《ひっし》にがんばる。ワイン用《よう》のブドウにいちばん効果《こうか》があるけど、ミスターDはブドウの栽培《さいばい》を禁《きん》じられている。そこで、代《か》わりにイチゴを育《そだ》てている、ということだった。

サテュロスがアシ笛《ぶえ》を吹《ふ》くと、その調《しら》べにイチゴ畑《ばたけ》から虫《むし》が列《れつ》をなして、火事《かじ》でもあったみたいにあちこちに逃《に》げていく。グローバーも音楽《おんがく》でこういう魔法《まほう》をかけられるんだろうか？　グローバーはまだ農家《のうか》の中《なか》でミスターDにどなられてるんだろうか？

「グローバー、そんなにまずいことにはなりませんよね？」ケイロンにきいてみた。「ていうか……おれのこと、ちゃんと守《まも》ってくれたんです。ほんとに」

ケイロンはため息《いき》をついてツイードの上着《うわぎ》を脱《ぬ》ぐと、自分《じぶん》の馬《うま》の背中《せなか》に鞍《くら》のようにかけた。「グローバーには大《おお》きな夢《ゆめ》がある。それはおそらく、グローバーには身《み》に過《す》ぎた夢《ゆめ》だ。それを実現《じつげん》するためにはまず、従者《キーパー》として成功《せいこう》し、勇敢《ゆうかん》であることを示《しめ》さなくてはならない。新《あら》たな訓練所候補生《くんれんじょこうほせい》を見《み》つけ、ハーフ訓練所《くんれんじょ》に無事《ぶじ》に連《つ》れてこなくてはならない」

「けど、グローバーはそうしたじゃないですか！」

「そうだ、といいたいところだが、それを判断《はんだん》するのは私《わたし》ではない。ディオニュソスとサテュロス長老会《ちょうろうかい》が決《き》めることだ。残念《ざんねん》だが、今回《こんかい》のグローバーの仕事《しごと》は成功《せいこう》とみなされないだろう。結局《けっきょく》のところ、グローバーはニューヨークでパーシーを見失《みうしな》った。しかも、不運《ふうん》な……その……君《きみ》のお母《かあ》さんのこともある。また、グローバーは気絶《きぜつ》をしたまま、君《きみ》に引《ひ》きずられて境界線《きょうかいせん》を越《こ》えたというのも事実《じじつ》だ。今回《こんかい》の件《けん》に関《かん》してグローバーが勇敢《ゆうかん》だったといえるかどうか、長老会《ちょうろうかい》は否定的《ひていてき》だろう」

おれは抗議《こうぎ》したかった。どれもこれもグローバーのせいじゃない。おれ自身《じしん》も、ほんとうに、ほんとうに罪《つみ》の意識《いしき》を感《かん》じていた。おれがバスターミナルでこっそり逃《に》げたりしなかったら、グローバーはしかられなかったかもしれない。

「グローバーにもう一度《いちど》チャンスはありますよね？」

ケイロンがぴくっとした。「残念《ざんねん》だが、今回《こんかい》がグローバーの二度目《にどめ》のチャンスだったんだ。長老会《ちょうろうかい》がグローバーに再《ふたた》びチャンスを与《あた》えることはないだろう。一度目《いちどめ》の、五年前《ねんまえ》のことを考《かんが》えるとね。私《わたし》はきちんと、二度目《にどめ》はじっくり待《ま》ってから挑戦《ちょうせん》しろ、と忠告《ちゅうこく》したのだが。グローバーは年齢《ねんれい》のわりにはまだ体《からだ》が小《ちい》さく……」

「グローバーは何歳《なんさい》ですか？」

「二十八歳《さい》だ」

「えっ！　なのに六年生《ねんせい》ですか？」

「サテュロスが成長《せいちょう》する速度《そくど》は人間《にんげん》の二分《ぶん》の一《いち》なんだ。グローバーのこの六年間《ねんかん》はミドルスクールにあたる」

「びっくりです」

「だろうな」ケイロンはうなずいた。「いずれにしても、グローバーはサテュロスの標準《ひょうじゅん》に照《て》らし合《あ》わせても成長《せいちょう》が遅《おそ》い。それに、森《もり》の魔法《まほう》もまだよく身《み》につけていない。そのくせ、自分《じぶん》の夢《ゆめ》を実現《じつげん》したがっていた。もう何《なに》かべつの職業《しょくぎょう》をさがしたほうが……」

「そんなの不公平《ふこうへい》です。一度目《いちどめ》に何《なに》があったんですか？　何《なに》がそんなに失敗《しっぱい》だったんですか？」

ケイロンはあわてて目《め》をそらした。「さあ、いそごう」

けど、おれはまだ今《いま》の話《はなし》にこだわっていた。ケイロンが母《かあ》さんの結末《けつまつ》について話《はな》したとき、何《なに》かが気《き》になった。ケイロンがわざと「死《し》」という言葉《ことば》を使《つか》うのを避《さ》けている気《き》がした。それをきっかけにある思《おも》いが——小《ちい》さな、希望《きぼう》の炎《ほのお》が——芽生《めば》えてきた。

「ケイロン。もし、神々《かみがみ》とかオリンポス山《さん》とか、そういうものが全部《ぜんぶ》ほんとうなら……」

「ほんとうなら、なんだ？」

「冥界《めいかい》もほんとうに存在《そんざい》してるっていうことですか？」

ケイロンの表情《ひょうじょう》が曇《くも》った。

「そうだ」ケイロンは一瞬口《いっしゅんくち》をつぐんだ。言葉《ことば》を注意深《ちゅういぶか》く選《えら》んでいるかのように。「死後《しご》に霊《れい》が行《い》く場所《ばしょ》がある。しかし、今《いま》のところは……はっきりしたことがわかるまでは……そのことは考《かんが》えないことだな」

「どういうことですか？　『はっきりしたことがわかるまでは』って？」

「さあ、パーシー、森《もり》を見《み》にいこう」

近《ちか》づくにつれ、その森《もり》の広大《こうだい》さがわかってきた。少《すく》なくとも谷《たに》の四分《ぶん》の一《いち》を占《し》める森《もり》には高《たか》い木《き》が密集《みっしゅう》して生《は》えていた。ネイティブアメリカンの時代《じだい》からここにはだれも足《あし》を踏《ふ》み入《い》れたことがない、といわれても信《しん》じられるくらいだった。

ケイロンがいった。「もし自分《じぶん》の運《うん》を試《ため》してみたいなら、この森《もり》には放《はな》し飼《が》いにされている。しかし、武器《ぶき》を持《も》っていくのを忘《わす》れないようにな」

「何《なに》が放《はな》し飼《が》いにされているんですか？　武器《ぶき》ってどんな武器《ぶき》です？」

「そのうちにわかる。旗取《はたと》り合戦《がっせん》は金曜《きんよう》の夜《よる》だ。自分《じぶん》の剣《けん》と盾《たて》を持《も》っているかい？」

「自分《じぶん》の――？」

「いや。持《も》っていないだろう。サイズは五でよさそうだ。あとで武器庫《ぶきこ》に行《い》ってみよう」

おれは、どこの訓練所《くんれんじょ》に武器庫《ぶきこ》なんてあるんですか、とたずねたかったけど、ほかにも考《かんが》えることがありすぎた。で、そのままいっしょに歩《ある》きつづけた。アーチェリー練習場《れんしゅうじょう》、カヌーのできる湖《みずうみ》、馬小屋《うまごや》（ケイロンはあまり好《す》きではなかったようだ）を見学《けんがく》し、槍投《やりな》げ練習場《れんしゅうじょう》、円形劇場《えんけいげきじょう》、そして、競技場《きょうぎじょう》にも行《い》った。そこでは、ケイロンの話《はなし》では、剣《けん》と槍《やり》の試合《しあい》が行《おこな》われるということだった。

「剣《けん》と槍《やり》の試合《しあい》ですか？」おれはたずねた。

「コテージ対抗戦《たいこうせん》だ。命《いのち》にかかわるようなものではない。ふつうは。ああ、そうそう、あれが大食堂《だいしょくどう》だ」

ケイロンは海《うみ》を見《み》おろす丘《おか》の上《うえ》にあるパビリオンを指《ゆび》さした。まわりは白《しろ》いギリシャ風《ふう》の円柱《えんちゅう》に囲《かこ》まれている。大《おお》きい石《いし》のテーブルが十二個《こ》ある。屋根《やね》も、壁《かべ》もない。

「雨《あめ》が降《ふ》ったらどうするんですか？」

ケイロンはおれをじっと見《み》た。不気味《ぶきみ》なことをいうな、とでもいいたげだ。「とうぜんここで食《た》べるが、それが何《なに》か？」おれはそのことにはそれ以上触《いじょうふ》れないことにした。

最後《さいご》にコテージに案内《あんない》された。コテージは全部《ぜんぶ》で十二あり、湖《みずうみ》のそばの森《もり》の中《なか》に建《た》っていた。コテージは奥《おく》にふたつ、その両側《りょうがわ》に五つ、U字型《じがた》に配置《はいち》されていた。どのコテージも、今《いま》までに見《み》たことがないくらい奇妙《きみょう》だ。

どのコテージのドアの上《うえ》にも大《おお》きな真鍮《しんちゅう》で番号《ばんごう》（左側《ひだりがわ》が奇数《きすう》、右側《みぎがわ》が偶数《ぐうすう》）がふってある以外《いがい》は、それぞれがまったくちがっていた。九番《ばん》コテージには煙突《えんとつ》が何本《なんぼん》かあって、小《ちい》さな工場《こうじょう》のようだ。四番《ばん》コテージは壁《かべ》にトマトのつるがはい、屋根《やね》は草《くさ》でできている。七番《ばん》コテージは金《きん》で作《つく》られているらしくて、太陽《たいよう》の光《ひかり》を反射《はんしゃ》してまぶしく、まともに見《み》ることができないくらいだ。コテージはみんな、サッカー場《じょう》くらいの広場《ひろば》に正面《しょうめん》をむけている。広場《ひろば》にはギリシャ風《ふう》の像《ぞう》、噴水《ふんすい》、花壇《かだん》などが点在《てんざい》し、バスケットボールのゴールもふたつあった（これは気《き》に入《い》った）。

広場《ひろば》の真《ま》ん中《なか》には石《いし》で囲《かこ》った大《おお》きな炉《ろ》があった。あたたかい午後《ごご》だというのに、炉《ろ》からは煙《けむり》があがっている。九歳《さい》くらいの女《おんな》の子《こ》が、棒《ぼう》で石炭《せきたん》をつついて火《ひ》の世話《せわ》をしている。

広場《ひろば》の奥《おく》にあるふたつのコテージ、一番《いちばん》コテージと二番《ばん》コテージは二個一組《こひとくみ》の巨大《きょだい》な墓《ぼ》石《せき》のようだった。どちらも白《しろ》い大理石《だいりせき》でできた四角《かく》い建物《たてもの》で、その前《まえ》には太《ふと》い円柱《えんちゅう》が何本《なんぼん》も立《た》っている。一番《いちばん》コテージは十二のコテージの中《なか》でいちばん大《おお》きく、がっしりしている。磨《みが》きあげられた青銅《せいどう》のとびらはホログラムのように光《ひか》り、見《み》る角度《かくど》によっては稲妻《いなずま》が何本《なんぼん》も走《はし》っているように見《み》える。二番《ばん》コテージは一番《いちばん》コテージより少《すこ》し上品《じょうひん》な雰囲気《ふんいき》で、すらりとした円柱《えんちゅう》はザクロや花《はな》の花輪《はなわ》で飾《かざ》ってあって、壁《かべ》にはクジャクの形《かたち》をした彫《ほ》り物《もの》がいくつもあった。

「ゼウスとヘラですか？」おれはいってみた。

「正解《せいかい》だ」ケイロンがいった。

「一番《いちばん》と二番《ばん》のコテージにはだれも住《す》んでいないみたいですね」

「無人《むじん》のコテージがいくつかある。一番《いちばん》、二番《ばん》にはだれも住《す》んでいない」

わかった。どのコテージにもそれぞれの神《かみ》がいるんだ。守《まも》り神《がみ》みたいに。オリンポスの十二の神々《かみがみ》のための十二のコテージ。けど、どうしてだれも住《す》んでいないコテージがあるんだ？

おれは左側《ひだりがわ》にあるひとつ目《め》のコテージ、三番《ばん》コテージの前《まえ》で立《た》ち止《ど》まった。

三番《ばん》コテージは一番《いちばん》コテージほど高《たか》くも堂々《どうどう》としてもいないけど、横《よこ》に平《ひら》たくてがんじょうだ。外壁《がいへき》はきめの粗《あら》い灰色《はいいろ》の石《いし》で、貝殻《かいがら》やさんごがちりばめられている。まるで海《うみ》の底《そこ》からそのまま切《き》り取《と》ってきたみたいな壁《かべ》だ。とびらのすきまから中《なか》をのぞくと、ケイロンにしかられた。「こら、やめなさい！」

ケイロンにうしろから引《ひ》っぱられる前《まえ》に、中《なか》から潮《しお》のにおいがするのに気《き》づいた。モントークの海岸《かいがん》を吹《ふ》く風《かぜ》みたいなにおいだ。中《なか》の壁《かべ》はアワビの貝殻《かいがら》みたいに光《ひか》っていた。空《から》っぽのベッドが六つあって、上《うえ》を少《すこ》し折《お》り返《かえ》したシルクのシーツがかかっている。けど、今《いま》までに人《ひと》が寝《ね》た様子《ようす》はない。三番《ばん》コテージがひどく悲《かな》しげで、さびしげだったせいで、ケイロンがおれの肩《かた》に手《て》を置《お》いて「さあ行《い》こう」といったときには、ほっとしたくらいだ。

ほかのコテージのほとんどは訓練生《くんれんせい》でいっぱいだった。

五番《ばん》コテージは真《ま》っ赤《か》——ほんとうにひどい塗装《とそう》で、バケツでペンキをぶちまけて手《て》で塗《ぬ》った感《かん》じだった。屋根《やね》には有刺鉄線《ゆうしてっせん》が張《は》ってある。入《い》り口《ぐち》の上《うえ》にはイノシシの頭《あたま》の剥製《はくせい》がかかっていて、おれがどこにいてもこっちを見《み》ているようだった。五番《ばん》コテージにはみすぼらしいなりの訓練生《くんれんせい》がたくさんいた。男子《だんし》も女子《じょし》もいて、ロックがガンガン鳴《な》る中《なか》で腕相撲《うでずもう》をしたり、口《くち》げんかをしたりしている。いちばん大《おお》きい声《こえ》を出《だ》している女《おんな》の子《こ》はたぶん十三歳《さい》か十四歳《さい》くらい。3Lサイズのハーフ訓練所《くんれんじょ》のTシャツの上《うえ》に、迷彩柄《めいさいがら》の上着《うわぎ》をはおっている。おれをにらんでいじわるそうに笑《わら》った。ナンシー・ボボフィットと似《に》ている。こっちのほうがずっと図体《ずうたい》が大《おお》きくて手《て》ごわそうだし、髪《かみ》の毛《け》は長《なが》くてまっすぐで、赤《あか》じゃなくて茶《ちゃ》だけど。

おれはケイロンのひづめのうしろを避《さ》けて歩《ある》いた。「ほかにケンタウロスはいないんですね」

「そうなんだ」ケイロンはさびしそうにいった。「私《わたし》の親戚《しんせき》はみな野蛮《やばん》で手《て》に負《お》えないんだよ、残念《ざんねん》ながら。荒野《こうや》やスポーツの試合《しあい》で見《み》かけることがあるかもしれないが、ここにはいないんだ」

「名前《なまえ》はケイロンだっていいましたよね。ほんとうに……」

ケイロンはおれを見《み》おろしてほほ笑《え》んだ。「物語《ものがたり》に出《で》てくる、ヘラクレス（訳注《やくちゅう》：ギリシャ神話最大《しんわさいだい》の英雄《えいゆう》）の教育係《きょういくがかり》だったあのケイロンかって？　そのとおりだ」

「けど、ケイロンは死《し》んだはずですよね？」

ケイロンはすぐに返事《へんじ》をしなかった。おもしろい質問《しつもん》をするね、とでも思《おも》っているみたいだ。「正直《しょうじき》、私《わたし》には、はず、の意味《いみ》がわからない。じつをいうと、私《わたし》は死《し》ぬことができないんだ。はるか昔《むかし》、神々《かみがみ》が願《ねが》いをかなえてくれたおかげで、私《わたし》は自分《じぶん》の大好《だいす》きな仕事《しごと》をつづけることができる。人間《にんげん》に必要《ひつよう》とされるかぎり、英雄《えいゆう》たちの教育係《きょういくがかり》でいられるんだ。

この願《ねが》いのせいで多《おお》くのものを得《え》た……そして、多《おお》くのものをあきらめた。しかし、私《わたし》はまだここにいる。よって、自分《じぶん》がまだ必要《ひつよう》とされている、そう考《かんが》えるよりない」

三千年間《ぜんねんかん》もずっと先生《せんせい》をするなんて、おれの「したいことトップ10」には入《はい》りそうにない。

「あきたことはないんですか?」

「ないねえ。ときにはひどく落《お》ちこむこともあるが、あきたことはない」

「どうして落《お》ちこむんですか?」

ケイロンはまた聞《き》こえないふりをしている。

「ほら」ケイロンがいった。「アナベスが待《ま》っている」

本部《ほんぶ》で会《あ》った金髪《きんぱつ》の女《おんな》の子《こ》が、左側《ひだりがわ》のいちばん端《はし》にあるコテージ、十一番《ばん》コテージの前《まえ》で本《ほん》を読《よ》んでいた。

おれとケイロンがそばまで行《い》くと、アナベスはおれをじろじろ見《み》た。まだよだれをたらしてるんじゃないの、とでもいいたげな顔《かお》だ。

アナベスが何《なに》を読《よ》んでいるか見《み》たけれど、タイトルが読《よ》めなかった。難読症《なんどくしょう》がまた出《で》てきたのかな、と思《おも》った。けど、よく見《み》ると、タイトルが英語《えいご》じゃない。ギリシャ語《ご》かな。ていうか、文字通《もじどお》りギリシャ語《ご》（訳注《やくちゅう》：ちんぷんかんぷんという意味《いみ》がある）だ。本《ほん》のページには建築《けんちく》の本《ほん》のように、寺院《じいん》や像《ぞう》やいろいろな種類《しゅるい》の円柱《えんちゅう》が描《えが》かれている。

「アナベス」ケイロンがいった。「私《わたし》は正午《しょうご》に上級《じょうきゅう》アーチェリーの訓練《くんれん》がある。パーシーを連《つ》れていってくれないか？」

「はい、わかりました」

「十一番《ばん》コテージだ」ケイロンはおれにむかってそういいながら、入《い》り口《ぐち》を示《しめ》した。「ゆっくりくつろぎなさい」

十二あるコテージの中《なか》で、十一番《ばん》コテージがいちばんふつうのコテージに見《み》えた。ただ、めちゃくちゃ古《ふる》い。敷居《しきい》はすり減《へ》って、茶色《ちゃいろ》のペンキははがれている。入《い》り口《ぐち》の上《うえ》には医《い》術《じゅつ》を表《あらわ》す、翼《つばさ》の生《は》えた柱《はしら》に二匹《ひき》の蛇《へび》がからみついた紋章《もんしょう》がある。なんていったっけ……？使者《ししゃ》の杖《つえ》だ。

コテージに入《はい》ると訓練生《くんれんせい》で満員《まんいん》だった。男子《だんし》も女子《じょし》もいて、ベッドの数《かず》より多《おお》い。床《ゆか》のあちこちに寝袋《ねぶくろ》が広《ひろ》げてある。赤十字《せきじゅうじ》が避難民《ひなんみん》のために準備《じゅんび》した体育館《たいいくかん》みたいだ。ケイロンは中《なか》に入《はい》らなかった。入《い》り口《ぐち》のドアが低《ひく》すぎるからだ。けど、訓練生《くんれんせい》たちはみんなケイロンの姿《すがた》に気《き》づいて立《た》ちあがり、ていねいにおじぎをした。

「それでは」ケイロンがいった。「またあとで。夕食《ゆうしょく》のときに会《あ》おう」

ケイロンはアーチェリー練習場《れんしゅうじょう》のほうに駆《か》けていった。

おれは入《い》り口《ぐち》に立《た》ったまま、訓練生《くんれんせい》たちを見《み》た。みんなもうおじぎはしていない。おれをじろじろ見《み》て、品定《しなさだ》めをしている。いつものことだ。これまでにいくつもの学校《がっこう》で経験《けいけん》した。

「何《なに》してるの？」アナベスがうながした。「ほら」

で、とうぜん、おれは敷居《しきい》でつまずいて転《ころ》びそうになった。何人《なんにん》かがくすくす笑《わら》ったけど、だれも何《なに》もいわなかった。

アナベスがみんなの前《まえ》でいった。「パーシー・ジャクソン君《くん》、十一番《ばん》コテージのみんなよ」

「確定《かくてい》？　未確定《みかくてい》？」だれかがたずねた。

おれにはどう返事《へんじ》をしたらいいかわからなかったけど、アナベスがいった。「未確定《みかくてい》」

みんな、がっかりしたような声《こえ》をあげた。

ほかの訓練生《くんれんせい》よりも少《すこ》し年上《としうえ》の少年《しょうねん》が前《まえ》に出《で》てきた。「みんな、あたりまえだろ。未確《みかく》定《てい》だからこの十一番《ばん》コテージに来《く》るんじゃないか。ようこそ、パーシー。君《きみ》の場所《ばしょ》はあそこの床《ゆか》の上《うえ》だ」

その少年《しょうねん》は十九歳《さい》くらいでかっこいい。背《せ》が高《たか》くて筋肉質《きんにくしつ》、短《みじか》く刈《か》った黄土色《おうどいろ》の髪《かみ》に親《した》しげな笑顔《えがお》。オレンジ色《いろ》のタンクトップに膝上《ひざうえ》で切《き》ったジーパン、足《あし》にはサンダル。色《いろ》のちがう粘土《ねんど》のビーズを五つ通《とお》した革《かわ》のネックレスをつけている。この外見《がいけん》にひとつそぐわないのは、右目《みぎめ》の下《した》からあごにかけて走《はし》る太《ふと》く白《しろ》い傷跡《きずあと》だ。昔《むかし》ナイフかなんかで切《き》られたんだろうか？

「この人《ひと》はルーク」アナベスの声《こえ》がいつもとちがって聞《き》こえた。アナベスをちらりと見《み》ると、赤《あか》くなっているのがわかった。アナベスはおれに見《み》られているのに気《き》づき、またもとの顔《かお》にもどった。「ルークはとりあえず今《いま》のところ、パーシーのリーダーよ」

「とりあえず？」おれはきいた。

「君《きみ》は未確定《みかくてい》だから」ルークはまた同《おな》じことをいった。「どのコテージに入《はい》るかわかっていない。だからここに連《つ》れてこられたんだ。十一番《ばん》コテージはどの新入生《しんにゅうせい》も、訪問者《ほうもんしゃ》も受《う》け入《い》れる。まあ、とうぜんのことだけどね。このコテージの守《まも》り神《がみ》ヘルメスは旅行《りょこう》の神《かみ》だから」

おれは自分《じぶん》にあてがわれた狭《せま》い場所《ばしょ》を見《み》た。ここに置《お》くものは何《なに》もない。荷物《にもつ》も、服《ふく》も、寝袋《ねぶくろ》もない。あるのはミノタウロスの角《つの》だけだ。角《つの》を置《お》いておこうかと思《おも》ったけど、ふと、ヘルメスが盗人《ぬすっと》の神《かみ》でもあることを思《おも》い出《だ》した。

おれは訓練生《くんれんせい》たちの顔《かお》を見《み》わたした。むすっとして疑《うたが》わしげな視線《しせん》をむけているやつもいれば、ばかみたいに笑《わら》っているやつもいる。ポケットからスリを働《はたら》く機会《きかい》をねらっているような目《め》でこっちを見《み》ているやつもいる。

「いつまでここにいればいいいんだ?」おれはきいてみた。

「いい質問《しつもん》だ」ルークがいった。「確定《かくてい》するまでだ」

「どのくらいかかる?」

十一番《ばん》コテージの全員《ぜんいん》が笑《わら》った。

「さ、行《い》くわよ」アナベスがおれにいった。「バレーボールのコートを見《み》せてあげる」

「もう見《み》たよ」

「さ、早《はや》く」

アナベスはおれの手首《てくび》をつかんで、おれを外《そと》に引《ひ》きずっていった。十一番《ばん》コテージのやつらが、おれがいなくなったあとで大笑《おおわら》いしているのが聞《き》こえた。

何《なん》メートルか歩《ある》いたところで、アナベスがいった。「パーシー・ジャクソン君《くん》、もう少《すこ》ししっかりしなさいよ」

「えっ？」

アナベスはあきれた顔《かお》して、独《ひと》り言《ごと》のようにつぶやいた。「信《しん》じられない。この子《こ》がそうだなんて」

「何《なに》が悪《わる》いんだよ？」おれはむっとしていた。「おれが知《し》ってるのは、自分《じぶん》がどっかの牛男《おとこ》を殺《ころ》して——」

「そんないい方《ほう》しちゃだめ！　ここにいる訓練生《くんれんせい》の何人《なんにん》がそのチャンスを待《ま》っていたか、

わかってる？」

「殺《ころ》されたい、ってことか？」

「ミノタウロスと戦《たたか》うこと！　あたしたちがどうして訓練《くんれん》を受《う》けてると思《おも》ってるの？」

おれは首《くび》をふった。「あのさ、もしおれが戦《たたか》った相手《あいて》がほんとうにあのミノタウロスなら、物語《ものがたり》に出《で》てくるやつと同《おな》じなら……」

「そうよ」

「なら、そいつはひとりしかいない」

「そうよ」

「でも、そいつは死《し》んだ。何億兆年《なんおくちょうねん》も昔《むかし》に、だろ？　テセウス（訳注《やくちゅう》：ギリシャ神話《しんわ》に出《で》てくる英雄《えいゆう》）が迷宮《めいきゅう》で殺《ころ》した。ってことは……」

「怪物《かいぶつ》は死《し》なないのよ。消《け》すことはできるけど、死《し》なないの」

「そっか、なるほど。それで疑問《ぎもん》が解《と》けた」

「怪物《かいぶつ》にはパーシーとかあたしとちがって魂《たましい》がないの。怪物《かいぶつ》をしばらく消《け》すことはできる。運《うん》がよければ、人間《にんげん》ひとりの一生《いっしょう》のあいだくらいは。でも、怪物《かいぶつ》は原始《げんし》の力《ちから》なのよ。

ケイロンは怪物《かいぶつ》を原型《げんけい》って呼《よ》んでる。怪物《かいぶつ》はそのうちに再生《さいせい》するのよ」

おれはドッズ先生《せんせい》のことを考《かんが》えた。「ってことは、もし怪物《かいぶつ》を殺《ころ》しても、偶然《ぐうぜん》に剣《けん》で殺《ころ》しても——」

「それ、エリニュ……数学《すうがく》の先生《せんせい》のことね。そうよ。その先生《せんせい》はまだそのへんにいるわ。パーシーはその先生《せんせい》をすごく、すごく怒《おこ》らせただけ」

「ドッズ先生《せんせい》のこと、なんで知《し》ってるんだ?」

「パーシーって寝言《ねごと》いうでしょ」

「さっき、先生《せんせい》のこと、なんていいかけた? エリニュス(訳注《やくちゅう》:ギリシャ神話《しんわ》に出《で》てくる三姉妹《しまい》の復讐《ふくしゅう》の女神《めがみ》)? それ、ハデスのもとで人々《ひとびと》を苦《くる》しめるやつのことか?」

アナベスは不安《ふあん》げにうつむいた。まるで、地面《じめん》に穴《あな》があいて飲《の》みこまれてしまいそう、とでもいうように。「名前《なまえ》で呼《よ》んじゃだめ、たとえこの訓練所《くんれんじょ》でも。ここではみんな、話題《わだい》にする必要《ひつよう》があるときは、復讐《ふくしゅう》の女神《めがみ》、って呼《よ》ぶの」

「あのさ、名前《なまえ》を口《くち》にすれば、必《かなら》ず雷《かみなり》が鳴《な》るわけ?」自分《じぶん》でも、弱気《よわき》な口調《くちょう》だな、と思《おも》ったけど、気《き》にしている場合《ばあい》じゃない。「それはそうと、なんでおれは十一番《ばん》コテージに入《い》れられたんだ？　なんであそこはあんなにぎゅうぎゅうづめなんだ？　ほかに空《から》っぽのコテージがたくさんあるのにさ」

おれが近《ちか》くのコテージをいくつか指《ゆび》さすと、アナベスは青《あお》くなった。「コテージは自分《じぶん》で選《えら》ぶんじゃないのよ。決《き》め手《て》は本人《ほんにん》の両親《りょうしん》がだれか、ってこと。あるいは……片方《かたほう》の親《おや》がだれかっていうことなの」

アナベスはこっちをじっと見《み》て、おれが理解《りかい》するのを待《ま》った。

「おれの母親《ははおや》はサリー・ジャクソン。グランドセントラル駅《えき》のキャンディーショップで働《はたら》いている。少《すく》なくとも、前《まえ》は働《はたら》いていた」

「お母《かあ》さん、たいへんだったわね。でも、あたしがいっているのはそうじゃなくて、パーシーのもうひとりの親《おや》。お父《とう》さんのことよ」

「父《とう》さんは死《し》んだ。会《あ》ったことは一度《いちど》もない」

アナベスはため息《いき》をついた。こういう会話《かいわ》を今《いま》まで何人《なんにん》もの訓練生《くんれんせい》としてきたにちがいない。「ううん、死《し》んでないわ」

「どうしてそんなことがわかるんだよ。父《とう》さんのこと、知《し》ってるのか？」

「ううん、もちろん知《し》らないわよ」

「じゃあ、なんでそんなこと――」

「パーシーのことを知《し》ってるからよ。パーシーがあたしたちの仲間《なかま》じゃないなら、ここに来《く》るはずがないもの」

「おれのことなんて何《なに》も知《し》らないだろ」

「知《し》らない？」アナベスは眉《まゆ》をひそめた。「いろいろな学校《がっこう》を転々《てんてん》としたでしょ。いくつもの学校《がっこう》を退学《たいがく》になったでしょ」

「なんで――」

「難読症《なんどくしょう》って診断《しんだん》された。たぶん、ADHDでしょ」

おれは自分《じぶん》がうろたえたのを隠《かく》そうとした。「それがなんだっていうんだ？」

「いろんなことを考《かん》え合《あ》わせると、ほぼまちがいないのよ。本《ほん》を読《よ》むとページから文字《もじ》が浮《う》いて見《み》えるでしょ？　それはパーシーの頭《あたま》に組《く》みこまれているのが古代《こだい》ギリシャ語《ご》だから。あと、ADHDのことだけど――衝動的《しょうどうてき》で、授業中《じゅぎょうちゅう》じっと座《すわ》っていられない。それは戦《たたか》いに対《たい》する反射能力《はんしゃのうりょく》。実際《じっさい》の戦《たたか》いになったら、その能力《のうりょく》のおかげで生《い》きのびられるわ。

注意力《ちゅういりょく》がないように見《み》えるのは、目《め》がいろいろなものを見《み》すぎるから。見《み》ていないからじゃないわ。パーシーの五感《かん》はふつうの人間《にんげん》より鋭《するど》いのよ。学校《がっこう》で先生《せんせい》から治療《ちりょう》をすすめられたことがあるでしょ。そういう先生《せんせい》はたいてい怪物《かいぶつ》よ。自分《じぶん》の正体《しょうたい》を見破《みやぶ》られたくないのよ」

「アナベスってなんか……アナベスも同《おな》じ経験《けいけん》をした？」

「ここにいる訓練生《くんれんせい》のほとんどはね。もしパーシーが私《わたし》たちの仲間《なかま》じゃなかったら、ミノタウロスに殺《ころ》されてたはずよ。アンブロシア（訳注《やくちゅう》：不老不死《ふろうふし》の食《た》べ物《もの》）やネクタル（訳《やく》注《ちゅう》：不老長寿《ふろうちょうじゅ》の酒《さけ》）は神々《かみがみ》のものだから、ふつうの人間《にんげん》には毒《どく》のはず」

「アンブロシアやネクタル？」

「パーシーを元気《げんき》にさせるためにあげていた食《た》べ物《もの》と飲《の》み物《もの》のこと。ふつうの子《こ》が食《た》べたり飲《の》んだりしたら死《し》んでたはず。血《ち》が燃《も》えて、骨《ほね》が砂《すな》になって死《し》んじゃうの。認《みと》めて。自分《じぶん》が半神半人《はんしんはんじん》のハーフだってことを」

ハーフ。

山《やま》ほどの疑問《ぎもん》で頭《あたま》がくらくらしてきた。どこから手《て》をつけたらいいんだ。

そこにかすれた叫《さけ》び声《ごえ》がきこえた。「あっ！　新入《しんい》りだ！」

声《こえ》のほうを見《み》ると、ぶさいくな赤《あか》いコテージにいた大柄《おおがら》の女《おんな》の子《こ》が、のんびりこっちにむかって歩《ある》いてくる。うしろには女《おんな》の子《こ》が三人《にん》いる。みんな先頭《せんとう》の子《こ》と同《おな》じように大柄《おおがら》で、ぶさいくで、いじわるそうだ。全員迷彩柄《ぜんいんめいさいがら》のジャケットを着《き》ている。

「クラリサ」アナベスはため息《いき》をついた。「槍《やり》を磨《みが》きにでもいけば？」

「はいはい、王女《おうじょ》さま」クラリサがいった。「そうすれば、金曜《きんよう》の夜《よる》にあんたをつき刺《さ》してやれるもんね」

「エレ　エス　コラカス！」アナベスの言葉《ことば》を聞《き》いて、おれにはなぜかそれがギリシャ語《ご》で「カラスのところに行《い》っちゃいな！」という意味《いみ》だとわかった。けど、実際《じっさい》にはかなりきついののしり言葉《ことば》のような気《き》もした。「そうはさせないわよ」

「粉々《こなごな》にしてやるから」クラリサはそういいながらも一瞬《いっしゅん》ひるんだ表情《ひょうじょう》を見《み》せた。たぶん、このまま攻撃《こうげき》をしつづけていいかどうか、迷《まよ》ってるんだろう。クラリサがおれのほうをむいた。「このチビ、だれ？」

「パーシー・ジャクソン」アナベスがいった。「こちらはクラリサ。アレスの娘《むすめ》」

おれは目《め》をぱちくりさせた。「アレスって……あの軍神《ぐんしん》の？」

クラリサはばかにするように笑《わら》った。「なんか文句《もんく》ある？」

「いや」おれはいつもの機転《きてん》をきかせた。「それでよろしい臭《くさ》いのかと思《おも》って」

クラリサがどなった。「新入《しんい》りには歓迎《かんげい》の儀式《ぎしき》があるんだからね、ぼくちゃん」

「パーシーです」

「名前《なまえ》なんてどうでもいい。来《き》な、思《おも》い知《し》らせてやるから」

「クラリサ――」アナベスが何《なに》かいおうとした。

「口《くち》をはさむんじゃないよ、お嬢《じょう》さん」

アナベスは傷《きず》ついたようだったけど、何《なに》もいわなかった。おれもアナベスに助《たす》けてもらう気《き》はなかった。新入《しんい》りはおれだ。自分《じぶん》の名誉《めいよ》は自分《じぶん》で守《まも》る。

アナベスにミノタウロスの角《つの》をあずけて、戦《たたか》いにそなえた。けど、あっというまにクラリサに首《くび》をつかまれ、引《ひ》きずられていた。連《つ》れていかれた先《さき》はブロック作《づく》りの建物《たてもの》で、すぐにシャワー室《しつ》だとわかった。

おれは手足《てあし》をばたばたさせた。けんかなら今《いま》までにいくつもしたことがあるけど、この大女《おおおんな》の手《て》は鉄《てつ》みたいだ。クラリサはおれを女子用《じょしよう》シャワー室《しつ》に引《ひ》きずっていく。片側《かたがわ》にトイレのとびらが並《なら》び、その反対側《はんたいがわ》にはシャワーブースが並《なら》んでいる。そのへんの公衆便所《こうしゅうべんじょ》と同《おな》じにおいをかぎながら思《おも》った――クラリサに髪《かみ》の毛《け》を引《ひ》きちぎられそうだったけど――もし、ここが神々《かみがみ》の居場所《いばしょ》なら、もっとおしゃれな便所《べんじょ》を作《つく》ることだってできただろうに。

クラリサの仲間《なかま》はみんな笑《わら》っている。おれはミノタウロスと戦《たたか》ったときの力《ちから》を出《だ》そうとしたけど、その力《ちから》はどこにもなかった。

「ビッグスリーの子《こ》でもないくせに」クラリサはとびらのひとつへおれを引《ひ》きずっていく。「そうか、わかった。ミノタウロスは笑《わら》いすぎて転《ころ》んだんだ。この子《こ》、すごくまぬけな顔《かお》しているから」

クラリサの仲間《なかま》がくすくす笑《わら》った。

アナベスはシャワー室《しつ》のすみで、指《ゆび》のすきまからこっちを見《み》ている。

クラリサはおれに膝《ひざ》をつかせ、おれの頭《あたま》を便器《べんき》につっこもうとした。便器《べんき》からはさびついたパイプと、便器《べんき》におなじみのにおいでくさいったらありゃしない。おれは首《くび》に力《ちから》を入《い》れて、にごった水《みず》を見《み》つめながら思《おも》った。頭《あたま》を入《い》れたりするもんか。ぜったいにするもんか。

その瞬間《しゅんかん》、みぞおちをぐいっと引《ひ》っぱられる感《かん》じがした。水道管《すいどうかん》の奥《おく》からごろごろと大《おお》きな音《おと》がして、パイプが震《ふる》えた。髪《かみ》の毛《け》をつかんでいたクラリサの手《て》がゆるんだ。便器《べんき》から水《みず》が噴《ふ》き出《だ》し、おれの頭《あたま》の上《うえ》で弧《こ》を描《えが》いた。気《き》がつくと、おれは便所《べんじょ》の床《ゆか》の上《うえ》で腹《はら》ばいで、クラリサの悲鳴《ひめい》がうしろから聞《き》こえた。

おれがふりむくと同時《どうじ》に水《みず》がまた便器《べんき》から噴《ふ》き出《だ》し、クラリサの顔《かお》に命中《めいちゅう》した。クラリサは水《みず》のいきおいに押《お》されて尻《しり》もちをついた。便器《べんき》の水《みず》は消防車《しょうぼうしゃ》のホースのようにクラリサを追《お》い、クラリサは背中《せなか》からシャワー室《しつ》に押《お》しこまれた。

クラリサはわめきながらもがいている。仲間《なかま》がクラリサに近《ちか》づこうとした。けど、ほかの便器《べんき》も全部《ぜんぶ》が一気《いっき》に噴《ふ》き出《だ》した。あとから噴《ふ》き出《だ》した六本《ぽん》の噴水《ふんすい》のせいで、仲間《なかま》はぜんぜん前《まえ》に進《すす》めない。シャワーの水《みず》までおかしくなり、水《みず》が出《で》る場所《ばしょ》すべての水《みず》に攻《せ》められ、迷彩服《めいさいふく》の女《おんな》の子《こ》たちは外《そと》に押《お》し流《なが》された。川《かわ》に浮《う》いたごみみたいにくるくるまわりながら。

迷彩服《めいさいふく》の女子《じょし》たちがシャワー室《しつ》から消《き》えたとたん、みぞおちが引《ひ》っぱられる感《かん》じがなくなり、始《はじ》まったときと同《おな》じように、いきなり水《みず》が止《と》まった。

シャワー室《しつ》はすっかり水《みず》びたしだった。アナベスもとばっちりを受《う》けて水《みず》をしたたらせているけど、シャワー室《しつ》から押《お》し出《だ》されてはいない。アナベスは同《おな》じ場所《ばしょ》に立《た》ちつくしたまま、すっかり驚《おどろ》いた顔《かお》でおれを見《み》ていた。

足元《あしもと》を見《み》ると、おれが座《すわ》りこんでいる場所《ばしょ》だけが濡《ぬ》れていない。おれのまわりは円形《えんけい》に乾《かわ》いたままだし、服《ふく》には一滴《いってき》の水《みず》もかかっていない。

おれは立《た》ちあがった。脚《あし》ががくがく震《ふる》えている。

アナベスがいった。「いったいどうやって……」

「わからない」

おれはアナベスとシャワー室《しつ》の入《い》り口《ぐち》に歩《ある》いていった。外《そと》に出《で》ると、クラリサとその仲間《なかま》が泥《どろ》まみれで地面《じめん》にのびていた。ほかの訓練生《くんれんせい》たちもたくさん集《あつ》まってきて、目《め》をまんまるくしている。クラリサは髪《かみ》の毛《け》が顔《かお》にへばりつき、迷彩柄《めいさいがら》のジャケットはびしょ濡《ぬ》れで、全身《ぜんしん》から汚物《おぶつ》のにおいがする。クラリサは憎《にく》しみのこもった目《め》でおれを見《み》た。「殺《ころ》してやる、新入《しんい》り。ぜったいに殺《ころ》してやるから」

たぶん、聞《き》こえないふりをしたほうがよかったんだろう。けど、こういってしまった。

「もう一回便所《いっかいべんじょ》の水《みず》でうがいしたいのか、クラリサ？　その口《くち》にチャックをしときな」

仲間《なかま》がなんとかクラリサをおさえ、五番《ばん》コテージへ引《ひ》きずっていった。集《あつ》まった訓練生《くんれんせい》たちは、足《あし》をばたつかせるクラリサにけとばされないよう道《みち》をあけた。

アナベスがおれを見《み》つめた。ただむっとしているだけか？　それとも、おれに水《みず》をかけられて怒《おこ》っているのか？

「どうした？」おれは聞《き》いてみた。「何考《なにかんが》えてる？」

「あのね、旗取《はたと》り合戦《がっせん》のとき、うちのチームに入《はい》ってくれない？」

第《だい》7章《しょう》　夕食《ゆうしょく》は煙《けむり》となって空《そら》に

　シャワー室《しつ》の出来事《できごと》はすぐに広《ひろ》まった。どこに行《い》っても訓練生《くんれんせい》がみんなおれを指《ゆび》さし、便器《べんき》の水《みず》がなんとかとささやき合《あ》った。いや、ひょっとしたら、アナベスを見《み》ているだけだったかも。アナベスは、まだかなり濡《ぬ》れたままだったから。

　アナベスはほかにもいくつかの場所《ばしょ》に案内《あんない》してくれた。鍛冶場《かじば》（訓練生《くんれんせい》はここで自分《じぶん》の剣《けん》を作《つく》る）、工作室《こうさくしつ》（サテュロスはここで砂吹《すなふ》きを使《つか》って巨大《きょだい》なヤギ人間《にんげん》の像《ぞう》を磨《みが》く）、ロッククライミング練習場《れんしゅうじょう》。ここには二枚《まい》の壁《かべ》がむかい合《あ》わせで立《た》っている。制限時間内《せいげんじかんない》に上《うえ》までたどり着《つ》かない場合《ばあい》には、二枚《まい》の壁《かべ》が激《はげ》しく震《ふる》えて大《おお》きな岩《いわ》を落《お》とし、溶岩《ようがん》を噴《ふ》きかけ、両側《りょうがわ》から壁《かべ》がせまってきて、ぐずぐずしているやつを押《お》しつぶしてしまう。

　最後《さいご》はカヌー練習用《れんしゅうよう》の湖《みずうみ》にもどってきた。湖《みずうみ》からのびる小道《こみち》をたどっていくと、コテージにもどれる。

「あたしは訓練《くんれん》があるから」アナベスがきっぱりといった。「夕食《ゆうしょく》は七時半《じはん》。十一番《ばん》コテージのみんなについて食堂《しょくどう》に行《い》って」

「アナベス、シャワー室《しつ》のこと、ごめん」

「べつにいいわよ」

「あれ、おれがやったんじゃないんだ」

アナベスのけげんな目《め》を見《み》て、おれがやったんだ、と気《き》づいた。おれが便所《べんじょ》の水道管《すいどうかん》から水《みず》を噴《ふ》き出《だ》させた。どうしてそんなことができたのかは知《し》らない。けど、便所《べんじょ》の水《みず》はおれに反応《はんのう》した。おれは便所《べんじょ》の水《みず》を自由《じゆう》に操《あやつ》れるようになっていた。

「神託《しんたく》をききにいったほうがいいわよ」アナベスがいった。

「シンタクって?」

「神託《しんたく》よ。神《かみ》のお告《つ》げ。ケイロンにたのんでおいてあげる」

おれは湖《みずうみ》を見《み》つめながら、だれか今《いま》すぐに答《こた》えをくれないか、と思《おも》った。

おれはどきっとした。湖《みずうみ》の底《そこ》からだれかが自分《じぶん》を見《み》つめ返《かえ》しているなんて想像《そうぞう》もしていなかった。桟橋《さんばし》の下《した》のほう、水深《すいしん》五、六メートルくらいのところに、十代《だい》くらいの女《おんな》の子《こ》がふたり、足《あし》を組《く》んで座《すわ》っていた。ふたりとも青《あお》いジーパンをはいて、光沢《こうたく》のある緑《みどり》のTシャツを着《き》ている。茶色《ちゃいろ》の髪《かみ》は肩《かた》のあたりをただよって、小魚《こざかな》が出《で》たり入《はい》ったりするのに合《あ》わせて揺《ゆ》れている。ふたりは久々《ひさびさ》に会《あ》う友《とも》だちみたいに、笑顔《えがお》で手《て》をふっている。

おれはほかに思《おも》いつかなくて、手《て》をふり返《かえ》した。

「あの子《こ》たちをいい気《き》にさせちゃだめ」アナベスに注意《ちゅうい》された。「ナーイス（訳注《やくちゅう》：美《うつく》しい女性《じょせい》の姿《すがた》をした泉《いずみ》や川《かわ》のニンフ［妖精《ようせい》］）ってすごい浮気《うわき》なんだから」

「ナーイスか」おれはそういいながら、完全《かんぜん》に頭《あたま》が混乱《こんらん》していた。「そうだ。今《いま》すぐ家《いえ》に帰《かえ》りたい」

アナベスは顔《かお》をしかめた。「パーシー、わからないの？　もう家《いえ》にいるのよ。あたしたちみたいな子《こ》には、地球上《ちきゅうじょう》でここしか安全《あんぜん》な場所《ばしょ》がないの」

「それって、知能《ちのう》に問題《もんだい》がある子《こ》のこと？」

「人間《にんげん》じゃない子《こ》のこと。正確《せいかく》にいうと、百パーセント人間《にんげん》じゃない子《こ》。ハーフのこと」

「人間《にんげん》と何《なん》のハーフ？」

「わかってるでしょう」

認《みと》めたくない。けど、わかっていた。手足《てあし》がじんじんしてくる。母《かあ》さんが父《とう》さんのことを話《はな》すときにやってくるあの感覚《かんかく》だ。

「神《かみ》」おれはいった。「神《かみ》とのハーフだ」

アナベスはうなずいた。「パーシーのお父《とう》さんは死《し》んでいないの。オリンポスの神々《かみがみ》のひとりなのよ」

「そんな……ばかな」

「そう？　神々《かみがみ》が昔《むかし》むかしの物語《ものがたり》の中《なか》でやたらとしていたことは何《なに》？　神々《かみがみ》はどこかに行《い》っては人間《にんげん》と恋《こい》をして、人間《にんげん》との子《こ》どもを作《つく》った。この何千年《なんぜんねん》かのあいだに、その習慣《しゅうかん》が変《か》わったと思《おも》う？」

「けど、それはただの――」おれはまたうっかり「神話《しんわ》」といいそうになった。けど、ケイロンに「あと二千年《せんねん》もしたら君《きみ》も神話《しんわ》とみなされるかもしれない」と忠告《ちゅうこく》されたのを思《おも》い出《だ》した。「けど、ここにいる訓練生全員《くんれんせいぜんいん》が、神々《かみがみ》との混血《こんけつ》だとしたら――」

「半神半人《はんしんはんじん》、それが正式《せいしき》な表現《ひょうげん》。あるいはハーフ」

「だとしたら、アナベスのお父《とう》さんは？」

アナベスは両手《りょうて》で桟橋《さんばし》の手《て》すりをぎゅっとつかんだ。おれは微妙《びみょう》な話題《わだい》に触《ふ》れたのかも。

「あたしの父親《ちちおや》はウエストポイント（訳注《やくちゅう》：ニューヨーク市《し》の北《きた》にある陸軍士官学校《りくぐんしかんがっこう》）の教師《きょうし》。すごく小《ちい》さかったとき以来《いらい》、ぜんぜん会《あ》ってない。アメリカ史《し》を教《おし》えているの」

「人間《にんげん》じゃないか」

「え？　男《おとこ》の神《かみ》だけが人間《にんげん》の女性《じょせい》に恋《こい》をすると思《おも》ってた？　それって性差別《せいさべつ》じゃない？」

「じゃ、アナベスのお母《かあ》さんはだれなのさ？」

「六番《ばん》コテージ」

「ってことは？」

アナベスは背筋《せすじ》をのばした。「アテナ。知恵《ちえ》と戦術《せんじゅつ》の女神《めがみ》」

そうか。やっぱりな。

「で、おれの父親《ちちおや》は？」

「未確定《みかくてい》。さっきいったとおり、だれも知《し》らないの」

「おれの母親《ははおや》以外《いがい》はね。母《かあ》さんは知《し》ってる」

「知《し》らないかもしれないわよ。神《かみ》はいつも正体《しょうたい》を教《おし》えないから」

「父《とう》さんは教《おし》えたと思《おも》う。母《かあ》さんのこと、愛《あい》してたから」

アナベスはこっそりおれを見《み》た。おれの夢《ゆめ》をぶち壊《こわ》したくはないんだ。「そうね。何《なに》かサインを送《おく》ってくれるかも。それ以外《いがい》には真実《しんじつ》を知《し》る方法《ほうほう》がないもの。お父《とう》さんはパーシーが自分《じぶん》の息子《むすこ》だっていうサインを送《おく》ってくれるはず。そういうの、ときどきあるのよ」

「ないこともある、ってこと？」

アナベスは片手《かたて》で手《て》すりをなでた。「神々《かみがみ》は忙《いそが》しいの。子《こ》どももたくさんいるから、かならずしも……なんていうか、あたしたちのことを気《き》にしていられないときもあるのよ。ほうっておかれちゃうこともあるの」

ヘルメスのコテージで見《み》た訓練生《くんれんせい》たちのことを思《おも》い出《だ》した。中《なか》には、つまらなそうな、暗《くら》い顔《かお》をした子《こ》もいた。けっして来《こ》ない電話《でんわ》を待《ま》ってるみたいな。ヤンシー学園《がくえん》にもそういう生徒《せいと》がいた。子《こ》どものめんどうを見《み》るひまがない裕福《ゆうふく》な親《おや》に、寄宿学校《きしゅくがっこう》に追《お》いやられた連中《れんちゅう》だ。けど、神々《かみがみ》はそれよりましなはずだ。

「で、おれはここに追《お》いやられたんだろ？　一生《いっしょう》ずっとここなのか？」

「それは状況《じょうきょう》によりけり。夏《なつ》だけここにいる訓練生《くんれんせい》もいるわよ。アフロディテとかデメテルの子《こ》どもなら、たいした力《ちから》はないだろうし。怪物《かいぶつ》はそういう子《こ》はほうっておくらしいから、夏《なつ》に何《なん》カ月《げつ》かの訓練《くんれん》さえ受《う》ければ、一年《いちねん》の残《のこ》りは人間《にんげん》の世界《せかい》でくらしていける。けど、訓練生《くんれんせい》の中《なか》にはここを離《はな》れたら危険《きけん》な子《こ》たちもいて、そういう子《こ》は一年中《いちねんじゅう》ここにいるの。人間《にんげん》の世界《せかい》じゃ怪物《かいぶつ》の目《め》につきやすいから。怪物《かいぶつ》はあたしたちの存在《そんざい》を感《かん》じとると襲《おそ》ってくるんだけど、たいていの場合《ばあい》は、あたしたちが成長《せいちょう》して、連中《れんちゅう》にとってやっかいな存在《そんざい》になるまでほうっておいてくれる——十歳《さい》か十一歳《さい》くらいまではね。でも、それより大《おお》きくなると、ハーフの子《こ》はこの訓練所《くんれんじょ》に入《はい》るか、殺《ころ》されてしまうかどちらか。ごくわずかだけど、人間《にんげん》の世界《せかい》で生《い》きのびて、有名《ゆうめい》になっている子《こ》もいる。ほんとよ。あたしが名前《なまえ》をあげたら、知《し》っていると思《おも》う。そういう人《ひと》たちの中《なか》には自分《じぶん》がハーフだってことを知《し》らない人《ひと》もいるけど、そういう人《ひと》はほんとに、ほんとに限《かぎ》られてるの」

「じゃあ、怪物《かいぶつ》はここには入《はい》ってこられないんだ?」

「ううん。訓練所《くんれんじょ》のだれかが森《もり》で飼《か》ったり、特別《とくべつ》に呼《よ》び寄《よ》せたりした場合《ばあい》はべつ」

「怪物《かいぶつ》を呼《よ》び寄《よ》せたいやつなんているか?」

「戦《たたか》いの練習《れんしゅう》とか、悪《わる》ふざけとか」

「悪《わる》ふざけ?」

「とにかく、境界線《きょうかいせん》からこっちには人間《にんげん》も怪物《かいぶつ》も入《はい》ってこられないの。人間《にんげん》が境界線《きょうかいせん》のむこう側《がわ》からこの谷《たに》を見《み》ても、何《なに》も変《か》わったものは見《み》えなくて、イチゴ畑《ばたけ》があるだけ」

「じゃ……アナベスは長期訓練生《ちょうきくんれんせい》?」

アナベスはうなずいた。そして、Tシャツの首《くび》の内側《うちがわ》から、ちがう色《いろ》の粘土《ねんど》のビーズが五つ通《とお》った革《かわ》のネックレスを引《ひ》っぱり出《だ》した。ルークのネックレスと似《に》ているけど、アナベスのネックレスにはカレッジリングみたいな、大《おお》きな金《きん》のリングも通《とお》してある。

「あたし、七歳《さい》のときからここにいるの。毎年《まいとし》八月《がつ》、夏《なつ》の合宿《がっしゅく》の最後《さいご》の日《ひ》に、一年間《いちねんかん》無事《ぶ》《じ》に生《い》きられた印《しるし》のビーズをもらうの。訓練所《くんれんじょ》のリーダーはみんな大学生《だいがくせい》だけど、あたしはほとんどのリーダーよりも長《なが》くここにいる。」

「なんでそんなに小《ちい》さいときからここに?」

アナベスは革《かわ》ひもに通《とお》したリングをいじっている。「パーシーには関係《かんけい》ないこと」

「あ、そう」気《き》まずい沈黙《ちんもく》の中《なか》、おれはしばらくそのまま突っ立《た》っていた。「じゃあ、おれもその気《き》になれば、今《いま》すぐここから出《で》ていってもかまわないんだ?」

「自殺行為《じさつこうい》だけど、かまわないわよ。ミスターDかケイロンの許可《きょか》があれば。でも、夏《なつ》の終《お》わりまでは許可《きょか》をくれないはずよ。例外《れいがい》があるとすれば……」

「例外《れいがい》があるとすれば?」

「冒険《ぼうけん》の旅《たび》を命《めい》じられた場合《ばあい》だけ。でも、それはほんとんどありえない。前回《ぜんかい》は……」

アナベスの声《こえ》が小《ちい》さくなっていった。その口調《くちょう》からすると前回《ぜんかい》は成功《せいこう》しなかったんだろう。

「保健室《ほけんしつ》でおれに、あのなんとかっていうのを食《た》べさせてくれてたとき——」

「アンブロシア」

「そう、それ。夏至《げし》のことをおれにたずねただろ?」

アナベスは身《み》をかたくした。「えっ、何《なに》か知《し》ってるの?」

「いや……知《し》らない。前《まえ》にいた学校《がっこう》で、グローバーとケイロンの話《はなし》を立《た》ち聞《ぎ》きしたときに、その話《はなし》をしていたんだ。グローバーが、夏至《げし》がなんとか、っていいだした。期限《きげん》があるから、時間《じかん》があまりない、とかなんとかいってた。それ、どういう意味《いみ》だったんだろう？」

アナベスは両手《りょうて》をぎゅっと握《にぎ》りしめた。「残念《ざんねん》だけど、あたしにはわからない。ケイロンやサテュロスは知《し》っていても、あたしには教《おし》えてくれないから。オリンポス山《さん》で何《なに》かあったのよ。何《なに》か重大《じゅうだい》なことが。前《まえ》にあたしがオリンポス山《さん》に行《い》ったときは、べつに変《か》わったことはないみたいだったけど」

「オリンポス山《さん》に行《い》ったことがあるって？」

「長期訓練生《ちょうきくんれんせい》の何人《なんにん》か――あたしと、ルークと、クラリサと、あと何人《なんにん》か――が、冬至《とうじ》のときに校外授業《こうがいじゅぎょう》で行《い》ったの。そのときちょうど、神々《かみがみ》は年一回《ねんいっかい》の大《おお》きな会議《かいぎ》をしていたわ」

「けど……どうやって行《い》ったのさ？」

「ロングアイランド鉄道《てつどう》で。決《き》まってるじゃない。ペンシルヴェニア駅《えき》で降《お》りて、エンパイアステイトビルに行《い》って、六百階《かいい》行きの特別《とくべつ》エレベータに乗《の》るの」アナベスは、そんなことも知《し》らないなんて信《しん》じられない、という顔《かお》でおれを見《み》た。「パーシーってニューヨーク市民《しみん》でしょ？」

「もちろん」おれの知《し》っているかぎり、エンパイアステイトビルは百二階《かい》までしかないけど、それはいわないほうがよさそうだ。

「オリンポス山《さん》に校外授業《こうがいじゅぎょう》に行《い》ったすぐあと」アナベスは話《はなし》をつづけた。「まるで神々《かみがみ》が争《あらそ》いを始《はじ》めたみたいに天気《てんき》が不気味《ぶきみ》な感《かん》じになってきたの。そのあと何度《なんど》か、サテュロスたちが話《はな》しているのを偶然聞《ぐうぜんき》いちゃった。何《なに》か大切《たいせつ》なものが盗《ぬす》まれて、それが夏至《げし》までにもどってこなかったら、困《こま》ったことになるらしいの。パーシーがここに来《き》たとき、あたし、うれしかった……だって——アテナはアレス以外《いがい》ならだれとでもうまくやっていけるから。もちろん、アテナとポセイドンは仲《なか》がよくないわよ。でも、だから、それはべつにして、あたし、パーシーとは協力《きょうりょく》できる、って思《おも》ったの。パーシーは何《なに》か知《し》っているかもしれない、って思《おも》ったの」

おれは首《くび》をふった。アナベスに協力《きょうりょく》してやれたらいいけど、おれは腹《はら》ぺこで、くたびれて、頭《あたま》の中《なか》がいっぱいで、それ以上何《いじょうなに》も聞《き》けなかった。

「あたし、冒険《ぼうけん》の旅《たび》に行《い》かなくちゃ」アナベスは独《ひと》り言《ごと》をつぶやいている。「まだ若《わか》すぎる、ってことはないわ。何《なに》が起《お》きたのか教《おし》えてくれさえすれば……」

バーベキューの煙《けむり》のにおいが近《ちか》くから漂《ただよ》ってきた。アナベスにもおれの腹《はら》が鳴《な》ったのが聞《き》こえたにちがいない。先《さき》に行《い》ってて、あたしもあとから行《い》くから、といった。ひとり桟《さん》橋《ばし》に残《のこ》ったアナベスは指《ゆび》で手《て》すりをなでて、作戦《さくせん》でもねっているかのようだった。

十一番《ばん》コテージにもどると、みんなしゃべったり、ふざけ合《あ》ったりしながら夕食《ゆうしょく》を待《ま》っていた。初《はじ》めて、みんなほとんど外見《がいけん》が似《に》ているのに気《き》づいた。鼻筋《はなすじ》が通《とお》り、眉《まゆ》は両端《りょうたん》があがっていて、いたずらっ子《こ》っぽい笑顔《えがお》を浮《う》かべている。学校《がっこう》の先生《せんせい》に問題児《もんだいじ》のレッテルを貼《は》られるタイプだ。ありがたいことに、おれが自分《じぶん》の場所《ばしょ》まで行《い》って、ミノタウロスの角《つの》を置《お》いてどっかり座《すわ》りこんでも、だれも気《き》にとめなかった。

リーダーのルークがやってきた。ルークもヘルメス一家《いっか》の顔立《かおだ》ちだ。右《みぎ》の頬《ほお》にある例《れい》の傷《きず》は汚点《おてん》だけど、ルークの笑顔《えがお》はまったく損《そこ》なわれていない。

「寝袋《ねぶくろ》を見《み》つけてきてあげた」ルークはいった。「あと、ほら、洗面道具《せんめんどうぐ》も訓練所《くんれんじょ》の売店《ばいてん》からくすねてきた」

くすねた、の部分《ぶぶん》が冗談《じょうだん》かどうかはわからない。

「ありがと」

「どういたしまして」ルークはおれのとなりに座《すわ》り、壁《かべ》にもたれた。「一日目《いちにちめ》、くたびれただろ?」

「ここ、おれのいるところじゃないし。おれは神々《かみがみ》のことだって信《しん》じてないし」

「まあな。みんな最初《さいしょ》はそうなんだ。いったん神々《かみがみ》を信《しん》じだしたらどうなると思《おも》う? それはそれでたいへんなんだぞ」

ルークの不満《ふまん》げな口調《くちょう》におれはびっくりした。ルークはかなり気楽《きらく》なやつだと思《おも》っていたからだ。どんなことでもかんたんに受《う》け入《い》れるタイプだと思《おも》っていた。

「ルークの父親《ちちおや》はヘルメスなんだって?」おれはきいた。

ルークはジーンズのうしろのポケットから飛《と》び出《だ》しナイフをとり出《だ》した。一瞬《いっしゅん》、おれを刺《さ》すんじゃないか、と思《おも》ったけど、ルークは自分《じぶん》のサンダルの底《そこ》についた泥《どろ》をこそぎ落《お》としただけだった。「そう、ヘルメスだ」

「足《あし》に翼《つばさ》の生《は》えた、連絡係《れんらくがかり》だろ」

「そう。連絡係《れんらくがかり》、医者《いしゃ》、旅人《たびびと》、商人《しょうにん》、盗人《ぬすっと》。道《みち》を利用《りよう》するすべての者《もの》だ。だからパーシーはここで、十一番《ばん》コテージのもてなしを受《う》けている。ヘルメスはどこのだれを引《ひ》き受《う》けることになってもヘソを曲《ま》げたりしないからね」

ルークはおれを指《さ》して「どこのだれ」といったわけじゃないんだろう。ルークの頭《あたま》には今《いま》いろいろなことが浮《う》かんでいる、それだけだ。

「ルークは自分《じぶん》の父親《ちちおや》に会《あ》ったこと、ある？」

「一度《いちど》」

おれはその先《さき》を待《ま》った。ルークが自分《じぶん》から話《はな》したいなら話《はな》すだろう。ルークは話《はな》したくないらしかった。ひょっとしたら、ルークの父親《ちちおや》の話《はなし》は、顔《かお》の傷《きず》と何《なに》か関係《かんけい》があるのかもしれない。

ルークは立《た》ちあがり、無理《むり》に笑《わら》ってみせた。「パーシー、自分《じぶん》の父親《ちちおや》のことは心配《しんぱい》するな。ここにいる訓練生《くんれんせい》たちは、いいやつばかりだから。結局《けっきょく》のところ、ぼくたちは家族《かぞく》みたいなもんだろ？　おたがいを大切《たいせつ》にしないとな」

ルークはおれのとまどいを理解《りかい》してくれているみたいだ。おれは感謝《かんしゃ》した。ふつうなら、ルークみたいな年上《としうえ》のやつは――たとえリーダーだったとしても――おれみたいな、さえない子《こ》ども相手《あいて》をしてくれるはずがない。けど、ルークはこのコテージにおれを迎《むか》えいれて、洗面道具《せんめんどうぐ》までくすねてきてくれた。それは今日一日《きょういちにち》でだれかにしてもらったことの中《なか》で、いちばんうれしいことだった。

おれは最後《さいご》に重要《じゅうよう》なことをひとつ質問《しつもん》してみることにした。今日《きょう》の午後《ごご》じゅうずっと気《き》にかかっていたことだ。「アレスのコテージのクラリサがおれに、ビッグスリーのなんとか、っていってたんだ。アナベスも……二度《にど》も、『例《れい》の子《こ》』かもしれない、っていった。おれは神託《しんたく》を聞《き》いてみるべきだ、ともいった。それいったいどういうこと？」

ルークは飛《と》び出《だ》しナイフをたたんだ。「予言《よげん》はきらいだな」

「それ、どういう意味《いみ》？」

ルークの顔《かお》の傷《きず》のあたりがぴくっとなった。「とりあえず、ぼくのせいでみんなが迷惑《めいわく》した、とだけいっておくよ。この二年間《ねんかん》、ぼくがヘスペリデス（訳注《やくちゅう》：金《きん》のリンゴがあるという西《にし》のはての園《その》）の庭《にわ》に行《い》って気《き》まずいことになって以来《いらい》、ケイロンはぼくに冒険《ぼうけん》の旅《たび》をさせてくれない。アナベスは死《し》ぬほどここから出《で》ていきたがっている。アナベスがあまりにもしつこくたのむものだから、ケイロンはしまいにこういった。自分《じぶん》はアナベスの運命《うんめい》を知《し》っているから、と。ケイロンは神託《しんたく》の予言《よげん》を聞《き》いたんだ。アナベスに全部《ぜんぶ》を話《はな》しはしなかったけど、まだ冒険《ぼうけん》の旅《たび》に出《で》る運命《うんめい》ではない、ということは教《おし》えた。アナベスは待《ま》たなくちゃいけない……だれか特別《とくべつ》なやつがこの訓練所《くんれんじょ》に来《く》るまで」

「特別《とくべつ》なやつ？」

「心配《しんぱい》しなくていい。アナベスはこの訓練所《くんれんじょ》に新《あたら》しい訓練生《くんれんせい》がくるたびに、それかもしれないと思《おも》いたがるんだ。さあ、もうそろそろ夕食《ゆうしょく》の時間《じかん》だ」

ルークがそういうと同時《どうじ》に、遠《とお》くから角笛《つのぶえ》が鳴《な》り響《ひび》いた。ほら貝《がい》の音《おと》だ、とわかった。今《いま》まで聞《き》いたことはなかったけど。

ルークが声《こえ》を張《は》りあげた。「十一番《ばん》コテージ、整列《せいれつ》！」

十一番《ばん》コテージの全員《ぜんいん》、約《やく》二十人《にん》が、一列《いちれつ》になって広場《ひろば》に出《で》た。年齢順《ねんれいじゅん》に並《なら》んだから、おれはとうぜん最後《さいご》だ。ほかのコテージからも訓練生《くんれんせい》がぞろぞろ出《で》てきた。奥《おく》にある無人《むじん》の三つのコテージ、それと、八番《ばん》コテージからはだれも出《で》てこない。八番《ばん》コテージは昼間《ひるま》はふつうだったけど、今《いま》、太陽《たいよう》が沈《しず》むにつれてだんだん銀色《ぎんいろ》に光《ひか》りはじめた。

おれたちは列《れつ》になって丘《おか》の上《うえ》にある大食堂《だいしょくどう》パビリオンまで歩《ある》いていった。草地《くさち》にいたサテュロスたちも合流《ごうりゅう》した。湖《みずうみ》からはナーイスが姿《すがた》を現《あらわ》した。女《おんな》の子《こ》が何人《なんにん》か森《もり》から出《で》てきた――ほんとうに森《もり》から出《で》てきたんだ。九歳《さい》か十歳《さい》くらいの女《おんな》の子《こ》は、カエデの木《き》の幹《みき》からすっと出《で》てきて、スキップで丘《おか》を駆《か》けあがっていった。

全部合《ぜんぶあ》わせて、百人《にん》くらいの訓練生《くんれんせい》と、二、三十人《にん》のサテュロスと、十人《にん》くらいのいろいろな森《もり》の精《せい》やナーイスがいた。

パビリオンの大理石《だいりせき》の円柱《えんちゅう》のまわりではたいまつが燃《も》えていた。真《ま》ん中《なか》には風呂桶《ふろおけ》くらいの大《おお》きさの青銅《せいどう》の炉《ろ》があって、その中《なか》でも火《ひ》が燃《も》えていた。コテージごとのテーブルがあり、どのテーブルにも縁取《ふちど》りが紫《むらさき》の白《しろ》いクロスがかかっている。テーブルのうち四つはだれも席《せき》についていなかったけど、十一番《ばん》コテージのテーブルはかなりぎゅうぎゅうづめだ。おれはむりして長椅子《ながいす》のはしに座《すわ》ったせいで、尻《しり》が半分《はんぶん》はみ出《だ》していた。

グローバーは十二番《ばん》テーブルに座《すわ》っていた。そのテーブルにはほかにミスターDと数人《すうにん》のサテュロス、それから、ミスターDそっくりの、金髪《きんぱつ》で小太《こぶと》りの男子《だんし》がふたりいた。ケイロンはテーブルの横《よこ》に立《た》っている。この石《いし》のテーブルはケンタウロスには小《ちい》さすぎるんだ。

アナベスは六番《ばん》テーブルに座《すわ》っている。六番《ばん》テーブルの訓練生《くんれんせい》たちはまじめで、運動神《うんどうしん》経《けい》がよさそうだ。みんなアナベスと同《おな》じで目《め》は灰色《はいいろ》、髪《かみ》はハチミツのような金髪《きんぱつ》だ。

クラリサはおれのうしろ側《がわ》、アレスのテーブルにいる。水《みず》の一件《いっけん》からは立《た》ち直《なお》ったらしい。友《とも》だちとげらげら笑《わら》いながら、大声《おおごえ》でしゃべっている。

ようやく、ケイロンがひづめで大理石《だいりせき》の床《ゆか》をたたくと、みんな静《しず》かになった。ケイロンはコップを高《たか》く持《も》ち上《あ》げた。「神々《かみがみ》に！」

ほかの全員《ぜんいん》もコップを持《も》ちあげた。「神々《かみがみ》に！」

森《もり》の精《せい》たちが食《た》べ物《もの》ののった大皿《おおざら》を手《て》に、前《まえ》に進《すす》み出《で》た。ブドウ、リンゴ、イチゴ、チーズ、焼《や》き立《た》てのパン、それに、やった！　バーベキューも！　おれのコップは空《から》っぽだったけど、ルークがいった。「コップにいってごらん。飲《の》みたいものをなんでも——もちろんアルコール以外《いがい》」

おれはいった。「チェリーコーク」

コップが、カラメル色《しょく》の炭酸水《たんさんすい》でいっぱいになった。

いいことを思《おも》いついた。「青《あお》いチェリーコーク」

カラメル色《いろ》から真《ま》っ青《さお》になった。

おそるおそるすすってみる。最高《さいこう》だ。

母《かあ》さんのために乾杯《かんぱい》した。

母さんは消《き》えてなんかいない。とにかく、永遠《えいえん》に消《き》えてしまったわけじゃない。母《かあ》さんは冥界《めいかい》にいる。もし冥界《めいかい》が現実《げんじつ》にあるなら、いつか……。

「ほら、パーシー」ルークがスモークした牛肉《ぎゅうにく》の大皿《おおざら》をまわしてくれた。

牛肉《ぎゅうにく》を皿《さら》に山盛《やまも》りにして、ほおばろうとしたところで気《き》づいた。みんなが手《て》にめいめいの皿《さら》を持《も》って立《た》ちあがり、パビリオンの真《ま》ん中《なか》にある炉《ろ》にむかっている。デザートか何《なに》かをとりにいくのか？

「さあ行《い》こう」ルークがいった。

炉《ろ》に近《ちか》づくと、みんなが自分《じぶん》の皿《さら》にのせた食《た》べ物《もの》の一部《いちぶ》を火《ひ》の中《なか》に落《お》としているのが見《み》えてきた。熟《じゅく》したイチゴ、肉汁《にくじゅう》のしたたる牛肉《ぎゅうにく》、バターの香《かお》る焼《や》き立《た》てのパンが火《ひ》に投《な》げこまれていく。

ルークが耳打《みみう》ちした。「神々《かみがみ》に食《た》べ物《もの》を燃《も》やして捧《ささ》げている。神々《かみがみ》はこのにおいが好《す》きなんだ」

「うそだろ」

ルークの表情《ひょうじょう》は真剣《しんけん》だ。けど、大《おお》きな力《ちから》を持《も》つ神《かみ》が食《た》べ物《もの》の燃《も》えるにおいを好《す》きだなんて、おかしくないか？

ルークは火《ひ》に近《ちか》づくと頭《あたま》を下《さ》げ、はちきれそうな赤《あか》いブドウをひと房《ふさ》投《な》げた。「ヘルメスに」

おれの番《ばん》だ。

どの神《かみ》の名前《なまえ》をいえばいいか、わかってたらいいんだけど。

結局《けっきょく》、おれは頭《あたま》の中《なか》で祈《いの》った。〈だれか知《し》りませんけど、名前《なまえ》を教《おし》えてください〉

皿《さら》から大《おお》きな肉《にく》を一切《ひときれ》れ、火《ひ》の中《なか》にすべり落《お》とした。

煙《けむり》がのどに入《はい》ったけど、咳《せ》きこまなかった。

食《た》べ物《もの》が燃《も》えるにおいじゃなかった。ココアと、焼《や》き立《た》てのブラウニーと、グリルの上《うえ》のハンバーグと、野《の》の花《はな》、そのほかいろいろのいいにおいがした。ほんとうならそんなにおいが合《あ》わさっていいにおいがするはずはないのに、ほんとうにいいにおいだった。神々《かみがみ》は煙《けむり》を食《た》べて生《い》きている、思《おも》わずそう信《しん》じたくなった。

みんなが自分《じぶん》の席《せき》にもどり、食事《しょくじ》を終《お》えると、ケイロンがまたひづめを鳴《な》らしてみんなの注意《ちゅうい》を引《ひ》いた。

ミスターDが大《おお》きなため息《いき》をつきながら立《た》ちあがった。「はいはい、悪《わる》がきのみなさんにあいさつをしろ、って感《かん》じでしょうか。えーっと、こんばんは。教頭先生《きょうとうせんせい》のケイロンによりますと、次《つぎ》の旗取《はたと》り合戦《がっせん》は金曜日《きんようび》だそうです。現在《げんざい》の勝者《しょうしゃ》は、五番《ばん》コテージです」

アレスのテーブルから下品《げひん》な喜《よろこ》びの声《こえ》があがった。

「個人的《こじんてき》には」ミスターDは話《はなし》をつづけた。「まったく興味《きょうみ》がありませんが、まあ、おめでとう。さらに、今日《きょう》は、新《あたら》しい訓練生《くんれんせい》を紹介《しょうかい》しろ、といわれています。ピーター・ジャクソン君《くん》です」

ケイロンが小声《こごえ》でささやく。

「あ、パーシー・ジャクソン君《くん》か」ミスターDはいい直《なお》した。「そうでした。がんばるなりなんなりしてください。それじゃ、ばかばかしいキャンプファイアに移《うつ》ってください。どうぞ」

だれもが大喜《おおよろこ》びだ。全員《ぜんいん》が円形劇場《えんけいげきじょう》にむかい、そこで、アポロンのコテージのリードで合唱《がっしょう》した。神々《かみがみ》についての訓練所《くんれんじょ》ソングをうたい、甘《あま》いお菓子《かし》を食《た》べ、わいわいさわいだ。おもしろいことに、おれはもうみんなに見《み》つめられている気《き》がしなくなっていた。すっかりくつろいでいた。

夜《よ》もふけて、キャンプファイアの火《ひ》の粉《こ》が星空《ほしぞら》に舞《ま》いはじめると、またほら貝《がい》が鳴《な》り、みんなそれぞれのコテージに帰《かえ》った。おれは借《か》りた寝袋《ねぶくろ》に倒《たお》れこんで初《はじ》めて、自分《じぶん》がどれだけつかれていたか知《し》った。

おれはミノタウロスの角《つの》をしっかり握《にぎ》りしめていた。母《かあ》さんのことを思《おも》い出《だ》した。といっても、いいことばかりだ。母《かあ》さんの笑顔《えがお》とか、おれが子《こ》どものときにベッドの中《なか》で読《よ》んでもらった物語《ものがたり》とか、シラミにかまれないようにねという母《かあ》さんの口癖《くちぐせ》とか。

目《め》をつぶると、あっというまに眠《ねむ》ってしまった。

これがおれのハーフ訓練所《くんれんじょ》での一日目《いちにちめ》だった。

このときはまだ、十一番《ばん》コテージでの楽《たの》しい日々《ひび》がすぐに終《お》わってしまうとは知《し》らなかった。

第《だい》8章《しょう》　パーシーの青《あお》チーム、旗取《はたと》り合戦《がっせん》で勝《か》つ

それから数日間《すうじつかん》、ほぼふつうの静《しず》かな訓練所生活《くんれんじょせいかつ》がつづいた。ほぼふつう、っていうのは、サテュロスとかニンフとかケンタウロスから訓練《くんれん》を受《う》けている、っていう事実《じじつ》をのぞけば、ってこと。

毎朝《まいあさ》、アナベスから古代《こだい》ギリシャ語《ご》を習《なら》い、神《かみ》や女神《めがみ》について現在形《げんざいけい》で話《はな》した。現在形《げんざいけい》で、っていうのが少《すこ》し不気味《ぶきみ》だ。おれの難読症《なんどくしょう》について、アナベスがいったことはあたっていた。古代《こだい》ギリシャ語《ご》を読《よ》むのはかんたんだった。少《すく》なくとも、英語《えいご》よりはかんたんだ。数日後《すうじつご》には、つかえながらもホメロスの古代《こだい》ギリシャ詩《し》を何行《なんぎょう》か読《よ》めるようになった。それもほとんど頭痛《ずつう》なしで。

日中《にっちゅう》は屋外《おくがい》での訓練《くんれん》を見《み》てまわって、何《なに》か自分《じぶん》にできそうなものがないかさがした。ケイロンはアーチェリーを教《おし》えようとしたけど、すぐに、おれにはぜんぜんむかないのがわ

かった。ケイロンは外《はず》れた矢《や》をしっぽから引《ひ》っこ抜《ぬ》くはめになっても小言《こごと》をいわなかった。徒競走《ときょうそう》？　これもだめ。インストラクターの森《もり》の精《せい》たちはかんたんにおれを引《ひ》き離《はな》しておいて、気《き》にしなくていいのよ、だってさ。森《もり》の精《せい》は何世紀《なんせいき》ものあいだ、恋《こい》に狂《くる》った神々《かみがみ》から逃《に》げる訓練《くんれん》をしているんだ。けど、それにしても、木《き》より走《はし》るのが遅《おそ》いなんてちょっと屈辱的《くつじょくてき》だ。

レスリング？　やめてくれ。レスリング用《よう》マットにあがるたび、おれはクラリサにぼろぼろにされた。

「あたしに勝《か》てると思《おも》うなんて百年早《ねんはや》いのよ」クラリサがおれの耳元《みみもと》でささやいた。

ただひとつ、カヌーだけはみんなよりうまかったけど、カヌーはミノタウロスを倒《たお》したやつに期待《きたい》されているような英雄的《えいゆうてき》スポーツじゃない。

年長《ねんちょう》の訓練生《くんれんせい》やリーダーたちがおれを監視《かんし》して、おれの父親《ちちおや》がだれなのか見抜《みぬ》こうとしていたけど、なかなか手《て》がかりがつかめなかった。おれはアレスの子《こ》みたいに強《つよ》くなかったし、アポロンの子《こ》みたいにアーチェリーが得意《とくい》でもなかった。ヘパイストスみたいな鍛《か》冶職人《じしょくにん》でもない――そんなはずがない――ディオニュソスのブドウ栽培《さいばい》の腕《うで》もない。ルークは、おれはヘルメスの子《こ》かもしれない、といった。つまり、なんでも屋《や》、多芸《たげい》に無芸《むげい》ってことだ。けど、ルークはおれをなぐさめようとしていただけだと思《おも》う。おれの正体《しょうたい》がなんなのか、ほんとうはわかっていなかった。

いろいろあったけど、おれは訓練所《くんれんじょ》が気《き》に入《い》っていた。朝《あさ》の海岸《かいがん》にかかるもやにも、暑《あつ》い午後《ごご》のイチゴ畑《ばたけ》のにおいにも慣《な》れたし、夜《よる》の森《もり》から聞《き》こえる怪物《かいぶつ》の不気味《ぶきみ》な声《こえ》にも慣《な》れた。夕食《ゆうしょく》は十一番《ばん》コテージのみんなといっしょに食《た》べて、自分《じぶん》の食事《しょくじ》の一部《いちぶ》を火《ひ》に落《お》とし、実《じつ》の父親《ちちおや》とのつながりを感《かん》じとろうとした。反応《はんのう》は何《なに》もなかった。いつも感《かん》じる、父《とう》さんの笑顔《えがお》の思《おも》い出《で》に似《に》た、温《あたた》かい感《かん》じがするだけだった。母《かあ》さんのことはあまり考《かんが》えないようにしていたけど、いつも気《き》になっていた。もし、神々《かみがみ》や怪物《かいぶつ》がほんとうにいるなら、もし、こんなにふしぎなことがほんとうにありうるなら、母《かあ》さんを救《すく》う方法《ほうほう》がきっと何《なに》かあるはずだ。母《かあ》さんを連《つ》れもどす方法《ほうほう》が……。

おれにはルークの不満《ふまん》や、ルークの父親《ちちおや》に対《たい》する恨《うら》みがましい気持《きも》ちがわかってきた。神々《かみがみ》にはだいじな仕事《しごと》がたくさんあるのはわかる。けど、たまには電話《でんわ》をしたり雷《かみなり》を鳴《な》らしたりしてくれたっていいじゃないか？　ディオニュソスは空中《くうちゅう》からダイエットコークを取《と》り出《だ》すことができる。おれの父親《ちちおや》だって、だれかは知《し》らないけど、電話《でんわ》を出《だ》すくらいはできるだろ？

木曜日《もくようび》の午後《ごご》、訓練所《くんれんじょ》に着《き》てから三日後《かご》に、おれは初《はじ》めて剣《けん》の訓練《くんれん》を受《う》けた。十一番《ばん》コテージの全員《ぜんいん》が円形《えんけい》の大《おお》きな競技場《きょうぎじょう》に集《あつ》まった。インストラクターはルークだった。

初《はじ》めに、古代《こだい》ギリシャのよろいかぶとにわらを詰《つ》めた人形《にんぎょう》を相手《あいて》に、つきと切《き》りつけの基本《きほん》をならった。これはけっこううまい気《き》がした。少《すく》なくとも、何《なに》をしなくちゃいけないかは理解《りかい》できたし、反射神経《はんしゃしんけい》もうまく働《はたら》いた。

問題《もんだい》は、おれの手《て》に合《あ》う剣《けん》がない、ということだった。どれも、重《おも》すぎるか、軽《かる》すぎるか、長《なが》すぎるか、だった。ルークはいっしょうけんめいおれが使《つか》いやすいのをさがしてくれたけど、結局《けっきょく》は「パーシーに合《あ》う練習用《れんしゅうよう》の剣《けん》はないみたいだな」といった。

次《つぎ》にふたり一組《ひとくみ》で練習《れんしゅう》をすることになった。ルークが相手《あいて》をしてくれることになった。おれは試合《しあい》がはじめてだったからだ。

「がんばれよ！」訓練生《くんれんせい》のひとりがおれにいった。「ルークはこの過去《かこ》三百年《ねん》で最高《さいこう》の剣《けん》士《し》なんだ」

「おれには手加減《てかげん》してくれるさ」

いっせいにブーイングが起《お》こった。

ルークはおれにつき方《かた》、かわし方《かた》、盾《たて》でのよけ方《かた》を熱心《ねっしん》に見《み》せてくれた。ルークが剣《けん》をふり下《お》ろすたびに、おれの切《き》り傷《きず》とあざが少《すこ》しずつ増《ふ》えていった。ルークは「パーシー、ガードがあまいぞ」といっては、剣《けん》の平《たい》らな面《めん》でおれのわき腹《ばら》をビシッとたたく。「ちがう、上《うえ》すぎだ」ビシッ！「つけ！」ビシッ！「よし、下《さ》がれ！」ビシッ！

休憩《きゅうけい》だ、とルークがいう頃《ころ》にはおれは汗《あせ》だくだった。みんな冷《つめ》たい飲《の》み物《もの》の入《はい》ったクーラーボックスに群《むら》がった。ルークはボトルの水《みず》を頭《あたま》にかけた。気持《きも》ちがよさそうだったから、おれもまねしてみた。

すぐに元気《げんき》になって、両腕《りょううで》にまた力《ちから》がみなぎってきた。剣《けん》もそんなに使《つか》いにくくなくなった。

「よし、みんな円《えん》になって！」ルークが指示《しじ》を出《だ》した。「パーシーさえよければ、みんなの前《まえ》で少《すこ》し模擬試合《もぎじあい》をしたい」

けっこうけっこう。みんなにパーシーがこてんぱてんにやられるのを見《み》せてやるよ。ヘルメスのコテージの訓練生《くんれんせい》も集《あつ》まってきた。だれもが笑《わら》いそうになるのをこらえている。たぶん、みんなも前《まえ》に同《おな》じ目《め》にあわされたことがあって、おれがルークのサンドバッグになるのを見《み》たくてしかたがないんだな。ルークは全員《ぜんいん》にむかって、これから落剣《らっけん》の技《わざ》を見《み》せる、といった。つまり、自分《じぶん》の剣《けん》の平《たい》らな面《めん》で相手《あいて》の剣《けん》をひねって落《お》とさせる技《わざ》のことだ。

「これは高等《こうとう》な技《わざ》だ」ルークは強調《きょうちょう》した。「ぼくも実際《じっさい》に相手《あいて》に使《つか》われたことがある。パーシーのことを笑《わら》うんじゃないぞ。剣士《けんし》がこの技《わざ》を身《み》につけるまで、ふつうは何年《なんねん》もかかるんだから」

ルークはおれを相手《あいて》に、ゆっくりやって見《み》せた。たしかに、おれの手《て》から剣《けん》が落《お》ちた。

「さあ、今度《こんど》は本気《ほんき》で」おれが剣《けん》を拾《ひろ》ったのを見《み》てからルークがいった。「どちらかの剣《けん》が手《て》から離《はな》れるまで試合《しあい》をつづける。パーシー、準備《じゅんび》はいいか?」

うなずくと、ルークがかかってきた。おれはふしぎとルークが剣《けん》の柄《つか》をねらうのをうまくかわしつづけていた。感覚《かんかく》がさえてきた。ルークの次《つぎ》の攻《せ》めが見《み》えてきた。おれは反撃《はんげき》した。前《まえ》に出《で》て、ついてみた。ルークはそれをかんたんにかわし、けど、表情《ひょうじょう》が変《か》わった。

ルークは真剣《しんけん》な顔《かお》で気合《きあ》いを入《い》れて攻《せ》めてきた。

剣《けん》が重《おも》くなってきた。バランスが悪《わる》い。どうせあと何秒《なんびょう》かでルークにやられてしまう。

それなら、だめでもともとだ。

さっきの落剣《らっけん》の技《わざ》をかけてみた。

ルークの剣《けん》の根元《ねもと》を打《う》ち、自分《じぶん》の剣《けん》にひねりをかけながら、全体重《ぜんたいじゅう》をかけて下《した》におさえこんだ。

ガチャン！

ルークの剣《けん》が石畳《いしだたみ》の上《うえ》で音《おと》を立《た》てた。おれの剣《けん》の先《さき》は、防具《ぼうぐ》をつけていないルークの胸元《むなもと》からあと数《すう》センチのところだ。

訓練生《くんれんせい》たちはしんとしている。

おれは剣《けん》を下《お》ろした。「ご、ごめん」

一瞬《いっしゅん》、ルークは驚《おどろ》きのあまり何《なに》もいえなかった。

「ごめんだって？」ルークは白《しろ》い傷跡《きずあと》のある顔《かお》に苦笑《にがわら》いを浮《う》かべた。「いったい何《なに》をあやまってるんだ？　もう一回《いっかい》やって見《み》せてくれ！」

その気《き》はなかった。突発的《とっぱつてき》な一瞬《いっしゅん》の力《ちから》は完全《かんぜん》に抜《ぬ》けていた。けど、ルークはどうしてもやりたがった。

二度目《にどめ》はぜんぜん話《はなし》にならなかった。剣《けん》がぶつかり合《あ》ったとたん、ルークの剣《けん》がおれの剣《けん》の柄《つか》を打《う》ち、おれの剣《けん》が地面《じめん》に転《ころ》がった。

長《なが》い沈黙《ちんもく》のあと、試合《しあい》を見《み》ていただれかがいった。「ビギナーズラック？」ルークは額《ひたい》の汗《あせ》をぬぐった。おれを見《み》つめるルークの目《め》は、これまでとはまったくべつの好奇心《こうきしん》に満《み》ちている。「かもしれない。けれど、パーシーにそれなりの剣《けん》を持《も》たせたらどうなるか……」

金曜日《きんようび》の午後《ごご》、おれはグローバーといっしょに湖《みずうみ》のそばに座《すわ》っていた。ロッククライミングで死《し》にそうな目《め》にあって、息《いき》をついていたところだ。グローバーはヤギみたいに身軽《みがる》にてっぺんまで駆《か》けあがったけど、おれはあやうく溶岩《ようがん》につかまりそうになった。シャツには焦《こ》げ穴《あな》がいくつもあいて、ひじから手首《てくび》までのうぶ毛《け》もちりちりに焦《こ》げている。

おれたちは桟橋《さんばし》に座《すわ》って、水《みず》の底《そこ》でナーイスたちがかごを編《あ》んでいるのを見《み》ていた。とうとう、思《おも》い切《き》って、ミスターDとの話《はな》し合《あ》いはどうなった、と聞《き》いてみた。

グローバーの顔《かお》から血《ち》の気《け》が引《ひ》いた。

「だいじょうぶ」グローバーがいった。「ぜんぜん、へいき」

「じゃあ、将来《しょうらい》の夢《ゆめ》も順調《じゅんちょう》？」

グローバーは心配《しんぱい》そうな顔《かお》でおれをちらっと見《み》た。「ケ、ケイロンから聞《き》いたの？　ぼくが捜索者《サーチャー》の資格《しかく》をとりたがってること」

「いや……それは」捜索者《サーチャー》の資格《しかく》がなんなのかわからなかったけど、今《いま》ここでたずねちゃいけない気《き》がした。「ケイロンはただ、グローバーには大《おお》きな夢《ゆめ》がある、って。そうなんだろ……あと、グローバーが従者《キーパー》としての課題《かだい》を終《お》えるにはそれなりの成績《せいせき》をとらないといけない、って。で、とれたのか？」

グローバーはうつむいてナーイスたちを見《み》つめた。「ミスターDは評価《ひょうか》を延期《えんき》した。パーシーの件《けん》でぼくはまだ失敗《しっぱい》も成功《せいこう》もしていない。だから、ぼくの運命《うんめい》とパーシーの運《うん》命《めい》はまだ結《むす》びついてるんだって。もしパーシーが冒険《ぼうけん》の旅《たび》に出《で》て、ぼくが従者《キーパー》としていっしょに行《い》って、そして、ふたりとも無事《ぶじ》に帰《かえ》ってきたら、合格点《ごうかくてん》をもらえるんだろうな」

おれはうれしくなった。「なんだ、なら、悪《わる》くないじゃないか?」

「メエェェェ! 馬小屋《うまごや》そうじ係《がかり》にまわされたも同《おな》じだよ。パーシーが冒険《ぼうけん》の旅《たび》に出《で》る確率《かくりつ》なんか……それに、もしそうなったって、ぼくを連《つ》れていこうなんて思《おも》わないでしょ?」

「もちろん、いっしょに行《い》ってほしいよ!」

グローバーは暗《くら》い表情《ひょうじょう》で湖《みずうみ》を見《み》つめた。「かご編《あ》みかあ……役《やく》に立《た》つ技術《ぎじゅつ》があるっていうのは幸《しあわ》せなんだろうな」

グローバーにもいろんな才能《さいのう》がある、そういってはげましたけど、グローバーはさらに落《お》ちこむだけだった。おれたちはしばらくカヌーのことや、剣《けん》の試合《しあい》のことをしゃべり、それから、どの神《かみ》が好《す》きだのきらいだのいい合《あ》った。最後《さいご》に、おれは無人《むじん》の四つのコテージのことを聞《き》いてみた。

「銀色《ぎんいろ》の八番《ばん》コテージは、アルテミスのコテージ。アルテミスは一生《いっしょう》おとめでいる、って誓《ちか》ったんだ。だから、とうぜん、子《こ》どもはいない。だからあのコテージは、ほら、形《かたち》だけ。自分《じぶん》のがなかったら、アルテミスは怒《おこ》るだろう？」

「そうか。けど、奥《おく》にある、あとの三つ。あれがビッグスリー？」

グローバーが緊張《きんちょう》した。微妙《びみょう》な話題《わだい》に触《ふ》れたらしい。「ううん。無人《むじん》のコテージのうち、二番《ばん》コテージはヘラの。あれも形《かたち》だけ。ヘラは結婚《けっこん》の女神《めがみ》だから、とうぜん、そのへんをうろついて人間《にんげん》と交《まじ》わったりはしない。そういうのはヘラの夫《おっと》の仕事《しごと》。ぼくらがビッグスリーっていうとき、それは三人《にん》の大《おお》きな力《ちから》を持《も》つ兄弟《きょうだい》の神々《かみがみ》、クロノスの息子《むすこ》のことなんだ」

「ゼウス、ポセイドン、ハデス」

「そう。そのとおり。タイタン族《ぞく》との激《はげ》しい戦《たたか》いのあと、その三人《にん》が父親《ちちおや》クロノスから世界《せかい》を奪《うば》って、だれがどこを支配《しはい》するかくじ引《び》きで決《き》めた」

「ゼウスが空《そら》、ポセイドンが海《うみ》、ハデスが冥界《めいかい》」

「そうそう」

「けど、ここにハデスのコテージはない」

「うん。ハデスにはオリンポス山《さん》の玉座《ぎょくざ》もない。ハデスは、なんていうか、冥界《めいかい》で自分《じぶん》のすべきことをしている。もしこの訓練所《くんれんじょ》にハデスのコテージがあったら……」グローバーはぶるぶるっと震《ふる》えた。「その、あんまり気持《きも》ちのいいものじゃないだろうな。この話《はなし》はもうやめようよ」

「けど、ゼウスとポセイドンは――ふたりとも、その、神話《しんわ》ではごまんと子《こ》どもがいただろ。ふたりのコテージが空《から》っぽなのはなんで？」

グローバーは居心地《いごこち》が悪《わる》そうにひづめで土《つち》をつついた。「六十年《ねん》くらい前《まえ》、第《だい》二次世界《じせかい》大戦《たいせん》のあと、ビッグスリーは英雄《えいゆう》の子《こ》を今後《こんご》もう作《つく》らないってことで同意《どうい》したんだ。三人《にん》が作《つく》る子《こ》はとにかく力《ちから》が強《つよ》い。人間《にんげん》の歴史《れきし》にあまりにも大《おお》きな影響《えいきょう》をおよぼして、何度《なんど》も大量虐殺《たいりょうぎゃくさつ》を引《ひ》き起《お》こした。第《だい》二次世界大戦《じせかいたいせん》だって、ほら、もともとはゼウスの息子《むすこ》とポセイドンの息子《むすこ》たち対《たい》ハデスの息子《むすこ》たちだっただろ。勝《か》った側《がわ》、ゼウスとポセイドンはハデスにも強制《きょうせい》して三人《にん》で誓《ちか》いを立《た》てた。今後一切《こんごいっさい》、人間《にんげん》の女《おんな》とは交《まじ》わらない、って。三人《にん》そろってステュクスの川《かわ》（訳注《やくちゅう》：冥界《めいかい》を流《なが》れる川《かわ》）で誓《ちか》ったんだ」

雷鳴《らいめい》がとどろいた。

「ずいぶん深刻《しんこく》な誓《ちか》いだったんだろうな」

おれの言葉《ことば》にグローバーがうなずいた。

「で、三人兄弟《にんきょうだい》は誓《ちか》いを守《まも》ったのか――子《こ》どもはゼロ？」

グローバーの表情《ひょうじょう》が曇《くも》った。「十七年前《ねんまえ》、ゼウスが誓《ちか》いを破《やぶ》った。当時《とうじ》、八十年代風《ねんだいふう》の大《おお》きなもさもさした髪型《かみがた》の若手女優《わかてじょゆう》がテレビに出《で》てて さ――ゼウスはがまんできなくなっちゃったんだ。ふたりのあいだに子《こ》どもが生《う》まれて、タレイアっていう名前《なまえ》の女《おんな》の子《こ》だったんだけど……ステュクスの川《かわ》は約束《やくそく》には厳《きび》しい。ゼウスは自分《じぶん》は神《かみ》だからかんたんに罪《つみ》を逃《のが》れたけど、娘《むすめ》はむごい目《め》にあった」

「けど、そんなの不公平《ふこうへい》だ！　その子《こ》のせいじゃないだろ」

グローバーはためらった。「パーシー、ビッグスリーの子《こ》どもの力《ちから》は、ほかのハーフの子《こ》より大《おお》きいんだ。強《つよ》いオーラを、怪物《かいぶつ》を引《ひ》きつけるにおいを持《も》っている。タレイアのことを知《し》ったハデスは、ゼウスが誓《ちか》いを破《やぶ》ったことに怒《おこ》って、冥界《めいかい》のいちばん奥《おく》まったところにあるタルタロスから最悪《さいあく》の怪物《かいぶつ》を送《おく》り出《だ》した。タレイアが十二歳《さい》のとき、あるサテュロスがタレイアの従者《キーパー》となることを命《めい》じられた。けど、従者《キーパー》には何《なに》もできなかった。従者《キーパー》はタレイアの友《とも》だちのハーフの子《こ》ふたりもいっしょに連《つ》れて、訓練所《くんれんじょ》にこようとした。もう少《すこ》しで成功《せいこう》するところだった。長《なが》いこと歩《ある》き、あの丘《おか》のてっぺんまで来《き》た」

グローバーは谷《たに》のむこうを指《ゆび》さした。おれがミノタウロスと戦《たたか》った松《まつ》の大木《たいぼく》のほうだ。

「復讐《ふくしゅう》の女神《めがみ》が三人《にん》とも出《で》てきて、地獄《じごく》の番犬《ばんけん》の群《む》れとともにタレイアたちを追《お》った。もう少《すこ》しで追《お》いつかれる、というところで、タレイアがサテュロスにいった。ほかのふたりのハーフの子《こ》を安全《あんぜん》なところに連《つ》れていって、あたしが怪物《かいぶつ》たちを引《ひ》き止《と》めておくから、と。タレイアは傷《きず》つき、つかれていたし、追《お》いまわされる動物《どうぶつ》みたいな一生《いっしょう》を送《おく》りたくはなかった。サテュロスはタレイアを置《お》いていきたくはなかった。だけど、タレイアの決心《けっしん》を変《か》えることはできなかったし、ほかのふたりを守《まも》らなくちゃいけなかった。そうして、タレイアは最後《さいご》まであの丘《おか》のてっぺんにひとりで立《た》っていた。タレイアが死《し》ぬと、ゼウスはかわいそうに思《おも》い、タレイアをあの松《まつ》の大木《たいぼく》に変《か》えた。タレイアの霊《れい》は今《いま》もこの谷《たに》の境《きょう》界《かい》を守《まも》ってくれている。だからこの谷《たに》はハーフの丘《おか》、って呼《よ》ばれているんだ」

おれは遠《とお》くの松《まつ》の大木《たいぼく》を見《み》つめた。

タレイアの話《はなし》を聞《き》いて、おれは心《こころ》が空《から》っぽな感《かん》じになる、と同時《どうじ》に、罪深《つみぶか》い気持《きも》ちになった。おれくらいの歳《とし》の女《おんな》の子《こ》が、自分《じぶん》を犠牲《ぎせい》にして友《とも》だちを救《すく》った。怪物《かいぶつ》の群《む》れに立《た》ち向《む》かった。それとくらべたら、おれがミノタウロスに勝《か》ったのなんてたいしたことがない気《き》がする。もしおれがちがう行動《こうどう》をとっていたら、母《かあ》さんを救《すく》うことができたのか？

「グローバー、英雄《えいゆう》たちはほんとうに冥界《めいかい》に冒険《ぼうけん》の旅《たび》に行《い》ったのか？」

「ときどきね。オルフェウス（訳注《やくちゅう》：ギリシャ神話《しんわ》に登場《とうじょう》する詩人《しじん》）とか、ヘラクレスとか、フーディーニ（訳注《やくちゅう》：二十世紀前半《せいきぜんはん》に活躍《かつやく》したアメリカのマジシャン。『脱出術《だっしゅつじゅつ》』を得意《とくい》とした）とか」

「死者《ししゃ》の国《くに》からだれかを連《つ》れもどしたことは？」

「いや、一度《いちど》もない。オルフェウスはあともう少《すこ》しで……パーシー、まさか本気《ほんき》で考《かんが》えてるんじゃ――」

「まさか」おれはうそをついた。「ただ聞《き》いてみたかっただけ。それはそうと……サテュロスはいつもハーフのお守《も》りをさせられるのか？」

グローバーは警戒心《けいかいしん》に満《み》ちた目《め》でおれを見《み》た。だめだ。おれが冥界《めいかい》のことを考《かんが》えるのをやめたとは信《しん》じていない。「いつも、ってわけじゃない。ぼくたちはこっそりいろんな学《がっ》校《こう》にもぐりこんで、偉大《いだい》な英雄《えいゆう》になる素質《そしつ》のあるハーフの子《こ》どもたちを見《み》つけだそうとしている。ビッグスリーの子《こ》どもみたいに、すごく強《つよ》いオーラを持《も》つ子《こ》を見《み》つけたら、ケイロンに知《し》らせる。ケイロンはその子《こ》を見張《みは》るようにする。大問題《だいもんだい》が生《しょう》じることがあるからね」

「で、グローバーはおれを見《み》つけた。ケイロンがいってた。グローバーはおれを特別《とくべつ》なやつかもしれないと思《おも》ってる、って」

グローバーは、あぶないところでわなに気《き》づいた、みたいな顔《かお》をした。「ぼくはそんなこと……いや、いいかい、そんなふうに思《おも》わないで。もし、パーシーが特別《とくべつ》だとしたら——そんなことはないと思《おも》うけど——ぜったいに冒険《ぼうけん》の旅《たび》に行《い》かされるはずがないし、ぼくも資格《しかく》をとれない。パーシーはたぶんヘルメスの子《こ》だよ。でなきゃ、二流《りゅう》の神々《かみがみ》の子《こ》ってこともあるかもね。天罰《てんばつ》の神《かみ》ネメシスとか。もう心配《しんぱい》しないで、いい？」

グローバーはおれより自分《じぶん》を安心《あんしん》させようとしている、そんな気《き》がした。

その日《ひ》の夕食後《ゆうしょくご》はいつもよりみんなさわがしかった。

ついに、旗取《はたと》り合戦《がっせん》のときが来《き》た。

森《もり》の精《せい》たちが皿《さら》を下《さ》げ終《お》わると、ほら貝《がい》の笛《ふえ》が鳴《な》り、全員立《ぜんいんだ》ちあがった。訓練生《くんれんせい》たちのかん高《だか》い声《こえ》や歓声《かんせい》の中《なか》、アナベスがふたりのきょうだいといっしょに、絹《きぬ》で作《つく》った旗《はた》を持《も》ってパビリオンに駆《か》けこんできた。旗《はた》は長《なが》さが三メートルくらい、光沢《こうたく》のある灰色《はいいろ》で、オリーブの木《き》にメンフクロウが止《と》まっている絵《え》が描《えが》いてある。パビリオンの反対側《はんたいがわ》から、クラリサとその仲間《なかま》がちがう旗《はた》を持《も》って走《はし》ってきた。旗《はた》の大《おお》きさは同《おな》じだけど、色《いろ》は派手《はで》な赤《あか》で、血《ち》のついた槍《やり》とイノシシの頭《あたま》が描《えが》かれている。

おれはルークのほうをむいて、まわりのさわぎに負《ま》けないように大声《おおごえ》でいった。「あれが旗取《はたと》り合戦《がっせん》の旗《はた》？」

「そう」

「アレスとアテナがいつも先《さき》？」

「いつもじゃない。けれど、そうなることが多《おお》い」

「じゃあ、もしほかのコテージが旗《はた》をとったら、どうする――旗《はた》の絵《え》を描《か》きかえる？」

ルークはにやっと笑《わら》った。「そのうちにわかるよ。まずは旗《はた》をとらないと」

「おれたちはどっちの味方《みかた》？」

ルークは意味《いみ》ありげな表情《ひょうじょう》を見《み》せた。おれの知《し》らない何《なに》かを知《し》っているんだろう。たいまつに照《て》らされ、傷《きず》のあるルークの顔《かお》は悪人《あくにん》っぽく見《み》える。「今《いま》は一時的《いちじてき》にアテナの味方《みかた》だ。今晩《こんばん》、こっちはアレスから旗《はた》を奪《うば》う。だから、パーシーも協力《きょうりょく》してくれ」

参加《さんか》チームが呼《よ》ばれた。アテナの応援《おうえん》チームはアポロンとヘルメス。どちらも大《おお》きなコテージだ。どうやら、応援《おうえん》をたのむときは交換条件《こうかんじょうけん》がつくらしい――シャワーの時間《じかん》とか、雑用《ざつよう》の時間割《じかんわり》とか、屋外施設《おくがいしせつ》を優先的《ゆうせんてき》に選《えら》ばせるとか。

アレスはそれ以外《いがい》の全《ぜん》コテージ、つまり、ディオニュソス、デメテル、アフロディテ、ヘパイストスに応援《おうえん》をたのんだ。今《いま》まで見《み》たところからすると、ディオニュソスのコテージの子《こ》たちはかなり運動神経《うんどうしんけい》がいいけど、たったふたりしかいない。デメテルの子《こ》どもたちは作物《さくもつ》を育《そだ》てたり、アウトドアのことは得意《とくい》だけど、闘争心《とうそうしん》には欠《か》けている。アフロディテの息子《むすこ》たちや娘《むすめ》たちはほとんど心配《しんぱい》しなくていい。訓練《くんれん》にはほとんど参加《さんか》しないで座《すわ》っているだけだ。湖面《こめん》に映《うつ》る自分《じぶん》の姿《すがた》をチェックして、髪《かみ》の毛《け》を整《ととの》えたり、くだらない話《はなし》をしたりしている。ヘパイストスの子《こ》たちは外見《がいけん》はまずいし、四人《にん》しかいないけど、朝《あさ》から晩《ばん》まで鍛冶場《かじば》で作業《さぎょう》をしているせいで体格《たいかく》がいい。この四人《にん》はやっかいかもしれない。

もちろん、それ以外《いがい》にアレスのコテージの連中《れんちゅう》もいる。ロングアイランドで、いや、この地球上《ちきゅうじょう》でいちばん体《からだ》が大《おお》きくて、ぶさいくで、意地悪《いじわる》なやつらが約十人《やくにん》。

ケイロンがひづめで大理石《だいりせき》の床《ゆか》を鳴《な》らした。

「英雄《えいゆう》たちよ！」ケイロンが声高《こわだか》にいった。「ルールは知《し》ってのとおり。境界線《きょうかいせん》はあの小川《おがわ》。戦《たたか》いの場《ば》はこの森全体《もりぜんたい》だ。武器《ぶき》は使《つか》っていい。旗《はた》はどこからでも見《み》えるように立《た》てること。そして、旗《はた》の見張《みは》り役《やく》はふたりまでだ。人質《ひとじち》から武器《ぶき》はとりあげてもいいが、しばったり、さるぐつわをかませたりしてはいけない。相手を殺したり、傷つけたりしてはいけない。わたしが審判兼軍医《しんぱんけんぐんい》をつとめる。さあ、武器《ぶき》をとれ！」

ケイロンが両手《りょうて》を広《ひろ》げると、突然《とつぜん》、それぞれのテーブルに武器《ぶき》が山盛《やまも》りになった。かぶと、青銅《せいどう》の剣《けん》、槍《やり》、金属《きんぞく》をかぶせた牛皮《ぎゅうがわ》の盾《たて》が現《あらわ》れた。

「すげえ」おれはいった。「ほんとうにこれ使《つか》っていいのか？」

ルークは、いったい何《なに》をいってるんだ、という顔《かお》でおれを見《み》た。「でないと、五番《ばん》コテージのお友《とも》だちに串刺《くしざ》しにされるぞ。ほら、これ――ケイロンが合《あ》いそうなのを用意《ようい》してくれた。パーシーは境界線《きょうかいせん》の見張《みは》り役《やく》だ」

おれの盾《たて》はバスケットのバックボードと同《おな》じくらい大《おお》きくて、真《ま》ん中《なか》に使者《ししゃ》の杖《つえ》が描《えが》かれている。むちゃくちゃ重《おも》い。スノーボードならできそうだ。けど、早《はや》く走《はし》れ、なんて本《ほん》気《き》でいわれませんように。おれのヘルメットはアテナチーム全員《ぜんいん》のヘルメットと同《おな》じで、てっぺんに青《あお》い馬《うま》の毛《け》の房飾《ふさかざ》りがついている。アレス側《がわ》は赤《あか》い房飾《ふさかざ》りだ。

アナベスが大《おお》きな声《こえ》でいった。「青《あお》チーム、前《まえ》へ！」

おれたちは歓声《かんせい》をあげながら剣《けん》をふり、アナベスについて南《みなみ》の森《もり》にむかった。赤《あか》チームは青《あお》チームを大声《おおごえ》でののしりながら、北《きた》にむかった。

おれは自分《じぶん》の武器《ぶき》につまずいたりせずに、なんとかアナベスにおくれないようについていった。「あのさ」

アナベスはずんずん進《すす》んでいく。

「作戦《さくせん》は？」おれは聞《き》いてみた。「何《なに》か、おれに貸《か》してくれる魔法《まほう》の道具《どうぐ》ない？」

アナベスの片手《かたて》がポケットを押《お》さえた。おれにとられるのを警戒《けいかい》している。

「とにかく、クラリサの槍《やり》に気《き》をつけて」アナベスがいった。「あれに触《さわ》ったらたいへんよ。ほかは心配《しんぱい》いらない。アレスから旗《はた》を奪《うば》ってみせる。役割《やくわり》はルークから聞《き》いた？」

「境界線《きょうかいせん》の見張《みは》り、どういうことか知《し》らないけど」

「かんたんよ。小川《おがわ》のそばに立《た》って、赤《あか》チームを近《ちか》づかせないの。ほかはあたしにまかせて。アテナにはつねに作戦《さくせん》があるのよ」

アナベスはおれを引《ひ》き離《はな》してぐんぐん前《まえ》に行《い》ってしまった。

「はいはい」おれはつぶやいた。「おれをこっちのチームに入《い》れてくれてどうも」

その日《ひ》は湿気《しっけ》の多《おお》い、あたたかい夜《よる》だった。森《もり》は暗《くら》く、ホタルが目《め》の前《まえ》を飛《と》びかっている。アナベスはおれを小川《おがわ》のそばに配置《はいち》した。川《かわ》の水《みず》は岩《いわ》の上《うえ》を音《おと》を立《た》てて流《なが》れている。

アナベスとほかの青《あお》チームの訓練生《くんれんせい》は森《もり》の中《なか》に散《ち》っていった。

青《あお》い房飾《ふさかざ》りのついた大《おお》きなかぶとをかぶり、巨大《きょだい》な盾《たて》を持《も》ってたったひとりで立《た》っていると、ばかばかしく思《おも》えてきた。青銅《せいどう》の剣《けん》はこれまでに試《ため》した剣全部《けんぜんぶ》と同《おな》じで持《も》ちにくかった。革《かわ》の柄《つか》を握《にぎ》っていると、ボウリングのボールを下《さ》げているみたいだ。

まさか、ほんとうにだれもおれを襲《おそ》ってこないよな？　それより、オリンポスは保険《ほけん》に入《はい》ってるよな？

はるか遠《とお》くのほうからほら貝《がい》の音《おと》がした。森《もり》から、戦《たたか》いの叫《さけ》び声《ごえ》や武器《ぶき》を鳴《な》らす音《おと》が聞《き》こえる。青《あお》チームのアポロンコテージのひとりが、シカのようにおれの横《よこ》を走《はし》り過《す》ぎ、小《お》川《がわ》を飛《と》び越《こ》え、敵《てき》の陣地《じんち》に消《き》えていった。

けっこうけっこう。大騒《おおさわ》ぎに乗《の》りおくれてるぞ。いつもと同《おな》じだ。

そこへ、背筋《せすじ》がぞくぞくっとするような音《おと》が聞《き》こえた。犬《いぬ》か何《なに》かが、どこかすぐそばで低《ひく》くうなっている。

おれはとっさに盾《たて》をかざした。何《なに》かが忍《しの》び寄《よ》ってきている。

が、うなり声《ごえ》はやんで、そいつがあとずさっていく気配《けはい》がした。

小川《おがわ》の対岸《たいがん》で下生《したば》えが爆発《ばくはつ》した。五人《にん》のアレスの兵士《へいし》がおたけびをあげながら、暗《くら》がりから出《で》てきた。

「そいつをこてんぱてんにしちゃいな！」クラリサがわめいた。

かぶとの細《ほそ》い目《め》のすきまから、クラリサのブタのような目《め》がにらんでいる。クラリサは一《いち》メートル半《はん》はある槍《やり》をおどすようにふりまわしている。かえしのついた槍先《やりさき》が赤《あか》く光《ひか》っている。クラリサのきょうだいたちはふつうの青銅《せいどう》の剣《けん》しか持《も》っていない——だからって、おれが有利《ゆうり》になるわけじゃないけど。

クラリサたちは小川《おがわ》をいきおいよく渡《わた》ってきた。目《め》の届《とど》く範囲《はんい》におれの味方《みかた》はいない。走《はし》って逃《に》げるか、アレスのコテージの戦力《せんりょく》の半分《はんぶん》から剣《けん》で身《み》を守《まも》るかだ。

おれはなんとかひとり目《め》の剣《けん》をかわした。けど、こいつらはミノタウロスみたいにまぬけじゃなかった。おれを取《と》り囲《かこ》み、クラリサがおれにむかって槍《やり》をつき出《だ》した。おれは盾《たて》で槍先《やりさき》はかわしたものの、全身《ぜんしん》にするどい痛《いた》みが走《はし》った。髪《かみ》が逆立《さかだ》った。盾《たて》を持《も》つ手《て》がしびれて、空気《くうき》が燃《も》えた。

電気《でんき》だ。クラリサの槍《やり》の野郎《やろう》には電気《でんき》が走《はし》ってる。おれはのけぞった。

もうひとりが剣《けん》の柄《つか》の尻《しり》でおれの胸《むね》を殴《なぐ》った。おれは地面《じめん》に倒《たお》れた。

敵《てき》はおれをけとばしてめちゃくちゃにすることもできたはずだけど、笑《わら》いすぎてそれどころじゃなかった。

「散髪《さんぱつ》してやろうよ」クラリサがいった。「こいつの髪《かみ》をつかんでて」

おれはなんとか立《た》ちあがって、剣《けん》をふりあげた。けど、クラリサの槍《やり》にはたかれ、火花《ひばな》が飛《と》んだ。今度《こんど》は両手《りょうて》がしびれた。

「やだ、びっくり」クラリサがいった。「こいつ、こわーい。ほんとに、こわーい」

「旗《はた》はあっちだ」おれはクラリサにいった。怒《おこ》った声《こえ》を出《だ》したかったけど、残念《ざんねん》ながらそうはならなかった。

「だね」クラリサのきょうだいのひとりがいった。「だけどさ、旗《はた》なんてどうでもいいんだよ。こっちはあたしらのコテージを笑《わら》い種《ぐさ》にしたやつに用《よう》があるんだ」

「おれが手《て》を貸《か》さなくたって、もともと笑《わら》い種《ぐさ》だろ」そういったのはまちがいだったらしい。

ふたりがかかってきた。おれは小川《おがわ》のほうにあとずさり、盾《たて》をかまえようとしたけど、クラリサは早《はや》かった。槍《やり》がおれのあばらにつき刺《さ》さった。よろいの胸当《むねあ》てがなかったら、串《くし》ざしになっていたところだ。実際《じっさい》は、電気《でんき》の通《とお》った槍先《やりさき》にやられて口《くち》から内臓《ないぞう》が飛《と》びだしそうになっただけですんだ。アレスのひとりに腕《うで》を切《き》りつけられ、かなりの傷《きず》を負《お》った。自分《じぶん》の血《ち》を見《み》てめまいがした——体《からだ》がほてると同時《どうじ》に、ひやっとした。

「傷《きず》つけるのは禁止《きんし》だろ」おれはなんとかいった。

「しまった」そいつがいった。「デザート抜《ぬ》きかも」

そいつにぐいぐい押《お》され、おれは大《おお》きな水《みず》しぶきをあげて川《かわ》に落《お》ちた。みんなが大笑《おおわら》いした。こいつら、おもしろがるのにあきたら、おれを殺《ころ》すつもりだろう。けど、そのとき、小川《おがわ》の水《みず》でおれの意識《いしき》が一気《いっき》にさえた。なんだか、母《かあ》さんが持《も》ってきた二倍濃縮《ばいのうしゅく》エスプレッソ味《あじ》のゼリービーンズを一袋《ひとふくろ》食《た》べたような感《かん》じだった。

クラリサやアレスのコテージのやつらが、おれをつかまえようと小川《おがわ》に入《はい》ってきた。けど、おれは立《た》ちはだかってむかえうった。どうすればいいかはわかっていた。剣《けん》をふりあげ、平《たい》らな面《めん》でひとり目《め》の頭《あたま》を殴《なぐ》ると、そいつのかぶとがふっ飛《と》んだ。強打《きょうだ》されて、そいつは白目《しろめ》をむいて水《みず》の中《なか》に倒《たお》れた。

ぶさいく二番《ばん》とぶさいく三番《ばん》がかかってきた。おれは盾《たて》で片方《かたほう》の顔《かお》をぶん殴《なぐ》り、剣《けん》でもう片方《かたほう》のやつのかぶとについていた馬《うま》の毛《け》の飾《かざ》りを切《き》り落《お》とした。ふたりともすぐに後退《こうたい》した。ぶさいく四番《ばん》はほんとうはかかってきたくなさそうだった。けど、クラリサはじりじり近《ちか》づいてくる。槍先《やりさき》が電気《でんき》でパチパチ鳴《な》っている。クラリサが槍《やり》をつき出《だ》した瞬間《しゅんかん》、おれは盾《たて》のはしと剣《けん》でその槍《やり》の柄《え》をはさんだ。そして、小枝《こえだ》みたいに折《お》った。

「ちょっと!」クラリサは叫《さけ》んだ。「ばか! この死《し》にぞこない!」

クラリサはもっと悪口《わるぐち》を吐《は》きたかったはずだ。けど、おれが眉間《みけん》を剣《けん》の柄《つか》の尻《しり》でつくと、よろけながらあとずさり、小川《おがわ》からあがった。

そこに、叫《さけ》び声《ごえ》が、歓喜《かんき》の声《こえ》が聞《き》こえ、ルークが境界《きょうかい》にむかって走《はし》ってくるのが見《み》えた。手《て》には赤《あか》い旗《はた》を高《たか》くかかげている。ルークの両側《りょうがわ》にはそれぞれヘルメスの子《こ》がいて、退却《たいきゃく》するルークをガードしている。うしろにはアポロンの子《こ》たちが数人《すうにん》いて、ヘパイストスのやつらを追《お》い払《はら》っている。アレスの連中《れんちゅう》が立《た》ちあがった。クラリサはわけのわからない悪《あく》態《たい》をついた。

「だまされた！」クラリサが叫《さけ》んだ。「だまされたよ」

アレスの連中《れんちゅう》はふらふらしながらルークを追《お》いかけた。けど、遅《おそ》すぎた。連中《れんちゅう》が小川《おがわ》まで来《き》たところで、ルークが小川《おがわ》を渡《わた》って味方《みかた》の陣地《じんち》に走《はし》りこんだ。青《あお》チームから喜《よろこ》びの声《こえ》がわき起《お》こった。赤《あか》い旗《はた》はかすかに光《ひか》りながら銀色《ぎんいろ》になった。イノシシと槍《やり》の絵《え》は大《おお》きな使者《ししゃ》の杖《つえ》に変《か》わった。十一番《ばん》コテージを表《あらわ》す使者《ししゃ》の杖《つえ》だ。青《あお》チーム全員《ぜんいん》がルークを抱《かか》えあげ、肩《かた》にかついで一周《いっしゅう》しはじめた。ケイロンが森《もり》から駆《か》け足《あし》で出《で》てきて、ほら貝《がい》を吹《ふ》いた。

旗取《はたと》り合戦《がっせん》が終《お》わった。青《あお》チームの勝《か》ちだ。

おれも祝《いわ》いの騒《さわ》ぎに参加《さんか》しようと思《おも》った。と、そのとき、アナベスの声《こえ》が聞《き》こえた。小《お》川《がわ》の中《なか》にいるおれのすぐそばで。「なかなかやるじゃない、英雄君《えいゆうくん》」

おれは声《こえ》のしたほうを見《み》たけど、アナベスはいない。

「いったいどこで戦《たたか》い方《かた》を教《おそ》わったの？」空気《くうき》がゆらゆら揺《ゆ》れ、アナベスが現《あらわ》れた。手《て》にはヤンキースの野球帽《やきゅうぼう》を持《も》っている。今《いま》、脱《ぬ》いだばかりらしい。

おれはだんだん頭《あたま》にきた。アナベスがついさっきまで透明人間《とうめいにんげん》だったことに驚《おどろ》いてもいなかった。「そっちが仕組《しく》んだんだろ。おれをここに配置《はいち》したのは、クラリサにおれを追《お》わせておいて、そのあいだにルークを敵《てき》の側面《そくめん》から攻《せ》めさせればいい、そう考《かんが》えたからだ。全部《ぜんぶ》アナベスの作戦《さくせん》どおりだ」

アナベスは肩《かた》をすくめた。「いったでしょ。アテナにはつねに、つねに作戦《さくせん》があるの」

「おれがこてんぱてんにされる作戦《さくせん》か？」

「あたしは全速力《ぜんそくりょく》で駆《か》けつけたわ。あいだに飛《と》びこもうと思《おも》った。でも……」アナベスは肩《かた》をすくめた。「助《たす》けなんていらなかったじゃない」

そのとき、アナベスがおれの腕《うで》の傷《きず》に気《き》づいた。「それ、どうしたの？」

「剣《けん》で切《き》られた。なんだと思《おも》った？」

「ちがう。傷《きず》だったのに、見《み》て」

血《ち》は消《き》えている。大《おお》きな切《き》り傷《きず》があったところには、白《しろ》く長《なが》い引《ひ》っかき傷《きず》があって、それさえ薄《うす》くなってきている。おれが見《み》ているそばから、長《なが》い傷《きず》が小《ちい》さくなり、そして、消《き》えた。

「ど——どういうことだ」

アナベスはじっと考《かんが》えこんでいる。アナベスの頭《あたま》の中《なか》で歯車《はぐるま》がまわっているのが見《み》えるかのようだった。アナベスはおれの足元《あしもと》を、そして折《お》れたクラリサの槍《やり》を見《み》た。「パーシー、川《かわ》からあがって」

「なんで——」

「いいから、早《はや》く」

小川《おがわ》から出《で》たとたん、足《あし》が重《おも》く感《かん》じた。両腕《りょううで》がまたしびれてきた。アドレナリンが一気《いっき》に体《からだ》から出《で》ていく。あやうくたおれそうになったおれをアナベスが支《ささ》えてくれた。

「こんなの困《こま》る」アナベスが怒《おこ》ったようにいった。「いやだな……ゼウスかもしれないと思《おも》ってたのに……」

何《なに》をいってるんだ、と聞《き》こうと思《おも》ったとき、また犬《いぬ》の吠《ほ》え声《ごえ》が聞《き》こえた。けど、さっきよりずっと近《ちか》い。遠吠《とおぼ》えが森《もり》を切《き》り裂《さ》いた。訓練生《くんれんせい》の喜《よろこ》びの声《こえ》がぱたっとやんだ。ケイロンが古代《こだい》ギリシャ語《ご》で何《なに》か叫《さけ》んだ。あとになって気《き》づいたことだけど、おれはそのとき「かまえろ！　わたしの弓《ゆみ》を！」という意味《いみ》だと完璧《かんぺき》に理解《りかい》していた。

アナベスがさやから剣《けん》を引《ひ》き抜《ぬ》いた。

おれたちの頭《あたま》の真上《まうえ》の岩《いわ》の上《うえ》に、黒《くろ》い犬《いぬ》がいた。サイくらい大《おお》きく、目《め》は赤《あか》く血走《ちばし》り、歯《は》は短剣《たんけん》のようだ。

黒《くろ》い犬《いぬ》はまっすぐおれを見《み》ていた。

とっさに動《うご》けたのはアナベスだけだった。アナベスは叫《さけ》んだ。「パーシー、逃《に》げて！」アナベスはおれの前《まえ》に出《で》ようとした。けど、黒《くろ》い犬《いぬ》のほうがはるかに速《はや》かった。歯《は》をむき出《だ》した巨大《きょだい》な影《かげ》はアナベスを飛《と》び越《こ》え、おれに飛《と》びかかってきた。うしろにのけぞったおれのよろいが、かみそりのようなかぎづめに切《き》り裂《さ》かれ、バリバリッという音《おと》がつづけざまに聞《き》こえた。四十枚《まい》の紙《かみ》をつぎつぎに裂《さ》くみたいな音《おと》だ。黒《くろ》い犬《いぬ》の首《くび》に何本《なんぼん》もの矢《や》がつき刺《さ》さった。怪物《かいぶつ》はおれの足元《あしもと》で死《し》んでいた。

奇跡《きせき》だ。おれはまだ生《い》きていた。切《き》り裂《さ》かれたよろいの下《した》の傷《きず》は見《み》たくなかった。胸元《むなもと》があたたかく湿《しめ》った感《かん》じで、ひどい傷《きず》なのがわかった。もう一秒遅《いちびょうおそ》かったら、何《なん》十キロものスライスハムにされていたかもしれない。

ケイロンが小走《こばし》りでこっちに走《はし》ってきた。片手《かたて》に弓《ゆみ》を持《も》ち、厳《きび》しい表情《ひょうじょう》だ。

「ディ　イモータルズ！」アナベスがいった。「処罰《しょばつ》の野《の》から来《き》た地獄《じごく》の番犬《ばんけん》よ。こんな……こんなこと、あるはずが……」

「だれかが呼《よ》びよせた」ケイロンがいった。「この訓練所《くんれんじょ》のだれかが」

ルークがそばにやってきた。ルークが持《も》っている旗《はた》のことはみんな忘《わす》れていた。ルークの栄光《えいこう》の瞬間《しゅんかん》は消《き》えてしまった。

クラリサが金切《かなき》り声《ごえ》をあげた。「みんなパーシーのせいだ。パーシーが呼《よ》びよせたんだ」

「静《しず》かにしなさい」ケイロンがクラリサにいった。

おれたちの目《め》の前《まえ》で、黒《くろ》い犬《いぬ》の体《からだ》は溶《と》けて黒《くろ》い影《かげ》になり、地面《じめん》にしみこんで消《き》えてしまった。

「けがしてるじゃない」アナベスがおれにいった。「パーシー、早《はや》く川《かわ》に入《はい》って」

「平気《へいき》だよ」

「平気《へいき》じゃないわ」アナベスはいった。「ケイロン、これ、見《み》て」

おれには逆《さか》らうほどの元気《げんき》がなかった。訓練所《くんれんじょ》の全員《ぜんいん》が見守《みまも》る中《なか》、一歩一歩《いっぽいっぽ》進《すす》んでまた川《かわ》に入《はい》った。

すぐに、体《からだ》がらくになった。胸《むね》の傷《きず》がふさがっていくのがわかる。訓練生《くんれんせい》の何人《なんにん》かが、あっ、と声《こえ》をあげた。

「いや、おれ——自分《じぶん》でもなんでかわからないんだ」あやまろうと思《おも》った。「悪《わる》い……」けど、みんなはおれの傷《きず》が治《なお》るのを見《み》ているんじゃなかった。おれの頭《あたま》の上《うえ》のほうの何《なに》かを見《み》ていた。

「パーシー」アナベスはそういいながら指《ゆび》さした。「ほら……」

見《み》あげると、その印《しるし》はもう消《き》えかかっていた。けど、形《かたち》はまだわかる。緑《みどり》に光《ひか》るホログラムが小刻《こきざ》みに揺《ゆ》れながら光《ひか》っている。先《さき》が三《み》つに分《わ》かれた矛《ほこ》、トライデント（訳注《やくちゅう》：ポセイドンの武器《ぶき》）だ。

「パーシーのお父《とう》さん」アナベスがつぶやく。「これ、ほんとうに困《こま》る」

「確定《かくてい》だ」ケイロンが声高《こわだか》にいった。

あっちでもこっちでも、おれのまわりをかこんでいた訓練生《くんれんせい》たちがつぎつぎにひざまずいた。アレスのコテージのやつらまで、不満《ふまん》そうな顔《かお》をしながら。

「おれの父《とう》さん?」まったくわけがわからない。

「ポセイドンだ」ケイロンがいった。「地震《じしん》、嵐《あらし》、馬《うま》の神《かみ》。おめでとう、ペルセウス・ジャクソン、海神《かいじん》の息子《むすこ》よ」

第《だい》9章《しょう》　パーシー、冒険《ぼうけん》の旅《たび》を命《めい》じられる

次《つぎ》の朝《あさ》、ケイロンにいわれて三番《ばん》コテージに移《うつ》った。コテージを独《ひと》り占《じ》めだ。荷物《にもつ》を全部《ぜんぶ》置《お》いてもありあまるほど広《ひろ》い。荷物《にもつ》といっても、ミノタウロスの角《つの》と着替《きが》えが一着《いっちゃく》、洗面用具《せんめんようぐ》だけだ。夕食《ゆうしょく》のテーブルはひとりきり、訓練《くんれん》は好《す》きなのを選《えら》び、好《す》きなときに「消灯《しょうとう》」して、だれからも話《はな》しかけられなくなった。

どうしようもなくみじめだった。

みんなに受《う》け入《い》れられたと思《おも》いはじめ、十一番《ばん》コテージが自分《じぶん》の家《いえ》で、自分《じぶん》はふつうの子《こ》だと――ハーフとしてとりあえずふつうだと――思《おも》いはじめたところで、珍種《ちんしゅ》の病人《びょうにん》みたいに隔離《かくり》されてしまった。

だれも地獄《じごく》の番犬《ばんけん》のことは口《くち》にしなかったけど、みんな陰《かげ》でそのことを話《はな》しているような気《き》がした。地獄《じごく》の番犬《ばんけん》の攻撃《こうげき》にはだれもが怯《おび》えていた。この事件《じけん》によって、ふたつのこ

とが明《あき》らかになった。その一《いち》、おれは海神《かいじん》の息子《むすこ》である。その二、怪物《かいぶつ》は何《なに》がなんでもおれを殺《ころ》したがっている。怪物《かいぶつ》は安全《あんぜん》なはずの訓練所《くんれんじょ》にさえ侵入《しんにゅう》してくる。

ほかの訓練生《くんれんせい》たちはできるだけおれを避《さ》けていた。十一番《ばん》コテージはおれが森《もり》でアレスの連中《れんちゅう》にしたことを知《し》った今《いま》、びくびくして、いっしょに剣《けん》の訓練《くんれん》を受《う》けたがらなくなった。結果《けっか》、おれはルークと一対一《いったいいち》で練習《れんしゅう》することになった。ルークは前《まえ》より厳《きび》しくなって、遠慮《えんりょ》なくおれに青《あお》あざを作《つく》った。

「パーシーにはできるかぎりたくさん練習《れんしゅう》してもらう」ルークはきっぱりいった。剣《けん》と火《ひ》のついたたいまつで練習《れんしゅう》しているときのことだ。「さあ、このあいだやった毒蛇《どくへび》の頭落《あたまお》としの技《わざ》の復習《ふくしゅう》だ。五十回《かい》やるぞ」

アナベスにはあいかわらず毎朝《まいあさ》、古代《こだい》ギリシャ語《ご》を教《おし》えてもらっていた。けど、アナベスは集中《しゅうちゅう》していないような感《かん》じだった。おれが何《なに》かいうたびにこっちをにらんだ。まるで眉間《みけん》をつつかれた、とでもいいたげな顔《かお》だ。

古代《こだい》ギリシャ語《ご》の講義《こうぎ》が終《お》わると、アナベスはぶつぶつ独《ひと》り言《ごと》をいいながらどこかに歩《ある》いていってしまった。「冒険《ぼうけん》の旅《たび》……ポセイドン?……卑劣《ひれつ》で、失礼《しつれい》な……作戦《さくせん》をねらなくちゃ……」

クラリサでさえおれに近《ちか》づこうとしなかったけど、憎《にく》しみのこもった顔《かお》つきを見《み》れば、魔法《まほう》の槍《やり》を折《お》られた仕返《しかえ》しに、おれを殺《ころ》したがっているのは明《あき》らかだった。クラリサに、おれをどなるか殴《なぐ》るか何《なに》かしてくれよ、といいたいくらいだった。無視《むし》されるよりは毎日《まいにち》けんかをするほうがましだ。

訓練所《くんれんじょ》のだれかから完全《かんぜん》にきらわれているのも知《し》っていた。ある日《ひ》の晩《ばん》、三番《ばん》コテージに帰《かえ》ると、入《い》り口《ぐち》のすぐ内側《うちがわ》に人間界《にんげんかい》の新聞《しんぶん》が落《お》ちていた。ニューヨークデイリー新聞《しんぶん》で、社会面《しゃかいめん》が開《ひら》いていた。その記事《きじ》を読《よ》むのに一時間《いちじかん》くらいかかった。怒《いか》りがこみあげるにつれて、文字《もじ》がページの上《うえ》をふわふわ泳《およ》ぎだしたからだ。

母《はは》と息子《むすこ》、不可解《ふかかい》な自動車事故後《じどうしゃじこご》、行方不明《ゆくえふめい》に（アイリーン・スマイズ）

サリー・ジャクソンさんと息子《むすこ》パーシー君《くん》の謎《なぞ》の失踪《しっそう》から一週間《いっしゅうかん》がたつが、ふた

り は依然《いぜん》として行方不明《ゆくえふめい》である。サリーさんの運転《うんてん》していた七十八年型《ねんがた》カマロは先《せん》週《しゅう》の土曜日《どようび》、ロングアイランド北部《ほくぶ》の道路上《どうろじょう》で全焼《ぜんしょう》しているのを発見《はっけん》された。車《くるま》は天井《てんじょう》が大《おお》きく裂《さ》け、前部《ぜんぶ》の車軸《しゃじく》が折《お》れていた。爆発前《ばくはつまえ》に横転《おうてん》し、数《すう》百メートル横滑《よこすべ》りしたものと思《おも》われる。

親子《おやこ》は週末旅行《しゅうまつりょこう》でモントークに行《い》っていたが、不可解《ふかかい》な状況《じょうきょう》の下《もと》、すぐに当地《とうち》を離《はな》れていた。車中《しゃちゅう》と事故現場付近《じこげんばふきん》にはわずかの血痕《けっこん》が発見《はっけん》されたが、ほかに行方不《ゆくえふ》明《めい》の親子《おやこ》の手《て》がかりは何《なに》もない。地元《じもと》の住人《じゅうにん》からこの事故前後《じこぜんご》に何《なに》か異常《いじょう》なものを目撃《もくげき》した、という報告《ほうこく》もない。

サリー・ジャクソンさんの夫《おっと》、ゲイブ・アグリアーノさんによると、アグリアーノさんの義理《ぎり》の息子《むすこ》パーシー・ジャクソン君《くん》は問題児《もんだいじ》で、過去《かこ》にいくつもの寄宿学《きしゅくがっ》校《こう》を退学《たいがく》になり、暴力《ぼうりょく》をふるう傾向《けいこう》がある、とのこと。

警察《けいさつ》は息子《むすこ》のパーシー君《くん》がこの件《けん》に関与《かんよ》しているかどうかは明言《めいげん》していないが、その可能性《かのうせい》は否定《ひてい》していない。下《した》に掲載《けいさい》したのはサリーさんとパーシー君《くん》の最近《さいきん》の写真《しゃしん》である。警察《けいさつ》は以下《いか》のフリーダイヤル犯罪防止《はんざいぼうし》ホットラインに、目撃情報《もくげきじょうほう》を呼《よ》びかけている。

その電話番号《でんわばんごう》が黒《くろ》マジックでかこってある。

おれは新聞《しんぶん》をくしゃくしゃにまるめて投《な》げ捨《す》てた。そして、がらんとしたコテージの真《ま》ん中《なか》にあるベッドにうつぶせになった。

「消灯《しょうとう》」みじめな気分《きぶん》で自分《じぶん》にいった。

その日《ひ》の晩《ばん》、今《いま》までで最悪《さいあく》の夢《ゆめ》を見《み》た。

おれは嵐《あらし》の中《なか》、海岸《かいがん》を走《はし》っていた。うしろに街《まち》があった。ニューヨークじゃない。町並《まちな》みがちがう。建物《たてもの》は点々《てんてん》と立《た》ち、遠《とお》くにはヤシの木《き》や低《ひく》い丘《おか》が見《み》える。波打《なみう》ちぎわ、百メートルくらい先《さき》でふたりの男《おとこ》が争《あらそ》っている。ふたりともテレビに出《で》てくるレスラーのようにがっしりして、長髪《ちょうはつ》にあごひげを生《は》やしている。ふたりともひらひらしたギリシャ風《ふう》のチュニックを着《き》ている。ひとりのチュニックは青《あお》い柄《がら》で、もうひとりのチュニックは緑《みどり》の柄《がら》だ。ふたりは組《く》み合《あ》い、つかんだり、けったり、頭《ず》つきをしたりしている。ふたりがぶつかり合《あ》うたびに稲妻《いなずま》が光《ひか》り、空《そら》が暗《くら》くなり、風《かぜ》が起《お》こった。

ふたりを止《と》めなくちゃ。理由《りゆう》はわからない。けど、いっしょうけんめい走《はし》れば走《はし》るほど、風《かぜ》に押《お》し返《かえ》され、しまいには足踏《あしぶ》みをしているだけになった。両足《りょうあし》のかかとが砂《すな》にめりこむだけだった。

嵐《あらし》のうなり声《ごえ》に混《ま》じって、青《あお》いチュニックの男《おとこ》が緑《みどり》のチュニックの男《おとこ》に叫《さけ》ぶのが聞《き》こえた。〈返《かえ》せ！　返《かえ》せ！〉幼稚園《ようちえん》の子《こ》どもがおもちゃを奪《うば》いあっているみたいだ。

波《なみ》がますます大《おお》きくなって海岸《かいがん》に打《う》ちつけ、上《うえ》から潮水《しおみず》がふってきた。

おれは叫《さけ》んだ。〈やめろ！　けんかをやめるんだ！〉

大地《だいち》が震《ふる》え、地中《ちちゅう》のどこかから笑《わら》い声《ごえ》がした。そのあとに聞《き》こえた深《ふか》く、気味《きみ》の悪《わる》い声《こえ》に、おれの血《ち》は凍《こお》った。

〈おいで、小《ちい》さな英雄《えいゆう》〉声《こえ》がやさしくささやく。〈さあ、早《はや》く！〉

おれの足元《あしもと》の砂《すな》が割《わ》れ、地球《ちきゅう》の中心《ちゅうしん》までまっすぐに割《わ》れ目《め》ができた。おれは足《あし》をすべらせ、暗闇《くらやみ》に飲《の》みこまれた。

目《め》をあけた。ぜったいに落《お》ちている途中《とちゅう》だ、と思《おも》った。

まだ三番《ばん》コテージのベッドの中《なか》だった。体《からだ》は朝《あさ》だと知《し》っていたけど、外《そと》は暗《くら》く、雷鳴《らいめい》が丘《おか》のあちこちでとどろいている。嵐《あらし》が近《ちか》づいている。それは夢《ゆめ》じゃなかった。ドアのむこうでカツカツという音《おと》がした。ひづめが敷居《しきい》を蹴《け》る音《おと》だ。

「だれ？　どうぞ」

グローバーがいそいで入《はい》ってきた。心配《しんぱい》げな顔《かお》だ。「ミスターDが呼《よ》んでるよ」

「なんで？」

「殺《ころ》したい相手《あいて》が……なんていうか、ミスターDから聞《き》いたほうがいい」

おれは不安《ふあん》な思《おも》いで着替《きが》え、グローバーについていった。大問題《だいもんだい》に巻《ま》きこまれたのはまちがいない。

ここ何日《なんにち》か、おれは本部《ほんぶ》に呼《よ》ばれるのを待《ま》つともなく待《ま》っていた。自分《じぶん》がポセイドンの息子《むすこ》だといわれた今《いま》、それも子《こ》どもを作《つく》らないと誓《ちか》ったビッグスリーのひとりであるポセイドンの息子《むすこ》だといわれた今《いま》、自分《じぶん》が存在《そんざい》しているだけで罪《つみ》なのはわかっていた。ポセイドン以外《いがい》のふたりの神《かみ》は、おれという存在《そんざい》を処罰《しょばつ》する最善《さいぜん》の方法《ほうほう》を相談《そうだん》していたんだろう。そして今《いま》、ミスターDがその決定《けってい》を知《し》らせようとしている。

ロングアイランド海峡上空《かいきょうじょうくう》は、沸騰寸前《ふっとうすんぜん》のインクのスープみたいだった。かすんだ雨《あめ》のカーテンがこっちに近《ちか》づいている。おれはグローバーに、傘《かさ》いるかな、ときいてみた。

「いらないよ。望《のぞ》まないかぎり、ここでは雨《あめ》が降《ふ》らないから」

おれは嵐《あらし》を指《ゆび》さした。「じゃ、あれは?」

グローバーは困《こま》った顔《かお》でちらりと空《そら》を見《み》た。「訓練所《くんれんじょ》の上《うえ》は避《さ》けていく。悪天候《あくてんこう》はいつもそうなんだ」

グローバーのいったとおりだった。おれがここに来《き》てからの一週間《いっしゅうかん》、曇《くも》ることさえ一度《いちど》もなかった。何度《なんど》か雨雲《あまぐも》を見《み》たことはあったけど、この谷《たに》の上空《じょうくう》は避《さ》けて、まわりを囲《かこ》んでいるだけだった。

けど、この嵐《あらし》は……今回《こんかい》の嵐《あらし》は大《おお》きい。

バレーボールコートでは、アポロンのコテージの訓練生《くんれんせい》たちがサテュロスを相手《あいて》に早朝《そうちょう》試合《じあい》をしている。ディオニュソスのコテージの双子《ふたご》がイチゴ畑《ばたけ》を歩《ある》きまわり、イチゴの成《せい》長《ちょう》をうながしている。だれもがいつもどおりの生活《せいかつ》をしながら、どこか緊張《きんちょう》している。みんな嵐《あらし》を気《き》にしている。

おれはグローバーといっしょに本部《ほんぶ》の前《まえ》にあるポーチまで歩《ある》いた。ディオニュソスがトランプ台《だい》の前《まえ》に座《すわ》っていた。トラの柄《がら》のアロハシャツを着《き》て、手《て》にはダイエットコーク。一日目《いちにちめ》とまったく同《おな》じだ。ディオニュソスのむかい側《がわ》にはケイロンがいて、にせの車椅子《くるまいす》に座《すわ》っている。ふたりは目《め》に見《み》えないふたりを交《まじ》えてトランプをしている――数枚《すうまい》をせんすみたいに広《ひろ》げたトランプが二組宙《くみちゅう》に浮《う》いている。

「おう、来《き》たか」ミスターDは視線《しせん》をあげずにいった。「この訓練所《くんれんじょ》の有名少年《ゆうめいしょうねん》」

おれはそのまま待《ま》った。

「もっと近《ちか》くに」ミスターDはいった。「わしがおまえさんにひざまずくなんて思《おも》うなよ、人間殿《にんげんどの》。いくらあのフジツボひげ面《づら》おやじが、おまえの父親《ちちおや》だってな」

網目《あみめ》のような稲妻《いなずま》が、雨雲《あまぐも》を割《わ》って光《ひか》った。雷鳴《らいめい》に本部《ほんぶ》の窓《まど》が震《ふる》えた。

「くだらん、くだらん」ディオニュソスがいった。

ケイロンはピナクルに夢中《むちゅう》のふりをしている。グローバーは手《て》すりのそばで小《ちい》さくなって、ひづめを前後《ぜんご》に動《うご》かしてカツカツいわせている。

「わしの思《おも》い通《どお》りにしていいなら」ディオニュソスがいった。「おまえさんの分子《ぶんし》という分子《ぶんし》を爆発《ばくはつ》させ、火《ひ》だるまにしてやる。灰《はい》をほうきで集《あつ》めて、あまたのいざこざとはおさらばだ。だが、それはこのいまいましい訓練所《くんれんじょ》でのわしの任務《にんむ》に反《はん》する、とケイロンはいうだろう。訓練生《くんれんせい》のガキどもを危険《きけん》な目《め》にあわせないという任務《にんむ》に反《はん》する、とな」

「自然発火はそもそも危険だ、ミスターD」ケイロンがわきからいった。

「ばかげたことを」ディオニュソスがいった。「本人《ほんにん》は痛《いた》くもかゆくもない。しかし、断念《だんねん》することにしてやるか。その代《か》わり、イルカに変《か》えてはどうだ？　父親《ちちおや》のもとに返《かえ》してやる」

「ミスターD——」ケイロンがさとすようにいった。

「はいはい、わかったよ」ディオニュソスは言葉《ことば》を弱《よわ》めた。「もうひとつ選択肢《せんたくし》がある。だが、それはおそろしくばかげている」ディオニュソスが立《た》ちあがると、目《め》に見《み》えないトランプの相手《あいて》からトランプが落《お》ちた。「これから緊急会議《きんきゅうかいぎ》でオリンポスに出《で》かける。もどってくるまでにおまえがまだここにいたら、大西洋《たいせいよう》バンドウイルカに変《か》えてやる。わかったか？　それからな、ペルセウス・ジャクソン、おまえさんに脳《のう》みそがあるなら、ケイロンが考《かんが》えていることよりも、そっちのほうがはるかに、はるかに賢《かしこ》い選択《せんたく》だってことがわかるはずだ」

ディオニュソスがトランプを一枚拾《いちまいひろ》いあげてひねると、長方形《ちょうほうけい》で厚《あつ》みのあるカードになった。クレジットカード? ちがう。通行許可証《つうこうきょかしょう》だ。

ディオニュソスは指《ゆび》をパチンと鳴《な》らした。

空気《くうき》が折《お》れまがってディオニュソスをつつんだように見《み》えた。ディオニュソスはホログラムになり、風《かぜ》になり、消《き》えてしまった。あとにはしぼりたてのブドウジュースのにおいだけが漂《ただよ》っていた。

ケイロンはほほ笑《え》んだけれど、その顔《かお》はつかれ、緊張《きんちょう》しているようだった。「パーシー、座《すわ》りなさい。グローバーも」

おれたちは座《すわ》った。

ケイロンはトランプ台《だい》に自分《じぶん》の持《も》ち札《ふだ》をさらした。結局《けっきょく》、勝負《しょうぶ》は流《なが》れたが、らくに勝《か》てる手《て》だ。

「話《はな》してくれないか、パーシー」ケイロンがいった。「あの地獄《じごく》の番犬《ばんけん》のことをどう思《おも》った?」

その名前《なまえ》を聞《き》くだけでおれは身震《みぶる》いした。

ケイロンはおれにこういわせたかったんだろう。〈ふん、なんでもありませんよ。地獄《じごく》の番犬《ばんけん》なら毎朝《まいあさ》食《た》べてます〉けど、そんなうそをつく気《き》はしなかった。

「怖《こわ》かったです。ケイロンが弓《ゆみ》でしとめてくれなかったら、おれ、死《し》んでました」

「君《きみ》はもっとつらい目《め》にあうだろう。やり遂《と》げるまでには、はるかにつらい目《め》に」

「やり遂《と》げるって……何《なに》を？」

「冒険《ぼうけん》の旅《たび》に決《き》まっているじゃないか。引《ひ》き受《う》けてくれるだろう？」

おれはグローバーのほうをちらっと見《み》た。グローバーは指《ゆび》を交差《こうさ》させていた。

「あの、先生《せんせい》」おれはいった。「それがなんなのか、まだ教《おし》えてもらってません」

ケイロンは顔《かお》をしかめた。「そう、それが難《むずか》しいところなんだ。くわしい話《はなし》をするのが」

雷鳴《らいめい》が響《ひび》きわたった。嵐雲《あらしぐも》はもう海岸《かいがん》まで近《ちか》づいている。水平線《すいへいせん》を見《み》わたすかぎり、空《そら》と海《うみ》がいっしょくたになって荒《あ》れている。

「ポセイドンとゼウス」おれはいった。「ふたりのけんかのもとは、何《なに》かだいじなものが……何《なに》かが盗《ぬす》まれた、ですよね？」

ケイロンとグローバーが意味《いみ》ありげな視線《しせん》を交《か》わした。

ケイロンは車椅子《くるまいす》から身《み》を乗《の》り出《だ》した。「どこでそれを知《し》った？」

おれは顔《かお》が熱《あつ》くなった。えらそうにいわなきゃよかった。「クリスマスから天気《てんき》が不気《ぶき》味《み》です。海《うみ》と空《そら》がけんかしてるみたいに。それから、アナベスとも話《はな》しをしました。アナベスは、何《なに》かが盗《ぬす》まれたっていう話《はなし》を偶然《ぐうぜん》聞《き》いた、って。あと……おれもそういう夢《ゆめ》ばっかり見《み》るんです」

「ぼくも知《し》ってました」グローバーがいった。

「グローバー、黙《だま》っていなさい」

「でも、これはパーシーの冒険《ぼうけん》の旅《たび》です」グローバーの目《め》が興奮《こうふん》で輝《かがや》いている。「そうでなきゃだめなんです！」

「決定《けってい》を下《くだ》せるのは神託《しんたく》だけだ」ケイロンはごわごわしたあごひげをなでた。「いずれにしても、パーシーのいうとおりだ。パーシーの父親《ちちおや》とゼウスは何世紀《なんせいき》もひどい言《い》い争《あらそ》いをしている。今回《こんかい》の争《あらそ》いは、だいじなものが盗《ぬす》まれたのが原因《げんいん》だ。正確《せいかく》には、雷撃《ライトニングボルト》だが」

おれはつい笑《わら》ってしまった。「何《なに》、ですって？」

「ばかにしちゃいけない」ケイロンがいった。「小学校二年生《しょうがっこうにねんせい》の芝居《しばい》に出《で》てくるような、アルミホイルで作《つく》ったジグザグのやつじゃない。天上《てんじょう》の最高青銅《さいこうせいどう》で作《つく》られた、約《やく》六十センチの円筒《えんとう》だ。両側《りょうがわ》には天上界《てんじょうかい》の爆発物《ばくはつぶつ》が取《と》りつけてある」

「へえ」

「ゼウスが支配《しはい》する雷撃《ライトニングボルト》だ」ケイロンがいった。すっかり興奮《こうふん》している。「ゼウスの力《ちから》の象徴《しょうちょう》であり、ほかのすべての雷撃《ライトニングボルト》はそれをまねて作《つく》られた。もとはキュクロプス（訳《やく》注《ちゅう》：一《ひと》つ目《め》の野蛮《やばん》な巨人《きょじん》。神《かみ》の鍛冶師《かじし》）がタイタン族《ぞく》との戦《たたか》いのために作《つく》った武器《ぶき》だ。ゼウスはこの雷撃《ライトニングボルト》でエトナ山《さん》の頂上《ちょうじょう》を切《き》り取《と》ってクロノスに投《な》げつけ、クロノスを王座《おうざ》から追《お》い出《だ》した。ゼウスの雷撃《ライトニングボルト》にひそむ爆発力《ばくはつりょく》とくらべたら、人間《にんげん》の水素爆弾《すいそばくだん》など爆竹《ばくちく》のようなものだ」

「で、それがなくなったんですか？」

「盗《ぬす》まれた」ケイロンがいった。

「だれが？」

「だれに」ケイロンが正《ただ》した。元教師《もときょうし》は今《いま》も教師《きょうし》だ。「パーシーに、だ」

おれの口《くち》がぽかんとあいた。

「少《すく》なくとも」——ケイロンは片手《かたて》をあげておれを制《せい》した——「ゼウスはそう思《おも》っている。去年《きょねん》の冬至《とうじ》、前回《ぜんかい》の神々《かみがみ》の会合《かいごう》の場《ば》でゼウスとポセイドンがもめた。いつものくだらないことだ。『母《はは》レアはいつもおまえをひいきしていた』とか、『空《そら》の災難《さいなん》は海《うみ》の災難《さいなん》よりも見事《みごと》だ』とか。そのあと、ゼウスは雷撃《ライトニングボルト》がないことに気《き》づいた。王室《おうしつ》で少《すこ》し目《め》を離《はな》したすきになくなったのだ。ゼウスはすぐにポセイドンのせいにした。いいかい、神《かみ》はほかの神《かみ》の力《ちから》の象徴《しょうちょう》を直接盗《ちょくせつぬす》むことはできない——それはもっとも古《ふる》い神々《かみがみ》の法《ほう》によって禁《きん》じられている。しかし、ゼウスは、ポセイドンが人間《にんげん》の英雄《えいゆう》にそれを盗《ぬす》ませた、と信《しん》じこんでいる」

「けど、おれは——」

「いいから聞《き》きなさい。ゼウスがそう疑《うたが》うのにはそれなりの根拠《こんきょ》がある。キュクロプスの鍛冶場《かじば》は海《うみ》の底《そこ》にある。だから、ゼウスの雷撃《ライトニングボルト》の作《つく》り手《て》であるキュクロプスも、海神《かいじん》ポセイドンに何《なに》かたのまれたらいやとはいえない。ゼウスはこう考《かんが》えている。ポセイドンは雷撃《ライトニングボルト》を盗《ぬす》んだうえ、ひそかにキュクロプスににせ物《もの》を作《つく》らせ、それを使《つか》って自分《じぶん》を王《おう》座《ざ》から転落《てんらく》させようとしているのだろう、と。ただひとつ、ゼウスにわからないのは、ポセイドンがどの英雄《えいゆう》に雷撃《ライトニングボルト》を盗《ぬす》ませたか、ということだ。今《いま》やポセイドンはおおやけにパーシーを息子《むすこ》だと認《みと》めた。パーシーは冬休《ふゆやす》み中《ちゅう》ずっとニューヨークにいた。オリンポスにかんたんに忍《しの》びこめた。ゼウスは、どろぼうを見《み》つけた、と信《しん》じている」

「けど、おれ、オリンポスに行《い》ったことだってないし！　ゼウスのばかやろう！」

ケイロンとグローバーは不安《ふあん》げに空《そら》を一瞥《いちべつ》した。雲《くも》は、グローバーの話《はなし》とはちがい、訓練所《くんれんじょ》を避《さ》けてはいないようだ。上空《じょうくう》にはうず巻《ま》く雲《くも》が棺《かん》おけのふたみたいにかかっている。

「あのさ、パーシー……」グローバーがいった。「空《そら》の神《かみ》に対《たい》して、その『ば』で始《はじ》まる言葉《ことば》を使《つか》っちゃだめなんだよ」

「頭《あたま》がどうかしている、くらいがいいかもしれない」ケイロンがいった。「話《はなし》をもとにもどすが、ポセイドンは以前《いぜん》、ゼウスから王座《おうざ》を奪《うば》おうとしたことがある。たしか、期末試《きまつし》験《けん》の問題番号《もんだいばんごう》三十八で出《だ》したと思《おも》うが……」ケイロンがおれを見《み》た。本気《ほんき》でおれが問題《もんだい》三十八を覚《おぼ》えていると思《おも》っているみたいな顔《かお》つきだ。

おれが神々《かみがみ》の武器《ぶき》を盗《ぬす》むはずがないだろ？　ゲイブのポーカーパーティーからピザを一《ひと》

切《き》れ盗《ぬす》んだだけで、とっつかまるっていうのに。ケイロンはおれの返事《へんじ》を待《ま》っている。

「金《きん》の網《あみ》の話《はなし》ですか?」おれはいってみた。「ポセイドンとヘラと、ほかの神々《かみがみ》が……その、金《きん》の網《あみ》でゼウスをつかまえて、もっと良《よ》い支配者《しはいしゃ》になることを約束《やくそく》するまで解放《かいほう》しなかった。その話《はなし》ですか?」

「そのとおり」ケイロンがいった。「そして、ゼウスはそれ以後《いご》、決《けっ》してポセイドンを信用《しんよう》しなかった。もちろん、ポセイドンは雷撃《ライトニングボルト》を盗《ぬす》んだことを否定《ひてい》している。自分《じぶん》のせいにされてすっかり腹《はら》を立《た》てている。ポセイドンとゼウスはこの数《すう》カ月《げつ》というもの、売《う》り言《こと》葉《ば》に買《か》い言葉《ことば》。戦争《せんそう》だ、とおどし合《あ》っている。そこに今《いま》、パーシーが登場《とうじょう》した――とどめの一発《いっぱつ》だ」

「けど、おれなんてただの子《こ》どもなのに」

「ねえ」グローバーがわきからいった。「もしパーシーがゼウスで、自分《じぶん》の兄《あに》が王座《おうざ》を奪《うば》おうとたくらんでいると昔《むかし》から思《おも》いこんでいて、さらに、その兄《あに》が第《だい》二次世界大戦後《じせかいたいせんご》の神《しん》聖《せい》な誓《ちか》いを破《やぶ》って、ハーフの息子《むすこ》を作《つく》ったことをきゅうに認《みと》めて、その子《こ》が自分《じぶん》に対《たい》する武器《ぶき》として使《つか》われるかもしれないとしたら……自分《じぶん》の地位《ちい》が危《あや》ういと思《おも》わない?」

「けど、おれは何《なに》もしてない。ポセイドンは——父《とう》さんは——ほんとうに雷撃《ライトニングボルト》をとってないんだろ？」

ケイロンはため息《いき》をついた。「良識《りょうしき》ある者《もの》のほとんどは、盗《ぬす》みはポセイドンに似合《にあ》わない、と口《くち》をそろえていうだろう。しかし、ポセイドンはプライドが高《たか》いから、ゼウスに言《い》い訳《わけ》をしたりはしない。ゼウスはポセイドンに、夏至《げし》までに雷撃《ライトニングボルト》を返《かえ》せ、といっている。夏至《げし》は六月《がつ》二十一日《にち》。あと十日《か》だ。ポセイドンは同《おな》じ期日《きじつ》までに、自分《じぶん》をどろぼうよばわりしたことに対《たい》する謝罪《しゃざい》を求《もと》めている。私《わたし》は仲裁《ちゅうさい》を期待《きたい》していた。ヘラかデメテルかヘスティアがふたりを冷静《れいせい》にさせてくれることを期待《きたい》していた。しかし、パーシーの登場《とうじょう》がゼウスの怒《いか》りをあおった。今《いま》となってはゼウスもポセイドンもあとには引《ひ》けない。だれかが仲裁《ちゅうさい》に入《はい》らなければ、夏至《げし》までに雷撃《ライトニングボルト》がゼウスのもとに返《かえ》されなければ、戦争《せんそう》になるだろう。パーシーは本格的《ほんかくてき》な戦争《せんそう》がどんなものか知《し》っているかい？」

「ひどい？」おれはいってみた。

「世界中《せかいじゅう》がめちゃくちゃになるところを想像《そうぞう》してごらん。自然界《しぜんかい》を司《つかさど》る神々同士《かみがみどうし》が戦争《せんそう》をするんだ。オリンポスの神々《かみがみ》はゼウスの味方《みかた》をするか、ポセイドンの味方《みかた》をするか、決《けっ》断《だん》をせまられる。破壊《はかい》。大虐殺《だいぎゃくさつ》。何百万人《なんまんにん》が死《し》ぬ。欧米《おうべい》が戦場《せんじょう》になる。それとくらべたらトロイア戦争《せんそう》（訳注《やくちゅう》：ギリシャ神話上《しんわじょう》の大《おお》きな戦《たたか》い）など水風船《みずふうせん》のけんかだ」

「ひどい」おれはまたいった。

「そして、パーシー・ジャクソン、君《きみ》はゼウスの怒《いか》りをかった最初《さいしょ》の者《もの》となる」

雨《あめ》が降《ふ》りだした。バレーボールをしていた訓練生《くんれんせい》たちは試合《しあい》をやめ、ぎょっとしたように黙《だま》りこみ、空《そら》を見《み》ている。

おれのせいでハーフの丘《おか》に嵐《あらし》が来《き》た。ゼウスは、おれがここにいるのが理由《りゆう》で、この訓《くん》練所全体《れんじょぜんたい》を罰《ばっ》しようとしている。おれは頭《あたま》にきた。

「じゃあ、おれはそのばかげた雷撃《ライトニングボルト》を見《み》つければいいんですね。そして、ゼウスに返《かえ》せば」

「それ以上平和《いじょうへいわ》な解決策《かいけつさく》はない」ケイロンがいった。「ポセイドンの息子《むすこ》がゼウスの宝物《たからもの》を返《かえ》すほかには」

「ポセイドンが持《も》っていないとしたら、どこにあるんですか？」

「見当《けんとう》はついている」ケイロンの表情《ひょうじょう》が曇《くも》った。「何年《なんねん》か前《まえ》に与《あた》えられた予言《よげん》の一部《いちぶ》は……その、今《いま》になってその一部《いちぶ》が理解《りかい》できた。しかし、この先《さき》を聞《き》くのは、パーシーが正式《せいしき》に冒険《ぼうけん》の旅《たび》を引《ひ》き受《う》けてからだ。パーシーは神託《しんたく》を聞《き》きにいかなくてはならない」

「どうして雷撃《ライトニングボルト》のありかを先《さき》に教《おし》えてもらえないんですか？」

「もしそれを知《し》ったら、怖《こわ》がって引《ひ》き受《う》けないだろう」

おれはごくりとつばを飲《の》んだ。「なるほど」

「では、引《ひ》き受《う》けてくれるか？」

グローバーのほうを見《み》ると、「引《ひ》き受《う》けなよ」というようにうなずいている。人《ひと》ごとだと思《おも》って。ゼウスが殺《ころ》したいのはこのおれだ。

「わかりました」おれはいった。「イルカにされるよりはましですから」

「では、神託《しんたく》を聞《き》きにいっておいで」ケイロンがいった。「階段《かいだん》をのぼって、屋根裏《やねうら》に。パーシーがもどってきて、まだ冷静《れいせい》でいられたら、また話《はなし》をしよう」

四階分《かいぶん》の階段《かいだん》をあがった先《さき》には、緑色《みどりいろ》の落《お》とし戸《と》があった。ひもを引《ひ》くと、戸《と》がこっちに開《ひら》き、木《き》のはしごがガラガラッとさがってきた。

上《うえ》からおりてくる生《なま》ぬるい空気《くうき》に交《ま》じるにおいは、かびと、腐《くさ》った木《き》と、あと何《なに》か……生物《せいぶつ》の時間《じかん》にかいだことのあるにおい。爬虫類《はちゅうるい》。蛇《へび》のにおいだ。

息《いき》を止《と》めてはしごを登《のぼ》った。

屋根裏部屋《やねうらべや》には古代《こだい》ギリシャの英雄《えいゆう》の持《も》ち物《もの》がぎっしりつまっていた。クモの巣《す》だらけのよろいかぶと立《た》て、昔《むかし》はぴかぴかだったけど今《いま》はさびて穴《あな》のあいた盾《たて》、古《ふる》くて大《おお》きな革《かわ》製《せい》のトランク。トランクにはアマゾーン族国《ぞくこく》キルケ島《とう》イタケーというステッカーが貼《は》ってある。長《なが》いテーブルにはガラスびんが山積《やまづ》み。びんのなかみは酢漬《すづ》けの——かぎづめのついた毛《け》むくじゃらの手《て》、巨大《きょだい》な黄色《きいろ》い目玉《めだま》、そのほか怪物《かいぶつ》の体《からだ》の部分《ぶぶん》いろいろ。壁《かべ》にかけられた、ほこりだらけの戦利品《せんりひん》は巨大《きょだい》な蛇《へび》の頭《あたま》みたいだけど、角《つの》が生《は》えているし、口《くち》には上下《じょうげ》にサメの歯《は》が並《なら》んでいる。添《そ》えられたプレートには「一九六九年《ねん》ニューヨークウッドストックにおいて　ヒドラの頭一号《あたまいちごう》」とある。

窓《まど》のそば、三本脚《ほんあし》の木製《もくせい》スツールに腰《こし》かけているものがいちばん気味《きみ》が悪《わる》い。ミイラだ。布《ぬの》にくるまれたタイプじゃなく、しなびて骨《ほね》と皮《かわ》だけになった人間《にんげん》の女《おんな》だ。絞《しぼ》り染《ぞ》めのサンドレスを着《き》て、ビーズのネックレスを何重《なんじゅう》にもかけ、長《なが》い黒髪《くろかみ》にはヘアバンド。頭蓋骨《ずがいこつ》をおおう顔《かお》の皮《かわ》は薄《うす》い革《かわ》みたいで、薄《うす》くあけたまぶたから白目《しろめ》がのぞいている。大理石《だいりせき》みたいな目玉《めだま》だ。死《し》んでずいぶんたっている。

ミイラを見《み》て、おれは背筋《せすじ》がぞくぞくっとした。そのとたん、ミイラがスツールの上《うえ》で姿勢《しせい》を正《ただ》し、口《くち》をひらいた。ミイラの口《くち》から緑《みどり》のもやがあふれて、いくつもの太《ふと》い巻《ま》きひげになって床《ゆか》をはいまわり、蛇《へび》が二万匹《まんびき》もいるみたいにシューシューいいだした。おれがよろけながら落《お》とし戸《と》のほうに行《い》こうとすると、戸《と》が音《おと》を立《た》てて閉《し》まった。頭《あたま》の中《なか》で声《こえ》が聞《き》こえた。声《こえ》はおれの片方《かたほう》の耳《みみ》からするっと入《はい》りこんで、脳《のう》の中《なか》をぐるぐるはいまわった。〈私《わたし》はデルフィの霊《れい》。「輝《かがや》ける者《もの》」アポロンの予言《よげん》の語《かた》り手《て》。力《ちから》あるピュトンを退治《たいじ》した者《もの》でもある。予言《よげん》を求《もと》める者《もの》よ、こちらに。そして、たずねるがよい〉

おれはいいたかった。〈いいえ、けっこうです。開《あ》ける戸《と》をまちがえました。トイレをさがしてただけなんです〉けど、おれは無理《むり》やり大《おお》きく深呼吸《しんこきゅう》した。

このミイラは死《し》んでいる。こいつは何《なに》かを入《い》れておく気味《きみ》の悪《わる》い入《い》れ物《もの》だ。中《なか》に入《はい》っていた力《ちから》は今《いま》、緑《みどり》のもやになっておれのまわりでうずを巻《ま》いている。けど、悪者《わるもの》には思《おも》えない。悪魔《あくま》のような数学《すうがく》のドッズ先生《せんせい》やミノタウロスとはちがう。どちらかというとハイウェイの果物屋台《くだものやたい》で編《あ》み物《もの》をしていた運命《うんめい》の三女神《めがみ》に似《に》てる。太古《たいこ》の力《ちから》あるもので、ふつうの人間《にんげん》じゃない。けど、とくにおれを殺《ころ》したがっているわけでもない。
勇気《ゆうき》を出《だ》してきいてみた。「おれの運命《うんめい》は？」
緑《みどり》のもやがさらに濃《こ》くなり、おれの目《め》の前《まえ》、そして酢漬《すづ》けのビンののったテーブルのまわりでうず巻《ま》いた。突然《とつぜん》、四人《にん》の男《おとこ》がテーブルのまわりに座《すわ》ってポーカーをしているのが見《み》えてきた。顔《かお》がだんだんはっきりしてくる。くさくさゲイブとポーカー仲間《なかま》だ。
おれはこぶしを握《にぎ》った。けど、この四人《にん》が実物《じつぶつ》じゃないのはわかっていた。これはもやが作《つく》った幻影《げんえい》だ。
ゲイブがこっちをむき、神託《しんたく》のきしるような耳障《みみざわ》りな声《こえ》でいった。〈おまえは西《にし》へ行《い》き、そむいた神《かみ》と対面《たいめん》する〉
右側《みぎがわ》の男《おとこ》が顔《かお》をあげ、同《おな》じ声《こえ》でいった。〈おまえは盗《ぬす》まれたものを見《み》つけ、持《も》ち主《ぬし》に無事《ぶじ》に届《とど》ける〉
左側《ひだりがわ》の男《おとこ》が点棒《てんぼう》を二本投《ほんな》げていった。〈おまえはおまえを友《とも》と呼《よ》ぶ者《もの》に裏切《うらぎ》られる〉
最後《さいご》に、管理人《かんりにん》のエディがいちばん不吉《ふきつ》なことをいった。〈おまえは結局《けっきょく》、もっとも大《たい》

切《せつ》なものを守《まも》りそこねる〉

四人《にん》の人影《ひとかげ》が溶《と》けだした。最初《さいしょ》おれは驚《おどろ》きのあまり何《なに》もいえなかった。もやが引《ひ》きはじめ、うずを巻《ま》きながら一匹《いっぴき》の巨大《きょだい》な緑蛇《みどりへび》になり、するするとミイラの口《くち》の中《なか》へと消《き》えていく。おれは大声《おおごえ》でいった。「待《ま》ってくれ！　どういう意味《いみ》だ？　友《とも》って、だれだ？　おれは何《なに》を守《まも》りそこねるんだ？」

蛇《へび》の尾《お》がミイラの口《くち》の中《なか》に消《き》えた。ミイラは壁《かべ》にもたれた。口《くち》はしっかりとじている。百年間《ねんかん》とじたままです、って感《かん》じ。屋根裏部屋《やねうらべや》はまた静《しず》かになった。骨董品《こっとうひん》でいっぱいの、見捨《みす》てられた部屋《へや》でしかなくなった。

おれもクモの巣《す》だらけになるまでここにいれば、何《なに》も知《し》らないままでいられるかもしれない。

おれの神託《しんたく》の聞《き》き取《と》りは終《お》わった。

「どうだった？」ケイロンがきいた。

おれはトランプ台《だい》の前《まえ》の椅子《いす》にどさりと座《すわ》った。「おれは盗《ぬす》まれたものを取《と》り返《かえ》すって」

ダイエットコークの缶《かん》をうれしそうにくちゃくちゃかんでいたグローバーが、身《み》を乗《の》り出《だ》した。「よかったじゃん！」

「神託《しんたく》は、正確《せいかく》には、どういった？」ケイロンがうながした。「それが重要《じゅうよう》だ」

耳《みみ》がまだあの爬虫類的《はちゅうるいてき》な声《こえ》できんきんしている。「神託《しんたく》は……おれが西《にし》に行《い》って、そむいた神《かみ》と対面《たいめん》する、って。おれは盗《ぬす》まれたものを見《み》つけて、持《も》ち主《ぬし》に無事《ぶじ》届《とど》ける、って」

「それはもう知《し》ってるよ」グローバーがいった。

ケイロンは満足《まんぞく》していないようだった。「ほかには？」

ケイロンには教《おし》えたくなかった。

おれの友《とも》だちのだれが裏切《うらぎ》るっていうんだ？　友《とも》だちなんてそんなにいない。それに、最後《さいご》のやつ――もっとも大切《たいせつ》なものを守《まも》りそこねる。なんて神託《しんたく》だ。人《ひと》を冒険《ぼうけん》の旅《たび》に行《い》かせて、〈そうだ、ところで、おまえは失敗《しっぱい》するよ〉なんて。

そんなことケイロンに話《はな》せるわけがない。

「いいえ。だいたいそんな感《かん》じです」

ケイロンはおれの顔《かお》をじっと見《み》た。「ご苦労《くろう》だった。しかし、忘《わす》れてはならない。神託《しんたく》には多《おお》くの場合《ばあい》、二重《にじゅう》の意味《いみ》がこめられている。神託《しんたく》の言葉《ことば》にこだわりすぎてはいけない。真実《しんじつ》は、事《こと》が起《お》こるときになって初《はじ》めて明《あき》らかになることもある」

ケイロンはおれが何《なに》か隠《かく》しているのを知《し》っている、けど、おれを安心《あんしん》させようとしている。そんな気《き》がした。

「わかりました。で、おれの行き先《いさき》は？　西《にし》にいる神《かみ》って、だれですか？」

「自分《じぶん》で考《かんが》えてごらん。ゼウスとポセイドンが戦争《せんそう》でおたがいの力《ちから》を弱《よわ》め合《あ》って得《とく》をするのはだれか？」

「だれかほかの、王座《おうざ》を奪《うば》いたいと思《おも》っている人《ひと》？」

「そう、そのとおりだ。悪意《あくい》を抱《いだ》いていて、はるか昔《むかし》に世界《せかい》が分割《ぶんかつ》されたとき以来《いらい》自分《じぶん》の分《わ》け前《まえ》に不満《ふまん》を抱《いだ》いていて、何百万人《なんまんにん》もの人間《にんげん》の死《し》によって自分《じぶん》の王国《おうこく》を強大《きょうだい》にできるだれかだ。その者《もの》は自分《じぶん》の兄弟《きょうだい》を恨《うら》んでいる。今後一切《こんごいっさい》子《こ》どもは作《つく》らないという誓《ちか》いを強《きょう》要《よう》され、兄弟《きょうだい》ふたりはその誓《ちか》いを破《やぶ》った」

前《まえ》に見《み》た夢《ゆめ》を思《おも》い出《だ》した。地面《じめん》の底《そこ》から話《はな》しかけた邪悪《じゃあく》な声《こえ》。「ハデス」

ケイロンがうなずいた。「死者《ししゃ》の王以外《おういがい》に考《かんが》えられない」

アルミの切《き》れ端《はし》が一切《ひとき》れ、グローバーの口《くち》からこぼれた。「ちょっと待《ま》って。な、何《なん》ですって?」

「復讐《ふくしゅう》の女神《めがみ》エリニュスがパーシーを追《お》っていたのを思《おも》い出《だ》すといい」ケイロンがグローバーにいった。「エリニュスはパーシーを見張《みは》っていた。そして、パーシーの身元《みもと》がはっきりすると、殺《ころ》そうとした。エリニュスが仕《つか》える王《おう》はただひとり、ハデスだ」

「そうですけど——だけど、ハデスは英雄《えいゆう》ならだれでも恨《うら》んでいるじゃないですか」グローバーがいった。

「とくに、パーシーがポセイドンの息子《むすこ》だってわかれば……」

「地獄《じごく》の番犬《ばんけん》は森《もり》まで入《はい》ってきた」ケイロンは話《はなし》をつづけた。「地獄《じごく》の番犬《ばんけん》は処罰《しょばつ》の野《の》からしか呼《よ》び寄《よ》せることができない。しかも、この訓練所内《くんれんじょない》のだれかが呼《よ》び寄《よ》せた。ここにハデスのスパイがいる。ハデスは、ポセイドンがパーシーを使《つか》って汚名《おめい》をはらそうとしている、と疑《うたが》っているのだ。あのハデスのことだ。ハーフのパーシーが冒険《ぼうけん》の旅《たび》に出《で》る前《まえ》に殺《ころ》してしまいたいのだろう」

「けっこうけっこう」おれはつぶやいた。「おれを殺《ころ》したい有名《ゆうめい》どころの神《かみ》がふたりいるってことだ」

「だけど、冒険《ぼうけん》の旅《たび》は……」グローバーはごくりとつばを飲《の》みこんだ。「なんていうか、雷撃《ライトニングボルト》はメイン州《しゅう》みたいなところにあるんじゃないですか？　メイン州《しゅう》って今《いま》の季節《きせつ》、すごくいいところでしょ」

「ハデスは家来《けらい》を送《おく》って雷撃《ライトニングボルト》を盗《ぬす》み出《だ》させたのだ」ケイロンがいった。「そして冥界《めいかい》に隠《かく》した。ゼウスがそれをポセイドンのせいにするのは計算《けいさん》のうえだ。正直《しょうじき》なところ、私《わたし》にもハデスの動機《どうき》を完全《かんぜん》に理解《りかい》できるわけではなく、ハデスがこの時期《じき》に戦争《せんそう》を始《はじ》めたい理《り》由《ゆう》もわからない。しかし、確《たし》かなことがひとつ。パーシーは冥界《めいかい》に行《い》き、雷撃《ライトニングボルト》を見《み》つけ、真実《しんじつ》を明《あき》らかにしなくてはならない」

胃《い》がみょうに熱《あつ》い。不気味《ぶきみ》だったのは、それが怖《こわ》さのせいじゃなく、期待《きたい》のせいだったってこと。仕返《しかえ》しできるのが待《ま》ち遠《どお》しかった。ハデスには今《いま》まで三回殺《かいころ》されそうになった。エリニュス、ミノタウロス、地獄《じごく》の番犬《ばんけん》の三回《かい》だ。母《かあ》さんが閃光《せんこう》の中《なか》に消《き》えたのもハデスのせいだ。そして、今《いま》、ハデスはおれと父《とう》さんをわなにはめて、どろぼうに仕立《した》てあげようとしている。

ハデスに会《あ》いにいく覚悟《かくご》はできている。

それに、もし母《かあ》さんが冥界《めいかい》にいるなら……。

待《ま》て待《ま》て。脳《のう》のかたすみの、まだ正気《しょうき》の部分《ぶぶん》がいった。おまえは子《こ》どもで、ハデスは神《かみ》だ。

グローバーはぶるぶる震《ふる》えている。トランプをポテトチップみたいに食《た》べはじめた。

グローバーのやつはかわいそうに、捜索者《サーチャー》の資格《しかく》かなんかをとるためには、おれといっしょに冒険《ぼうけん》の旅《たび》を成功《せいこう》させなくちゃいけない。けど、グローバーにいっしょにいってくれってたのめるか？　おれは失敗《しっぱい》する運命《うんめい》だ、っていわれているのに。自殺行為《じさつこうい》だ。

「あの、もしハデスだってわかってるなら」おれはケイロンにいった。「なんでほかの神々《かみがみ》に教《おし》えないいんですか？　ゼウスかポセイドンが冥界《めいかい》まで行《い》って、何人《なんにん》かぶん殴《なぐ》ってやればいいのに」

「疑《うたが》わしいからといって、事実《じじつ》であるとは限《かぎ》らない」ケイロンはいった。「しかも、たとえほかの神々《かみがみ》がハデスを疑《うたが》ったとしても――実際《じっさい》ポセイドンは疑《うたが》っていると思《おも》うが――神々自《かみがみみずか》らが雷撃《ライトニングボルト》を取《と》り返《かえ》すことはできない。神々《かみがみ》は招《まね》かれることなく、たがいの領地《りょうち》に立《た》ち入《い》ることができないのだ。これもいにしえからの決《き》まりだ。反対《はんたい》に、英雄《えいゆう》は特権《とっけん》をあたえられていて、どこにでも行《い》き、だれとでも戦《たたか》うことができる。ただし、そうするだけの大胆《だいたん》さと強《つよ》さがあれば、の話《はなし》だ。また、英雄《えいゆう》の行動《こうどう》に対《たい》しては、どの神《かみ》にも責任《せきにん》はない。どうして神々《かみがみ》がいつも英雄《えいゆう》に仕事《しごと》をさせると思《おも》う？」

「利用《りよう》したいだけ利用《りよう》する、ってこと？」

「私《わたし》がいいたいのは、ポセイドンが今《いま》パーシーを息子《むすこ》だと認《みと》めたのは偶然《ぐうぜん》ではない、ということだ。これは非常《ひじょう》に危険《きけん》な賭《か》けだ。しかし、ポセイドンは絶望的《ぜつぼうてき》な状況《じょうきょう》にいて、パーシーを必要《ひつよう》としている」

父《とう》さんがおれを必要《ひつよう》としている。

いろいろな感情《かんじょう》が、万華鏡《まんげきょう》の中《なか》の色《いろ》ガラスの破片《はへん》みたいに、おれの頭《あたま》の中《なか》をまわっていた。恨《うら》んでいるのか感謝《かんしゃ》しているのか、うれしいのか怒《おこ》っているのかわからなかった。ポセイドンは十二年間《ねんかん》もおれをほったらかしにしていた。それが今《いま》、おれを必要《ひつよう》としている。

おれはケイロンを見《み》た。「おれがポセイドンの息子《むすこ》だ、ってずっと知《し》ってたんですよね？」

「そうではないかと思《おも》っていた。すでに話《はな》したとおり……私《わたし》も神託《しんたく》を聞《き》きにいった」

ケイロンは自分《じぶん》が聞《き》いた予言《よげん》について、隠《かく》していることがたくさんあるんじゃないか？けど、それについては今《いま》は考《かんが》えないことにしよう。どのみち、おれだって隠《かく》していることがあるんだし。

「じゃあ、整理《せいり》させてください。おれは冥界《めいかい》に行《い》って、死者《ししゃ》の王《おう》ハデスに会《あ》う」

「そのとおり」ケイロンがいった。

「世界中《せかいじゅう》でいちばん強力《きょうりょく》な武器《ぶき》を見《み》つける」

「そのとおり」

「そして、夏至《げし》までに、十日間《かかん》のうちにそれをオリンポスに持《も》って帰《かえ》る」

「ほぼそのとおりだ」

おれはグローバーを見《み》た。グローバーはハートのエースを飲《の》みこんだ。

「ぼくさっき、メイン州《しゅう》は一年《いちねん》の今頃《いまごろ》がいちばんいい季節《きせつ》だ、っていったっけ？」グローバーが弱々《よわよわ》しくいった。

「グローバーは行《い》かなくていい。おれにはそんなことたのめない」

「え……」グローバーはひづめの位置《いち》を変《か》えた。「ちがうんだ……ただ、サテュロスと冥《めい》界《かい》の国《くに》は……その……」

グローバーは大《おお》きく深呼吸《しんこきゅう》をすると、Tシャツからトランプの切《き》れ端《はし》やアルミ缶《かん》のくずを払《はら》いながら立《た》ちあがった。「パーシーはぼくの命《いのち》の恩人《おんじん》だ。もし……もし本気《ほんき》でぼくについてきてほしいと思《おも》っているなら、その期待《きたい》を裏切《うらぎ》るわけにはいかない」

おれはほっとして泣《な》きそうになった。あまり英雄《えいゆう》っぽくないけど。今《いま》まで何カ月《なんげつ》も友《とも》だちでいられたのはグローバーだけだ。死者《ししゃ》の軍勢《ぐんぜい》に対《たい》してサテュロスがどこまで役《やく》に立《た》つのかはわからない。けど、グローバーがいっしょにいてくれると思《おも》うと気《き》がらくになる。

「すべて了解《りょうかい》です」おれはケイロンのほうをむいた。「で、おれたちの行《ゆ》く先《さき》は？　神託《しんたく》では西《にし》としかいわれませんでした」

「冥界《めいかい》の入《い》り口《ぐち》はつねに西《にし》にある。オリンポスと同《おな》じで、時代《じだい》によって移動《いどう》はするが。現在《げんざい》はもちろん、アメリカにある」

「どこですか？」

ケイロンは驚《おどろ》いた顔《かお》をした。「いうまでもないことだと思《おも》っていた。冥界《めいかい》の入《い》り口《ぐち》はロサンゼルスにある」

「じゃあ、おれたちは飛行機《ひこうき》で――」

「だめだよ！」グローバーがかん高《だか》い声《こえ》でいった。「パーシー、何考《なにかんが》えてるんだ？　今《いま》までに飛行機《ひこうき》に乗《の》ったことある？」

おれは首《くび》をふった。恥《は》ずかしかった。母《かあ》さんはおれを飛行機《ひこうき》に乗《の》せてくれたことがない。いつも、そんなお金《かね》はないのよ、といっていた。それに、母《かあ》さんの両親《りょうしん》は飛行機事故《ひこうきじこ》で死《し》んだ。

「考《かんが》えてごらん」ケイロンがいった。「パーシーは海神《かいじん》の息子《むすこ》だ。海神《かいじん》のいちばんのライバルは空《そら》の王《おう》ゼウスだ。パーシーの母親《ははおや》はとうぜん、飛行機《ひこうき》はパーシーにとって安全《あんぜん》ではないと知《し》っていた。ゼウスの領地《りょうち》に入《はい》ることになるからね。二度《にど》と生《い》きて大地《だいち》にもどってこられなくなる」

頭上《ずじょう》で稲妻《いなずま》が空《そら》を割《わ》り、雷鳴《らいめい》がとどろいた。

「わかりました」空《そら》は見《み》ないようにした。「じゃあ、バスか列車《れっしゃ》で行《い》くんですね」

「そのとおりだ」ケイロンがいった。「パーシーにはともをふたりつける。ひとりはグローバーだ。もうひとりは、パーシーが助《すけ》っ人《と》を必要《ひつよう》とするなら、女子《じょし》がすでに立候補《りっこうほ》している」

「マジですか」おれは驚《おどろ》いたふりをして見《み》せた。「ほかにいませんよ。こんな冒険《ぼうけん》の旅《たび》に立候補《りっこうほ》するばかなやつなんて」

ケイロンのうしろの空気《くうき》が揺《ゆ》れた。

アナベスの姿《すがた》がだんだん見《み》えてきた。ヤンキースの野球帽《やきゅうぼう》を尻《しり》のポケットにつっこんでいる。

「あたしは、ずーっと、ずーっと冒険《ぼうけん》の旅《たび》を待《ま》ってたのよ、ワカメ脳《のう》みそ君《くん》」アナベスはいった。「アテナはポセイドンびいきじゃないけど、パーシーが世界《せかい》を救《すく》うっていうんだったら、パーシーを問題《もんだい》から遠《とお》ざけるのがいちばん得意《とくい》なのはあたしよ」

「そういうところを見《み》ると」おれはいった。「何《なに》か作戦《さくせん》があるんだろ、優等生《ゆうとうせい》さん？」

アナベスは頬《ほお》を赤《あか》らめた。「あたしに協力《きょうりょく》してほしいの、ほしくないの？」

正直《しょうじき》、してほしい。ネコの手《て》だって借《か》りたいくらいだ。

「三人《にん》トリオ」おれはいった。「うまくいきそうだ」

「大《おお》いによろしい」ケイロンがいった。「今日《きょう》の午後《ごご》、三人《にん》をマンハッタンのバスターミナルまで連《つ》れていく。そのあとは三人《にん》にまかせる」

稲妻《いなずま》が光《ひか》って、草地《くさち》に雨《あめ》が降《ふ》りそそいだ。この草地《くさち》にこんなに激《はげ》しい雨《あめ》が降《ふ》るなんて考《かんが》えられない。

「時間《じかん》がない」ケイロンがいった。「三人《にん》とも、荷造《にづく》りを始《はじ》めるように」

第《だい》10章《しょう》　パーシー、バスを破壊《はかい》する

　おれの荷造《にづく》りはすぐにすんだ。ミノタウロスの角《つの》はコテージに置《お》いていくことにしたから、着替《きが》え一着分《いっちゃくぶん》と歯《は》ブラシを、グローバーが見《み》つけてきてくれたバックパックに詰《つ》めこむだけだった。

　訓練所《くんれんじょ》の売店《ばいてん》で人間界《にんげんかい》の百ドルと二十ドラクマを借《か》りた。ドラクマ金貨《きんか》は大《おお》きめのクッキーくらい大《おお》きくて、片面《かためん》にはいろいろなギリシャの神々《かみがみ》の姿《すがた》が、もう片面《かためん》にはエンパイアステイトビルが刻印《こくいん》されている。昔《むかし》の古代《こだい》ギリシャで人間《にんげん》が使《つか》っていたドラクマは銀《ぎん》だったとケイロンが教《おし》えてくれた。けど、オリンポスの神々《かみがみ》は純金《じゅんきん》しか使《つか》わないらしい。ケイロンはドラクマ金貨《きんか》は神々《かみがみ》とやりとりをするときに役立《やくだ》つかもしれない、といっていた──どういうことかはよくわからない。ケイロンはおれとアナベスに、ネクタルの入《はい》った水筒《すいとう》と、固形《こけい》アンブロシアがたくさん入《はい》ったジップロックの袋《ふくろ》をくれた。大《おお》けがをした場合《ばあい》の非常用《ひじょうよう》だ。ケイロンは、これは神々《かみがみ》の飲食物《いんしょくぶつ》だ、と念《ねん》を押《お》した。神々《かみがみ》の飲食物《いんしょくぶつ》はほとんどどんな傷《きず》でも治《なお》せるけど、人間《にんげん》にとっては毒《どく》だ。ハーフがたくさんとると高熱《こうねつ》を発《はっ》する。とり過《す》ぎると、文字通《もじどお》り、燃《も》えあがってしまう。

アナベスは魔法《まほう》のヤンキースの野球帽《やきゅうぼう》も持《も》っていくことにした。十二歳《さい》の誕生日《たんじょうび》に母親《ははおや》からプレゼントされたものらしい。古代《こだい》ギリシャ語《ご》で書《か》かれた、有名《ゆうめい》な古代建築物《こだいけんちくぶつ》に関《かん》する本《ほん》も荷物《にもつ》に入《い》れた。たいくつしたときに読《よ》むの、といっている。あと、長《なが》い青銅《せいどう》のナイフをその中《なか》に隠《かく》していた。金属探知器《きんぞくたんちき》で検査《けんさ》されたら、おれたちはまちがいなくつかまる。

グローバーは人間《にんげん》のふりをするため、足《あし》がわりのコンバースに、ズボンをはいた。頭《あたま》には緑《みどり》のレゲエ風《ふう》の野球帽《やきゅうぼう》をかぶった。雨《あめ》がふると巻《ま》き毛《げ》がぺちゃんこになって、角《つの》の先《さき》が見《み》えてしまうからだ。オレンジ色《いろ》のバックパックにはおやつ用《よう》の金属《きんぞく》の破片《はへん》とリンゴがたくさん。ポケットには父親《ちちおや》が作《つく》ってくれたアシ笛《ぶえ》が一《いっ》セット。けど、グローバーが吹《ふ》けるのは二曲《きょく》だけだ。モーツァルトのピアノ協奏曲第《きょうそうきょくだい》十二番《ばん》と、ヒラリー・ダフの「Ｓｏ《ソー》Ｙｅｓｔｅｒｄａｙ《イエスタデイ》」。どっちもグローバーがアシ笛《ぶえ》で吹《ふ》くとひどい曲《きょく》に聞《き》こえる。

おれたち三人《にん》は訓練生《くんれんせい》たちに別《わか》れを告《つ》げ、最後《さいご》にもう一度《いちど》、イチゴ畑《ばたけ》と海《うみ》と本部《ほんぶ》に目《め》をやってから、ハーフの丘《おか》を登《のぼ》りはじめた。目指《めざ》すは、かつてゼウスの娘《むすめ》タレイアだった松《まつ》の大木《たいぼく》だ。

ケイロンが車椅子《くるまいす》でおれたちを待《ま》っていた。ケイロンのとなりに立《た》っているのは、おれが保健室《ほけんしつ》で看病《かんびょう》を受《う》けていたときに見《み》かけたサーファー風《ふう》の若者《わかもの》だ。グローバーによると、この若者《わかもの》は訓練所《くんれんじょ》の警備責任者《けいびせきにんしゃ》。体中《からだじゅう》に目《め》がついているそうで、だれかから不意打《ふいう》ちされるなんてありえない。けど、今日《きょう》は運転手《うんてんしゅ》の制服《せいふく》を着《き》ているから、手《て》と顔《かお》と首《くび》から出《で》ている目《め》しか見《み》えない。

「アルゴスだ」ケイロンがおれにいった。「街《まち》まで送《おく》ってくれる。それから、その、なんというか、見張《みは》ってくれる」

うしろから足音《あしおと》が聞《き》こえた。

ルークが丘《おか》を駆《か》けあがってきた。手《て》にはバスケットボール用《よう》のスニーカーを一足《いっそく》持《も》っている。

「やあ！」ルークは息《いき》を切《き》らしながらいった。「追《お》いつけてよかった」

アナベスは赤《あか》くなった。ルークがそばに来《く》るといつもこうだ。

「がんばれよ、っていいたくて」ルークがおれにいった。「それから、よかったら……その、これ、役《やく》に立《た》つかもしれないから」

ルークは持《も》っていたスニーカーをおれに手渡《てわた》した。みかけはふつうのスニーカーだ。においもふつうだ。

ルークがいった。「マイア！」

靴《くつ》のかかとから白《しろ》い翼《つばさ》がぬっと生《は》えてきた。おれはびっくりしてスニーカーを落《お》とした。スニーカーは地面《じめん》の上《うえ》をぱたぱた動《うご》きまわっていたけれど、そのうちに翼《つばさ》はたたまれて消《き》えた。

「かっこいい！」グローバーがいった。

ルークはほほ笑《え》んだ。「ぼくが冒険《ぼうけん》の旅《たび》に行《い》ったとき、すごく役立《やくだ》った。父親《ちちおや》からの贈《おく》り物《もの》なんだ。もちろん、ここ最近《さいきん》はあまり使《つか》っていないけど……」ルークは悲《かな》しげな表情《ひょうじょう》になった。

おれはどういったらいいかわからなかった。ルークが別《わか》れをいいにきてくれた、それだけで感動《かんどう》だ。この二、三日《にち》、おればかりが注目《ちゅうもく》を集《あつ》めすぎて、ルークはむっとしているんじゃないかと思《おも》っていた。けど、今《いま》、おれに魔法《まほう》の贈《おく》り物《もの》をくれようとしている……おれはアナベスくらい赤《あか》くなった。

「ルーク」おれはいった。「ありがと」

「あのさ、パーシー」ルークはいいにくそうな顔《かお》をした。「パーシーには期待《きたい》されていることがたくさんある。だから、これだけ……ぼくの代《か》わりに怪物《かいぶつ》を何匹《なんびき》か倒《たお》してきてくれ」

おれとルークは握手《あくしゅ》をした。ルークはグローバーの二本《ほん》の角《つの》のあいだをぽんぽんとたたき、アナベスにはお別《わか》れに軽《かる》く抱《だ》きしめた。アナベスは今《いま》にも倒《たお》れそうだった。

ルークが行《い》ってしまうと、おれはアナベスにいった。「何《なに》、はあはあいってんだよ?」

「いってません」

「自分《じぶん》じゃなくてルークに旗《はた》をとらせたの、あれ、わざとだろ?」

「やだ……もういっしょに行《い》くの、やめるわよ」

アナベスはずんずん丘《おか》の反対側《はんたいがわ》へ下《お》りていく。下《した》の路肩《ろかた》で白《しろ》い四輪駆動車《よんりんくどうしゃ》が待《ま》っていた。

アルゴスも車《くるま》のキーをチャリチャリ鳴《な》らしながらアナベスについていった。

おれは飛《と》ぶスニーカーを拾《ひろ》いあげると、きゅうに心配《しんぱい》になってケイロンを見《み》た。「おれ、これ使《つか》っちゃだめですよね？」

ケイロンはうなずいた。「ルークの気遣《きづか》いだな。しかし、空《そら》を飛《と》ぶ……それはパーシーにとって賢明《けんめい》なことではない」

おれはがっかりしながらもうなずいた。けど、いいことを思《おも》いついた。「おい、グローバー。魔法《まほう》の道具《どうぐ》、いらないか？」

グローバーの目《め》が輝《かがや》いた。「ぼくに？」

すぐにグローバーにコンバースの上《うえ》から飛《と》ぶスニーカーをはかせ、ひもをしばった。世《せ》界初《かいはつ》の空飛《そらと》ぶヤギ少年《しょうねん》の離陸準備《りりくじゅんび》が整《ととの》った。

「マイア！」グローバーが叫《さけ》んだ。

グローバーはうまく離陸《りりく》した。けど、そのうちに体《からだ》が横《よこ》にかたむいてバックパックが草《くさ》の上《うえ》を引《ひ》きずった。翼《つばさ》の生《は》えたスニーカーは野生《やせい》の子馬《こうま》みたいに飛《と》びはねている。

「練習《れんしゅう》だ」ケイロンがグローバーの背中《せなか》にむかって大声《おおごえ》でいった。「とにかく練習《れんしゅう》するんだな!」

「うわぁぁぁ!」グローバーは横倒《よこだお》しのまま、悪魔《あくま》にとりつかれた芝刈《しばか》り機《き》のように丘《おか》を下《くだ》っていく。まっすぐ、四輪駆動車《よんりんくどうしゃ》にむかって。

おれはグローバーのあとを追《お》おうとして、ケイロンに腕《うで》をつかまれた。「もっとパーシーに訓練《くんれん》をしたかったんだが、何《なに》しろ時間《じかん》がなかった。これまでに私《わたし》が教育《きょういく》したヘラクレスやイアソンのような英雄《えいゆう》たちだって——みんなもっと訓練《くんれん》を受《う》けていった」

「平気《へいき》です。おれはただ——」

そこで口《くち》をつぐんだ。これじゃ、聞《き》き分《わ》けの悪《わる》い子《こ》どもだ。父《とう》さんもおれに冒険《ぼうけん》の旅《たび》に役立《やくだ》つ、気《き》のきいた魔法《まほう》の道具《どうぐ》をくれてたらな。ルークの飛《と》ぶスニーカーとか、アナベスの姿《すがた》を消《け》せる野球帽《やきゅうぼう》みたいな。

「私《わたし》としたことが」ケイロンがいった。「渡《わた》すのを忘《わす》れるところだった」

ケイロンはコートのポケットからボールペンを一本《いっぽん》取《と》りだして、おれに渡《わた》した。よくある使《つか》い捨《す》てのボールペンで、色《いろ》は黒《くろ》でキャップがついている。一《いち》ドルで二本《ほん》買《か》えそうだ。

「なんか」おれはいった。「どうも」

「パーシー、これは君《きみ》の父親《ちちおや》からの贈《おく》り物《もの》だ。私《わたし》が何年《なんねん》も預《あず》かっていた。パーシーが私《わたし》の待《ま》っている子《こ》だとは知《し》らなかったのでね。しかし、今《いま》、予言《よげん》の意味《いみ》がわかった。パーシーこそ、その子《こ》だ」

ふと、メトロポリタン美術館《びじゅつかん》に校外授業《こうがいじゅぎょう》で行《い》ったとき、ドッズ先生《せんせい》を消《け》してしまったのを思《おも》い出《だ》した。ケイロンがほうり投《な》げてくれたボールペンが、剣《けん》になった。ひょっとして、これ……？

受《う》けとったボールペンのキャップをはずした。ボールペンが手《て》の中《なか》で長《なが》くのび、重《おも》くなっていく。あっという間《ま》に、おれは光《ひか》る青銅《せいどう》の剣《けん》を握《にぎ》っていた。刃《は》は両刃《りょうば》で、柄《つか》には革《かわ》が巻《ま》いてあり、平《ひら》たい鍔《つば》には金《きん》の鋲《びょう》が何本《なんぼん》も打《う》ってある。こんなに持《も》ちやすい武器《ぶき》は初《はじ》めてだ。

「この剣《けん》には長《なが》く、嘆《なげ》かわしい歴史《れきし》があるが、それについては触《ふ》れないことにしよう」ケイロンがおれにいった。「この剣《けん》の名《な》は、アナクルーズモスという」

「激流《げきりゅう》」と、おれは訳《やく》した。古代《こだい》ギリシャ語《ご》がこんなにすぐに出《で》てくるなんて驚《おどろ》きだ。

「使《つか》うのは非常《ひじょう》の場合《ばあい》だけ」ケイロンはいった。「そして、怪物《かいぶつ》に対《たい》してだけだ。英雄《えいゆう》はやむをえないときでないかぎり人間《にんげん》を傷《きず》つけてはならない。それはとうぜんだが、いずれにしても、この剣《けん》は人間《にんげん》には通用《つうよう》しない」

おれは恐《おそ》ろしく鋭《するど》い刃《やいば》を見《み》た。「どういう意味《いみ》ですか、人間《にんげん》には通用《つうよう》しない、って？なんで、通用《つうよう》しないんですか？」

「この剣《けん》は天上界《てんじょうかい》の青銅《せいどう》でできている。キュクロプスたちが鍛《きた》え、エトナ山《さん》で焼《や》きを入《い》れ、レテの川《かわ》（訳注《やくちゅう》：冥界《めいかい》にある忘却《ぼうきゃく》の川《かわ》）で冷《ひ》やしたものだ。これは怪物《かいぶつ》、つまり、冥界《めいかい》のどんな生《い》き物《もの》に対《たい》しても致命傷《ちめいしょう》を負《お》わせることができる。もちろん、パーシーが先《さき》に殺《ころ》されなければ、の話《はなし》だが。しかし、この剣《けん》は人間《にんげん》に対《たい》しては幻《まぼろし》のようにすりぬけてしまう。人間《にんげん》はこの剣《けん》で殺《ころ》すには値《あたい》しない、というだけのことだ。それから、ひとつ忠告《ちゅうこく》しておかなくては。ハーフであるパーシーは、天上界《てんじょうかい》の武器《ぶき》によっても、ふつうの武器《ぶき》によっても命《いのち》を奪《うば》われる可能性《かのうせい》がある。二倍《ばい》の危険《きけん》を背負《せお》っている」

「聞《き》いといてよかったです」

「さあボールペンにキャップをして」

キャップを剣《けん》の先《さき》につけると、たちまちアナクルーズモスは縮《ちぢ》んでふつうのボールペンにもどった。ポケットに入《い》れたけど少《すこ》し心配《しんぱい》だった。おれは学校《がっこう》でペンをなくすので有名《ゆうめい》だったから。

「それはありえない」ケイロンがいった。

「何《なに》がですか?」

「ペンをなくすことだ。そのペンには魔法《まほう》がかけられていて、つねにポケットにもどってくる。試《ため》してごらん」

ほんとかよ、と思《おも》いつつ、丘《おか》のふもとにむかって思《おも》い切《き》りほうり投《な》げた。ボールペンは草《くさ》むらの中《なか》に消《き》えた。

「少々時間《しょうしょうじかん》がかかるかもしれない」ケイロンがおれにいった。「さあ、ポケットを見《み》てごらん」

たしかに、ボールペンはポケットの中《なか》にあった。

「ほんとだ。むちゃくちゃいいですね。けど、この剣《けん》を出《だ》すのを人《ひと》に見《み》られたら?」

ケイロンはほほ笑《え》んだ。「強力《きょうりょく》なミストがある」

「ミスト?」

「そう。『イーリアス』（訳注《やくちゅう》：ギリシャ最古《さいこ》の長編叙事詩《ちょうへんじょじし》）を読《よ》んでごらん。ミストのことが何度《なんど》も出《で》てくる。神々《かみがみ》や怪物《かいぶつ》の要素《ようそ》が人間界《にんげんかい》に入《はい》りこむと、ミストが生《しょう》じる。ミストは人《にん》間《げん》の視界《しかい》をぼやけさせる。ハーフのパーシーにはあるがままに見《み》えるが、人間《にんげん》にはまったくちがって見《み》える。実《じつ》におもしろいことだが、人間《にんげん》は目《め》で見《み》たものをどうにか自分《じぶん》の知《し》っている現実《げんじつ》に当《あ》てはめようとする」

おれはアナクルーズモスをポケットにしまった。

初《はじ》めてこの冒険《ぼうけん》の旅《たび》が現実《げんじつ》のものに思《おも》えてきた。おれは今《いま》、ハーフの丘《おか》を離《はな》れ、西《にし》にむかおうとしている。たよれる大人《おとな》も、まさかのときの計画《けいかく》も、携帯電話《けいたいでんわ》もない（ケイロンによると、携帯電話《けいたいでんわ》を持《も》っていると怪物《かいぶつ》にあとをつけられやすい。それに、携帯電話《けいたいでんわ》を使《つか》うと、火《ひ》をたくより目立《めだ》ってしまう）武器《ぶき》は剣《けん》だけをたよりに、怪物《かいぶつ》と戦《たたか》い、死者《ししゃ》の国《くに》まで行《い》く。

「ケイロン……神々《かみがみ》は死《し》なないっていってましたけど……ていうか、神々《かみがみ》の前《まえ》の時代《じだい》もあったんですよね？」

「実際《じっさい》には四つの時代《じだい》があった。タイタン族《ぞく》の時代《じだい》はその四番目《ばんめ》の時代《じだい》で、黄金《おうごん》の時代《じだい》と呼《よ》ばれることもある。それは明《あき》らかに誤《あやま》った名称《めいしょう》だと思《おも》うが。現在《げんざい》の、西洋文明《せいようぶんめい》とゼウスの支配《しはい》する時代《じだい》は、五番目《ばんめ》の時代《じだい》だ」

「じゃあ、どうだったんですか……神々《かみがみ》の前《まえ》の時代《じだい》は？」

ケイロンは口《くち》をぎゅっとつぐんだ。「私《わたし》でもそれを覚《おぼ》えているほど長《なが》くは生《い》きていない。しかし、人間《にんげん》にとっては暗黒《あんこく》の、野蛮《やばん》な時代《じだい》だったようだ。タイタン族《ぞく》の王《おう》であるクロノスが自分《じぶん》の支配《しはい》する時代《じだい》を黄金《おうごん》の時代《じだい》と呼《よ》んだのは、人間《にんげん》が無邪気《むじゃき》で無知《むち》だったからだ。しかし、黄金《おうごん》の時代《じだい》とはゆがめられた宣伝文句《せんでんもんく》でしかない。タイタン族《ぞく》の王《おう》クロノスは人《にん》間《げん》のことなど無関心《むかんしん》だった。人間《にんげん》はただのおつまみ、もしくは安《やす》っぽい娯楽《ごらく》の道具《どうぐ》だった。王《おう》ゼウスが支配《しはい》するようになり、善《よ》きタイタン族《ぞく》のプロメテウスが人類《じんるい》に火《ひ》をもたらして初《はじ》めて、人間《にんげん》は進歩《しんぽ》を始《はじ》めた。が、当時《とうじ》でさえ、プロメテウスの考《かんが》え方《かた》は過激《かげき》だと悪評《あくひょう》を買《か》った。ゼウスはプロメテウスに厳《きび》しい罰《ばつ》を与《あた》えた。パーシーも覚《おぼ》えているだろう。もちろん、最後《さいご》には神々《かみがみ》も人間《にんげん》に対《たい》して寛容《かんよう》になり、そして西洋文明《せいようぶんめい》が生《う》まれた」

「けど、神々《かみがみ》は不死《ふし》、ですよね？　ていうか、西洋文明《せいようぶんめい》が生《い》きているかぎり、神々《かみがみ》は死《し》なない。てことは……もしおれが失敗《しっぱい》しても、まずいことにはならない。何《なに》もかもがめちゃくちゃになったりしない、ですよね？」

ケイロンはさびしそうに笑《わら》ってみせた。「西洋《せいよう》の時代《じだい》がいつまでつづくかはだれにもわからないんだ。神々《かみがみ》は死《し》なない。それはまちがいない。しかし、それはタイタン族《ぞく》も同《おな》じだ。彼《かれ》らは今《いま》も生《い》きている。あちこちの牢屋《ろうや》に閉《と》じこめられ、力《ちから》を抑《おさ》えられている。終《お》わることのない苦《くる》しみと罰《ばつ》に耐《た》えている。しかし、まだ生《い》きていることはたしかだ。運命《うんめい》の三女神《めがみ》に祈《いの》るばかりだ。神々《かみがみ》にタイタン族《ぞく》と同《おな》じ苦《くる》しい運命《うんめい》をあたえないでください、ふたたびかつての暗黒《あんこく》と混沌《こんとん》の時代《じだい》にもどさないでください、と。私《わたし》たちにできることは、いいかい、運命《うんめい》に従《したが》うことだけだ」

「運命《うんめい》……それがどんなものかわかれば」

「肩《かた》の力《ちから》を抜《ぬ》いて、邪念《じゃねん》を追《お》い払《はら》って。覚《おぼ》えておいてほしい。自分《じぶん》が、人間《にんげん》の歴史《れきし》でもっとも大《おお》きな戦争《せんそう》を防《ふせ》ごうとしているのかもしれない、ということを」

「肩《かた》の力《ちから》を抜《ぬ》く。だいじょうぶです」

丘《おか》のふもとでおれはふり返《かえ》った。かつてはゼウスの娘《むすめ》タレイアだった松《まつ》の大木《たいぼく》の下《した》に、ケイロンが今《いま》は完全《かんぜん》な半人半馬《はんじんはんば》の姿《すがた》で立《た》ち、別《わか》れに弓《ゆみ》を高《たか》くかかげている。典型的《てんけいてき》なケンタウロスによる、典型的《てんけいてき》な別《わか》れのあいさつだった。

アルゴスの運転《うんてん》する車《くるま》は田舎《いなか》を出《で》て、ロングアイランドの西部《せいぶ》に入《はい》っていった。アナベス、グローバーといっしょに座席《ざせき》に座《すわ》って、またハイウェイを走《はし》っているのは不気味《ぶきみ》な気《き》がした。ハーフの丘《おか》で二週間生活《しゅうかんせいかつ》したあとでは、現実《げんじつ》の世界《せかい》が夢《ゆめ》みたいだった。自分《じぶん》でも知《し》らないうちに、マクドナルドや、親《おや》の運転《うんてん》する車《くるま》のうしろの席《せき》の子《こ》どもや、看板《かんばん》やショッピングモールにいちいち目《め》がいってしまう。

「今《いま》のところ問題《もんだい》ないね」おれはアナベスにいった。「十五キロ走《はし》ったけど、怪物《かいぶつ》なんて一匹《いっぴき》もいない」

アナベスはしかめっ面《つら》でおれを見《み》た。「そんなことというと悪運《あくうん》を呼《よ》ぶわよ、ワカメ君《くん》」

「前《まえ》にもきいたかもしれないけど——なんでそんなにおれのことがきらいなんだ?」

「きらってないわよ」

「ばかにしてるだろ」

アナベスは隠《かく》れ帽《ぼう》を折《お》りたたんだ。「あのね……あたしたち、気《き》が合《あ》うはずがない、っていうだけのこと。わかる？　親同士《おやどうし》がライバルだから」

「なんで？」

アナベスはため息《いき》をついた。「どれだけ説明《せつめい》すればいいわけ？　昔《むかし》、ポセイドンがアテナの寺院《じいん》で恋人《こいびと》といっしょにいるところを、あたしの母親《ははおや》アテナが見《み》つけたの。それって、すごくすごく失礼《しつれい》なことだったのよ。あとね、アテネの街《まち》の守《まも》り神《がみ》の地位《ちい》をめぐって、ポセイドンとアテナが争《あらそ》ったことがあったの。ポセイドンは贈《おく》り物《もの》としてばかみたいな塩水《しおみず》の泉《いずみ》を作《つく》って、アテナはオリーブの木《き》を作《つく》った。街《まち》の人々《ひとびと》はアテナの贈《おく》り物《もの》のほうが気《き》に入《い》って、それで街《まち》にアテネって名前《なまえ》をつけたの」

「みんなそこまでオリーブが好《す》きなんだ」

「もう、そういう話《はなし》じゃないでしょ」

「あのさ、もしアテナがピザを発明《はつめい》してたら――それならわかるけど」

「そういう話《はなし》じゃないっていったでしょ！」

運転席《うんてんせき》のアルゴスがほほ笑《え》んだ。何《なに》もいわないけど、首《くび》のうしろにある青《あお》い目《め》がひとつ、おれにむかってウインクした。

クイーンズに入《はい》ると、道《みち》が混《こ》んできてスピードが遅《おそ》くなった。マンハッタンに着《つ》く頃《ころ》には日《ひ》が暮《く》れ、雨《あめ》が降《ふ》りはじめた。

アルゴスはおれたちをアパーイーストサイドにある長距離《ちょうきょり》バスのターミナルで降《お》ろした。ここからうちのアパートまではそう遠《とお》くない。郵便《ゆうびん》ポストに貼《は》られたふやけたちらしに、おれの写真《しゃしん》があった。〈この少年《しょうねん》を見《み》ませんでしたか?〉

おれはそのちらしをはがした。アナベスとグローバーに気《き》づかれないうちに。

アルゴスはおれたち三人《にん》の荷物《にもつ》をおろし、おれたちがバスの切符《きっぷ》を買《か》うのを確認《かくにん》すると、また車《くるま》で帰《かえ》っていった。駐車場《ちゅうしゃじょう》から出《で》るときも、アルゴスの手《て》の甲《こう》にある目《め》が開《あ》いておれたちを見送《みおく》っていた。

ここからうちのアパートまですぐじゃないか、と思《おも》った。ふつうなら、今頃母《いまごろかあ》さんはキャンディーショップから帰《かえ》っているはずだ。くさくさゲイブもこの時間《じかん》にはもう起《お》きて、ポーカーをしてるだろう。母《かあ》さんが行方不明《ゆくえふめい》のことなんかすっかり忘《わす》れて。

グローバーはバックパックを背負《せお》うと、おれの視線《しせん》を追《お》って道路《どうろ》の先《さき》をじっと見《み》た。

「どうしてお母《かあ》さんがあの男《おとこ》と結婚《けっこん》したか知《し》りたい?」

おれはグローバーを見《み》つめた。「おれの頭《あたま》の中《なか》を読《よ》むかなんかしたのか？」

「心《こころ》の中《なか》を読《よ》み取《と》っただけ」グローバーは肩《かた》をすくめた。「いいそびれてたかな。サテュロスには相手《あいて》の気持《きも》ちを読《よ》むことができる、って。パーシーはさっき、お母《かあ》さんと義理《ぎり》のお父《とう》さんのこと考《かんが》えてた、でしょ？」

おれはうなずいた。ほかにもグローバーはおれに何《なに》をいいそびれているんだろう？

「お母《かあ》さんがゲイブと結婚《けっこん》したのは、パーシーのためだよ。パーシーは『くさくさゲイブ』なんて呼《よ》んでるけど、わかってないね。ゲイブのオーラってすごくて……くさい、くさい。ここでもにおうよ。パーシーからゲイブのにおいがする。パーシーは一週間以上《いっしゅうかんいじょう》ゲイブから離《はな》れてるっていうのにさ」

「悪《わる》かったな。このへんにシャワーはないのか？」

「感謝《かんしゃ》しなくちゃ。ゲイブは気持《きも》ち悪《わる》くなるくらい人間《にんげん》くさいから、ハーフがそばにいてもばれないんだ。ぼく、カマロの車内《しゃない》のにおいをかいで、すぐわかったよ。ゲイブはパーシーのにおいを何年《なんねん》もごまかしてたんだ。パーシーが毎年夏《まいとしなつ》にゲイブと生活《せいかつ》していなかったら、もっとずっと前《まえ》に怪物《かいぶつ》に見《み》つかってたよ。パーシーのお母《かあ》さんはパーシーを守《まも》るためにゲイブといっしょに暮《く》らしてたんだ。お母《かあ》さんは頭《あたま》がいいね。パーシーをすごく愛《あい》しているから、あの男《おとこ》にがまんしてたんだよ――この話《はなし》を聞《き》いて少《すこ》しは気《き》がらくになったかな」

ならなかった。けど、それは顔《かお》に出《だ》さないようにした。おれはまた母《かあ》さんに会《あ》うんだ。母《かあ》さんは消《き》えてなんかいない。

グローバーはまだおれの心《こころ》の中《なか》を読《よ》んでるのか？　もうごちゃ混《ま》ぜだけど。グローバーとアナベスがいっしょに来《き》てくれてよかった。けど、ふたりに全部《ぜんぶ》を話《はな》していないのは気《き》が引《ひ》ける。おれがこのいかれた冒険《ぼうけん》の旅《たび》を引《ひ》き受《う》けることにしたほんとうの理由《りゆう》、それは話《はな》していない。

正直《しょうじき》、ゼウスの雷撃《ライトニングボルト》を取《と》り返《かえ》すことなんてどうでもいい。世界《せかい》を救《すく》う、なんてどうでもいい。困《こま》っている父《とう》さんを助《たす》ける、っていうのだってどうでもいい。おれに一度《いちど》も会《あ》いにこないし、母《かあ》さんを助《たす》けないし、ちょっとの養育費《よういくひ》も送《おく》ってこない。考《かんが》えれば考《かんが》えるほどポセイドンが恨《うら》めしい。おれを息子《むすこ》と認《みと》めたのは、ただ問題《もんだい》を片《かた》づけてほしかったからだ。

おれにとってだいじなのは母《かあ》さんのことだ。ハデスはあくどい手《て》を使《つか》って母《かあ》さんを奪《うば》った。ハデスに母《かあ》さんを返《かえ》してもらう。

〈おまえは友《とも》と呼《よ》ぶ者《もの》に裏切《うらぎ》られる〉神託《しんたく》はおれの頭《あたま》の中《なか》でそうささやいた。〈おまえは結局《けっきょく》はおまえのいちばん大切《たいせつ》なものを守《まも》りそこねる〉

〈だまれ〉おれはいった。

雨《あめ》は降《ふ》りつづけている。

おれたち三人《にん》はバスが待《ま》ちきれず、グローバーのリンゴをひとつ借《か》りてハッキーサック（訳注《やくちゅう》：ボールを足《あし》で蹴《け》りまわす遊《あそ》び）をすることにした。アナベスはとんでもないやつだった。膝《ひざ》でも、ひじでも、肩《かた》でもどこでもボールを弾《はず》ませることができる。おれは自分《じぶん》ではそう下手《へた》じゃないと思《おも》った。

ゲームはおれがグローバーのほうにリンゴを蹴《け》ったところで終《お》わった。リンゴが口《くち》の近《ちか》くに行《い》きすぎた。ヤギの超高速《ちょうこうそく》のひと口《ぐち》で、ハッキーサックは消《き》えた——芯《しん》も、茎《くき》も、まるごと。

グローバーは顔《かお》を赤《あか》くした。あやまろうとしたけど、おれもアナベスも大笑《おおわら》いでそれどころじゃなかった。

やっとバスが来《き》た。人《ひと》の列《れつ》に並《なら》んでいると、グローバーがまわりをきょろきょろしだした。学校《がっこう》のカフェテリアの大好物《だいこうぶつ》――エンチラーダ――のにおいをかいでいるときみたいに鼻《はな》をくんくんさせている。

「どうした?」

「わかんない」グローバーは緊張《きんちょう》している。「なんでもないかも」

けど、なんでもなくないのはわかった。おれも気《き》になって何度《なんど》か肩越《かたご》しにふり返《かえ》ってみた。

やっとバスに乗《の》りこみ、うしろに三人並《にんなら》んで座《すわ》れる席《せき》を見《み》つけてほっとした。おれたちはバックパックを荷物入《にもつい》れにしまった。アナベスは不安《ふあん》そうに、ヤンキースの野球帽《やきゅうぼう》で自《じ》分《ぶん》の腿《もも》をはたいている。

最後《さいご》の乗客数人《じょうきゃくすうにん》がバスに乗《の》りこんでいると、アナベスが手《て》をおれの膝《ひざ》に置《お》いた。「パーシー」

ばあさんがひとりバスに乗《の》りこんだところだ。ばあさんはしわだらけのベルベットのワンピースに、レースの手袋《てぶくろ》、形《かたち》のくずれたオレンジ色《いろ》の毛糸《けいと》の帽子《ぼうし》をかぶっている。帽子《ぼうし》で顔《かお》は見《み》えない。手《て》にはペイズリー柄《がら》のハンドバッグを持《も》っている。ばあさんが頭《あたま》をかたむけると、ふたつの黒《くろ》い目《め》がぎらりと光《ひか》った。おれは心臓《しんぞう》がどきっとした。ドッズ先生《せんせい》だ。ドッズ先生《せんせい》より年寄《としよ》りで、しわくちゃだけど、まちがいなく同《おな》じ悪人顔《あくにんがお》。

おれは座席《ざせき》で縮《ちぢ》こまった。

ばあさんのうしろから、さらにふたりのばあさんがバスに乗《の》ってきた。ひとりは緑《みどり》の帽《ぼう》子《し》、もうひとりは紫《むらさき》の帽子《ぼうし》をかぶっている。ふたりとも帽子《ぼうし》以外《いがい》はドッズ先生《せんせい》そっくり——節《ふし》くれだった指《ゆび》に、ペイズリー柄《がら》のハンドバッグに、よれよれのベルベットのワンピース。鬼《おに》ばばあ三人組《にんぐみ》だ。

三人《にん》はいちばん前《まえ》、運転席《うんてんせき》のすぐうしろの席《せき》に座《すわ》った。通路側《つうろがわ》に座《すわ》ったふたりはそれぞれ通路《つうろ》に脚《あし》を投《な》げだして交差《こうさ》させ、バツの字《じ》を作《つく》っている。何気《なにげ》ないしぐさだけど、メッセージは明《あき》らかだ。だれもここから出《で》られないよ。

バスはターミナルを出《で》て、マンハッタンの舗装道路《ほそうどうろ》を走《はし》っていく。「もう生《い》き返《かえ》ってきたんだ」おれは震《ふる》える声《こえ》をおさえながらいった。「人間《にんげん》ひとりの一生分《いっしょうぶん》くらい消《き》えたままのこともある、っていわなかったか?」

「運《うん》がよければ、っていったのよ」アナベスがいった。「パーシーはよくなかったみたい」

「三人《にん》ともだよ」グローバーはもう泣《な》き声《ごえ》になっている。「ディ イモータルズ!」

「だいじょうぶ」アナベスは懸命《けんめい》に考《かんが》えこんでいる。「エリニュスたち。冥界《めいかい》から来《き》た最《さい》悪《あく》の怪物《かいぶつ》エリニュスが三人《にん》。なんてことない。なんてことないわ。窓《まど》から外《そと》に抜《ぬ》け出《だ》すのよ」

「あかないよ」グローバーがうなった。

「うしろの出口《でぐち》は?」アナベスがいった。

うしろに出口《でぐち》はなかった。あったとしてもむだだ。そのときはもう九番街《ばんがい》に入《はい》り、ハドソン川《がわ》の下《した》をくぐるリンカントンネルに近《ちか》づいていた。

「人《ひと》に見《み》られている場所《ばしょ》でおれたちを襲《おそ》うはずがない」おれはいった。「だろ?」

「人間《にんげん》には見《み》えない、っていったでしょ」アナベスがいった。「人間《にんげん》の脳《のう》は、ミストを通《とお》して見《み》たものを理解《りかい》する能力《のうりょく》しかないの」

「三人《にん》のばあさんがおれたちを殺《ころ》すのは見《み》ればわかるだろ?」

アナベスは考《かんが》えこんだ。「説明《せつめい》しづらいな。でも、人間《にんげん》の手助《てだす》けは期待《きたい》できない。ひょっとして、屋根《やね》に非常口《ひじょうぐち》は……?」

リンカントンネルに入《はい》って車内《しゃない》が暗《くら》くなった。明《あ》かりは通路《つうろ》の走行灯《そうこうとう》だけだ。雨《あめ》の音《おと》もなくなり、気味《きみ》が悪《わる》いほど静《しず》かだ。

ドッズ先生《せんせい》が立《た》ちあがると、リハーサルしてきたかのように、抑揚《よくよう》のない声《こえ》で乗客全員《じょうきゃくぜんいん》にいった。「トイレに行《い》きたいんだけどね」

「わたしも」二番目《ばんめ》のばあさんがいった。

「わたしも」三番目《ばんめ》のばあさんがいった。

三人《にん》ともバスのうしろにむかって通路《つうろ》を進《すす》んでくる。

「そうだ」アナベスがいった。「パーシー、あたしの野球帽《やきゅうぼう》をかぶって」

「え?」

「ねらわれているのはパーシーでしょ。姿《すがた》を消《け》して、バスの前《まえ》のほうに行《い》って、三人《にん》をやり過《す》ごして。いちばん前《まえ》まで行《い》ったら逃《に》げられると思《おも》う」

「けど、アナベスとグローバーは――」

「ひょっとしたら、あたしたちには気《き》づかないかも。パーシーはあのビッグスリーのひとりの息子《むすこ》だから、においも強力《きょうりょく》なのかも」

「ふたりを置《お》いていけないよ」

「ぼくらのことは心配《しんぱい》しないで。行《い》って！」

おれは両手《りょうて》が震《ふる》えていた。自分《じぶん》が臆病者《おくびょうもの》に思《おも》えた。けど、ヤンキースの野球帽《やきゅうぼう》を受《う》けとって、頭《あたま》にかぶった。

下《した》を見《み》ると、体《からだ》はもう消《き》えていた。

そろそろと通路《つうろ》を歩《ある》きだした。なんとか十列分進《れつぶんすす》み、あいている席《せき》にすべりこんだ。と同時《どうじ》に、エリニュスたちが横《よこ》をすりぬけた。

ドッズ先生《せんせい》が立《だ》ちどまり、鼻《はな》をくんくんさせ、こっちをまっすぐ見《み》た。おれは心臓《しんぞう》が止《と》まるかと思《おも》った。

ドッズ先生《せんせい》には何《なに》も見《み》えなかったらしい。三人《にん》ともまたうしろにむかって歩《ある》いていく。

助《たす》かった。おれはバスのいちばん前《まえ》までたどり着《つ》いた。トンネルの出口《でぐち》はもうすぐだ。

非常用停止《ひじょうようていし》ボタンを押《お》そうとした。そのとき、うしろから恐《おそ》ろしい叫《さけ》び声《ごえ》がした。

三人《にん》のばあさんはもうばあさんでなくなっていた。顔《かお》は同《おな》じままだ——あれ以上醜《いじょうみにく》くなりようがない——けど、体《からだ》が縮《ちぢ》み、悪魔《あくま》の体《からだ》になった。体《からだ》は茶色《ちゃいろ》いしわくちゃの革《かわ》でできているみたい。コウモリの翼《つばさ》とガーゴイルのかぎづめみたいな手足《てあし》がついている。ハンドバッグは燃《も》えるむちになった。

三人《にん》のエリニュスはグローバーとアナベスを囲《かこ》み、むちをならしながら、押《お》し殺《ころ》した声《こえ》で詰《つ》め寄《よ》っている。「どこだ？　あれはどこだ？」

バスの乗客《じょうきゃく》たちは悲鳴《ひめい》をあげながら、座席《ざせき》でかがみこんでいる。何《なに》かが見《み》えたんだ、ちゃんと。

アナベスが叫《さけ》んだ。「ここにはいない！　どこかに行《い》ってしまったわ！」

エリニュスたちはむちをふりあげた。

アナベスは青銅《せいどう》のナイフをさやから引《ひ》き抜《ぬ》いた。グローバーはおやつの袋《ふくろ》からアルミ缶《かん》を出《だ》してつかみ、投《な》げつけようとした。

次《つぎ》にとったおれの衝動的《しょうどうてき》な行動《こうどう》は危険度《きけんど》百パーセントだった。

バスの運転手《うんてんしゅ》は気《き》になったらしく、何《なに》があったのかバックミラーで見《み》ようとした。

おれは透明人間《とうめいにんげん》のまま運転手《うんてんしゅ》の握《にぎ》っていたハンドルをつかみ、左《ひだり》に急《きゅう》カーブを切《き》った。全員右《ぜんいんみぎ》に投《な》げ出《だ》されて悲鳴《ひめい》をあげた。ねらいどおり三人《にん》のエリニュスが窓《まど》に激突《げきとつ》したのが聞《き》こえた。

「おい！」運転手《うんてんしゅ》が金切《かなき》り声《ごえ》をあげた。「ど、どうなってるんだ！」

おれと運転手《うんてんしゅ》はハンドルを奪《うば》いあった。バスはトンネルの側面《そくめん》にぶつかって、一《いち》キロ以《い》上《じょう》も火花《ひばな》を散《ち》らして走《はし》りつづけた。

バスは暴走《ぼうそう》しながらリンカントンネルを出《で》て、また雨《あめ》と嵐《あらし》の中《なか》を走《はし》った。乗客《じょうきゃく》も怪物《かいぶつ》もバスの中《なか》を転《ころ》げまわり、ほかの車《くるま》はボウリングのピンのように道《みち》を空《あ》けた。

運転手《うんてんしゅ》はなんとかハイウェイの出口《でぐち》を見《み》つけた。バスは信号《しんごう》を五つ六つ無視《むし》してハイウェイを駆《か》けぬけ、ニュージャージー州《しゅう》の田舎道《いなかみち》をつっ走《ぱし》った。ニューヨークからハドソン川《がわ》を渡《わた》っただけで、こんなに何《なに》もないなんて信《しん》じられない。左《ひだり》には森《もり》、右《みぎ》にはハドソン川《がわ》。運転手《うんてんしゅ》は川《かわ》にむかっているらしい。

またアイデアがひらめいた。おれは非常用《ひじょうよう》ブレーキを引《ひ》いた。

バスがきしるような音《おと》を立《た》て、濡《ぬ》れたアスファルトのうえで三百六十度回転《どかいてん》して、木立《こだち》につっこんだ。非常灯《ひじょうとう》がつき、ドアがいきおいよく開《あ》いた。最初《さいしょ》にバスから降《お》りたのは運《うん》転手《てんしゅ》で、そのあとから乗客《じょうきゃく》が悲鳴《ひめい》をあげながら出口《でぐち》に殺到《さっとう》した。おれは運転席《うんてんせき》にもぐりこんで、乗客《じょうきゃく》を通《とお》した。

エリニュスたちは体勢《たいせい》を立《た》て直《なお》した。三人《にん》にむちで打《う》たれ、アナベスはナイフをふりかざしつつ古代《こだい》ギリシャ語《ご》で「やめて」とわめいている。グローバーはアルミ缶《かん》を投《な》げつけている。

おれは開《ひら》いたままのドアを見《み》つめた。かんたんに逃《に》げ出《だ》せる。けど、友《とも》だちを置《お》いていけない。おれは隠《かく》れ帽《ぼう》を脱《ぬ》いだ。「おい！」

エリニュスたちがふりむき、黄色《きいろ》い牙《きば》をむき出《だ》した。ふと、出口《でぐち》が見《み》えた。めちゃくちゃいい考《かんが》えが浮《う》かんだ。ドッズ先生《せんせい》が大《おお》またでゆっくりと、こっちにむかって通路《つうろ》を歩《ある》いてくる。教室《きょうしつ》でFマイナスの数学《すうがく》のテストを返《かえ》すときと同《おな》じだ。ドッズ先生《せんせい》がむちをふるたびに、とげとげのついた革《かわ》ひもから赤《あか》い火《ひ》が踊《おど》る。

ほかの醜《みにく》いふたりもそれぞれ、ドッズ先生《せんせい》の両側《りょうがわ》の座席《ざせき》の背《せ》に飛《と》び乗《の》り、いやらしい大《おお》トカゲみたいに近《ちか》づいてくる。

「ペルセウス・ジャクソン」ドッズ先生《せんせい》がいった。ジョージア州《しゅう》よりずっと南《みなみ》のどこかのなまりがある。「おまえは神々《かみがみ》を怒《おこ》らせた。殺《ころ》してやる」

「数学《すうがく》の先生《せんせい》のときのほうが好《す》きだったよ」おれはいった。

ドッズ先生《せんせい》がうなった。

アナベスとグローバーはそっとエリニュスたちのうしろに近《ちか》づき、機会《きかい》をねらっている。

おれはポケットからボールペンを取《と》り出《だ》し、キャップをとった。アナクルーズモスが長《なが》くのびて、光る両刃《りょうば》の剣《けん》になった。

エリニュスたちはひるんだ。

ドッズ先生《せんせい》は前《まえ》にこの剣《けん》にやられたことがある。もう二度《にど》と見《み》たくない、という顔《かお》だ。

「さあ、負《ま》けを認《みと》めるんだ」ドッズ先生《せんせい》は押《お》し殺《ころ》した声《こえ》でいった。「そうすれば、永遠《えいえん》の苦《くる》しみを味《あじ》わうことはない」

「それも悪《わる》くないな」

「パーシー、気《き》をつけて！」アナベスが叫《さけ》んだ。

ドッズ先生《せんせい》がむちをふって、剣《けん》を握《にぎ》るおれの手《て》に巻《ま》きつけ、両側《りょうがわ》のエリニュスがおれに飛《と》びかかった。

手《て》が熱《あつ》く熔《と》けた鉛《なまり》に包《つつ》まれているみたいだったけど、おれはなんとかアナクルーズモスを落《お》とさずにいた。左側《ひだりがわ》のエリニュスを柄《つか》で殴《なぐ》って、背中《せなか》から座席《ざせき》につっこませてやった。おれはふり返《がえ》り、右側《みぎがわ》のエリニュスに切《き》りつけた。刃《は》が首《くび》にあたったとたん、そいつは悲鳴《ひめい》をあげて弾《はじ》け、ちりになった。アナベスがドッズ先生《せんせい》にうしろから組《く》みついて押《お》さえ、グローバーのほうはドッズ先生《せんせい》の手《て》からむちをもぎとろうとしている。

「うわっ！」グローバーがわめいている。「うわっ！　熱《あつ》っ！　熱《あつ》っ！」

さっき柄《つか》で殴《なぐ》ったエリニュスがかぎづめをむき出《だ》し、またおれに襲《おそ》いかかってきた。けど、おれが剣《けん》をふり下《お》ろすと、そいつはくす玉《だま》みたいに割《わ》れた。

ドッズ先生《せんせい》は背中《せなか》のアナベスをふりほどこうとして、蹴《け》ったり、引《ひ》っかいたり、悪態《あくたい》をついたり、かみついたりしている。けど、アナベスはしっかりしがみつき、その間《あいだ》にグローバーがドッズ先生《せんせい》のむちで先生《せんせい》の両脚《りょうあし》をしばった。ついに、アナベスとグローバーはドッズ先生《せんせい》を通路《つうろ》のいちばん奥《おく》に押《お》しこんだ。ドッズ先生《せんせい》は立《た》ちあがろうとした。けど、コウモリの翼《つばさ》をばたつかせるだけの空間《くうかん》はなく、倒《たお》れたままだ。

「ゼウスに殺《ころ》されちまいな！」ドッズ先生《せんせい》がいった。「ハデスに魂《たましい》をとられちまいな！」

「ブラッカス　ミース　ベシミニ！」おれは叫《さけ》んだ。

そのラテン語《ご》がどこから出《で》てきたのかわからなかったけど「おれのズボンでも食《く》え！」って意味《いみ》だったと思《おも》う。

雷鳴《らいめい》にバスが震《ふる》えた。おれは首筋《くびすじ》がぞぞっとした。

「外《そと》に出《で》て！」アナベスが叫《さけ》んだ。「早《はや》く！」せかされるまでもない。

あわててバスから降《お》りると、ほかの乗客《じょうきゃく》たちは気《き》が抜《ぬ》けたみたいに歩《ある》きまわったり、運転手《うんてんしゅ》につめよったり、「死《し》んでしまう！」と叫《さけ》びながら走《はし》りまわったりしている。アロハシャツを着《き》た観光客《かんこうきゃく》がカメラでおれの写真《しゃしん》をとった。おれは剣《けん》にキャップをしたけど間《ま》に合《あ》わなかった。

「ぼくらの荷物《にもつ》が！」グローバーが気《き》がついた。「荷物《にもつ》が中《なか》に——」

爆発音《ばくはつおん》が響《ひび》いた！

バスの窓《まど》がふっ飛《と》び、乗客《じょうきゃく》たちは避難《ひなん》する場所《ばしょ》をもとめて走《はし》った。稲妻《いなずま》に引《ひ》き裂《さ》かれてバスの天井《てんじょう》に大《おお》きな穴《あな》ができた。けど、車内《しゃない》から聞《き》こえる怒《いか》りと苦痛《くつう》の悲鳴《ひめい》に、ドッズ先《せん》生《せい》がまだ死《し》んでいないのがわかった。

「逃《に》げるのよ！」アナベスがいった。「あの声《こえ》で応援《おうえん》が集《あつ》まってくる！　あたしたち、ここから逃《に》げなくちゃ！」

おれたち三人《にん》は雨《あめ》が降《ふ》りしきる中《なか》、森《もり》に駆《か》けこんだ。おれたちのうしろには火《ひ》に包《つつ》まれたバス、行《ゆ》く先《さき》には暗闇《くらやみ》だけだ。

第《だい》11章《しょう》　パーシーたち三人《にん》、石像《せきぞう》の庭《にわ》を訪《おとず》れる

ある意味《いみ》、そこらにギリシャの神々《かみがみ》がいるらしい、っていうのは悪《わる》いことじゃない。何《なに》かまずいことが起《お》きたとき、だれかのせいにできる。例《たと》えば、ついさっき鬼《おに》ばばあの怪物《かいぶつ》に襲《おそ》われて、稲妻《いなずま》でふっ飛《と》んだバスから逃《に》げようとしていて、さらには雨《あめ》まで降《ふ》っていたら、ふつうの人《ひと》はほんとうに運《うん》が悪《わる》いと思《おも》うだけだ。けど、ハーフだと、神々《かみがみ》の力《ちから》が現実《げんじつ》に働《はたら》いて自分《じぶん》たちの一日《いちにち》を台無《だいな》しにしようとしている、と考《かんが》えることになる。

ところで、おれたち、つまり、アナベスとグローバーとおれの三人《にん》は、ニュージャージー州《しゅう》の川岸《かわぎし》の森《もり》の中《なか》を歩《ある》いていた。ニューヨークの街《まち》の明《あ》かりで背後《はいご》の空《そら》は黄色《きいろ》く、ハドソン川《がわ》の悪臭《あくしゅう》が鼻《はな》をついた。

グローバーはぶるぶる震《ふる》えながらいなないている。大《おお》きなヤギの目《め》は瞳孔《どうこう》が横長《よこなが》になって、恐怖《きょうふ》でいっぱいだ。「復讐《ふくしゅう》の女神《めがみ》が三人《にん》。いっぺんに三人《にん》も」

おれ自身《じしん》、かなりショックを受《う》けていた。バスの窓《まど》がふっ飛《と》ぶ爆発音《ばくはつおん》がまだ耳《みみ》の奥《おく》で響《ひび》いている。けど、アナベスは「いそいで！　遠《とお》くに行《い》けば行《い》っただけ安全《あんぜん》なんだから」といいながらおれとグローバーを引《ひ》っぱっていく。

「おれたちの全財産《ぜんざいさん》、バスの中《なか》だった」おれはアナベスにいった。「食料《しょくりょう》も服《ふく》も。全部《ぜんぶ》」

「ねえ、もしパーシーがあそこに飛《と》びこんでこなければ――」

「おれにどうしてほしかったんだ？　ふたりが殺《ころ》されるのを黙《だま》って見《み》てろ、って？」

「パーシーに助《たす》けてもらわなくたってよかった。あたし、自分《じぶん》でどうにかできたのに」

グローバーが横《よこ》やりを入《い》れた。「サンドイッチのパンみたいにスライスされて、それでも自分《じぶん》でどうにかできたって？」

「うるさいわよ、ヤギ少年《しょうねん》」アナベスがいった。

グローバーは悲《かな》しげにいないた。「アルミ缶《かん》……袋《ふくろ》にアルミ缶《かん》たっぷり入《はい》ってたのに」

おれたちは泥《どろ》をはね散《ち》らしながらぬかるんだ道《みち》を進《すす》んだ。みにくくよじれた木々《きぎ》からは、すえた洗濯物《せんたくもの》みたいなにおいがする。

しばらくして、アナベスがおれの横《よこ》に並《なら》んだ。「あのね、あたし……」アナベスがためらいがちにいった。「パーシーが助《たす》けにきてくれてうれしかった。ほんとに勇気《ゆうき》があった」

「おれたち、仲間《なかま》だろ？」

アナベスはそのまま黙《だま》って何歩《なんぽ》か進《すす》んだ。「ただ、もしパーシーが死《し》んだら……パーシーにとってはほんとうに最悪《さいあく》っていうこと以外《いがい》に、この冒険《ぼうけん》の旅《たび》が終《お》わりっていうことでもあるのよ。あたしにとっては今回《こんかい》が、現実世界《げんじつせかい》を見《み》る最後《さいご》の機会《きかい》かもしれないのに」

雷《かみなり》と嵐《あらし》がやっとやんだ。背後《はいご》の街明《まちあ》かりは薄《うす》れ、あたりは真《ま》っ暗闇《くらやみ》だ。アナベスは光《ひか》る金髪《きんぱつ》しか見《み》えない。

「七歳《さい》のときからハーフの丘《おか》を出《で》たことないのか？」おれはアナベスに聞《き》いた。

「ない……校外授業《こうがいじゅぎょう》に行《い》ったくらい。あたしの父親《ちちおや》は――」

「歴史《れきし》の先生《せんせい》」

「そう。あたし、家《いえ》で暮《く》らしてもうまくいかなかったの。だから、ハーフ訓練所《くんれんじょ》があたしのほんとの家《いえ》」アナベスは早口《はやくち》でしゃべっている。だれかに止《と》められたくない、とでもいわんばかりだ。「訓練所《くんれんじょ》では訓練《くんれん》、訓練《くんれん》。どれもおもしろいんだけど、現実《げんじつ》の世界《せかい》は怪《かい》物《ぶつ》がいて、自分《じぶん》が役立《やくだ》つ人間《にんげん》かそうでないかわかるところなのよ」

おれはうっかり、なんだ、アナベスも自信《じしん》ないのか、といいそうになった。

「アナベスはナイフ使《つか》うの、得意《とくい》じゃん」

「ほんと？」

「エリニュスにおんぶしてもらえるやつがいてくれると、助《たす》かるよ」

よく見《み》えなかったけど、アナベスが笑顔《えがお》になった気《き》がした。

「そういえば、いっておいたほうがいいと思《おも》うんだけど……バスで変《へん》なことが……」

アナベスは何《なに》かいいかけたけど、それはかん高《だか》い笛《ふえ》の音《ね》に消《け》された。フクロウが苦《くる》しんでいるような音《おと》だ。

「ねえ、ぼくのアシ笛《ぶえ》、まだちゃんと吹《ふ》けるよ！」グローバーが大《おお》きな声《こえ》を出《だ》した。

「『道《みち》を見《み》つける』曲《きょく》を覚《おぼ》えていたら、この森《もり》から出《で》られるのに！」

グローバーはアシ笛《ぶえ》を吹《ふ》いた。けど、まだどうもヒラリー・ダフの曲《きょく》みたいに聞《き》こえる。

道《みち》を見《み》つけるどころか、おれはすぐに木《き》にぶつかって、頭《あたま》にかなり大《おお》きなたんこぶを作《つく》った。

おれが持《も》っていない超能力《ちょうのうりょく》のリストが増《ふ》えた。赤外線視力《せきがいせんしりょく》。

それから約《やく》二キロ、つまずき、文句《もんく》をいい、とにかくみじめな気分《きぶん》で進《すす》んでいくと、行《ゆ》く手《て》に明《あ》かりが見《み》えてきた。色《いろ》とりどりのネオンサインだ。食《た》べ物《もの》のにおいがする。油《あぶら》で揚《あ》げた、油《あぶら》ぎとぎとの、最高《さいこう》にうまいもの。そういえば、ハーフの丘《おか》に来《き》てから、体《からだ》に悪《わる》いものはぜんぜん口《くち》にしていない。ハーフの丘《おか》ではブドウ、パン、チーズ、ニンフが調理《ちょうり》した超赤身《ちょうあかみ》のバーベキューばかり食《た》べていた。パーシー少年《しょうねん》にはダブルチーズバーガーが必要《ひつよう》なのだ。

歩《ある》きつづけていくと、木立《こだち》のむこうにろくに車《くるま》も走《はし》っていない二車線道路《しゃせんどうろ》が見《み》えてきた。片側《かたがわ》に閉店《へいてん》したガソリンスタンドと、一九九〇年代《ねんだい》の映画《えいが》のぼろぼろの看板《かんばん》と、開《あ》いている店《みせ》が一軒《いっけん》あった。この店《みせ》がネオンサインといいにおいのもとだ。

店《みせ》はおれが期待《きたい》していたようなファストフードの店《みせ》じゃなかった。道端《みちばた》によくある不気味《ぶきみ》な骨董品《こっとうひん》の店《みせ》。庭《にわ》の芝生《しばふ》に置《お》くフラミンゴとか、木《き》のインディアンの像《ぞう》とか、セメントで作《つく》ったハイイログマなんかを売《う》っているあれだ。店《みせ》は平《ひら》べったい倉庫《そうこ》で、まわりじゅうに石像《せきぞう》が立《た》っている。門《もん》の上《うえ》のネオンサインはおれには読《よ》めない。難読症《なんどくしょう》のおれにとってふつうの英語《えいご》より読《よ》みづらいものがあるとしたら、それは赤《あか》い筆記体《ひっきたい》で書《か》かれた英語《えいご》のネオンサインだ。

おれには「ムエおんばさの像店《ぞうみせ》の石《いし》」と読《よ》めた。

「いったいこれ、どういう意味《いみ》だ？」おれは聞《き》いた。

「さあ」アナベスがいった。

アナベスは読書《どくしょ》は大好《だいす》きだけど、そういえば、おれと同《おな》じで難読症《なんどくしょう》だった。

グローバーが読《よ》んでくれた。「エムおばさんの石像《せきぞう》の店《みせ》」

入《い》り口《ぐち》の両側《りょうがわ》には、ネオンサインに書《か》かれているとおり、セメントで作《つく》ったノームの石《せき》像《ぞう》がひとつずつあった。ノームはひげを生《は》やした醜《みにく》い小人《こびと》で、写真《しゃしん》をとられる直前《ちょくぜん》みたいに笑顔《えがお》で手《て》をふっている。

おれはハンバーガーのにおいに誘《さそ》われて道路《どうろ》を渡《わた》った。

「ちょっと……」グローバーはおれを止《と》めようとした。

「中《なか》の明《あ》かりがついている」アナベスがいった。「たぶん、営業中《えいぎょうちゅう》ね」

「軽食《けいしょく》、やってるかも」よだれが出《で》そうだ。

「そうかも」アナベスもうなずいた。

「ふたりとも頭《あたま》がおかしいんじゃない?」グローバーがいった。「この店《みせ》、不気味《ぶきみ》だよ」

おれもアナベスもグローバーを無視《むし》した。

店《みせ》のまえは石像《せきぞう》の森《もり》だった。セメントの動物《どうぶつ》、セメントの子《こ》どもに、笛《ふえ》を吹《ふ》いているセメントのサテュロスまでいた。グローバーはそれを見《み》てぞっとしている。

「メエェエ!」グローバーは鳴《な》き声《ごえ》をあげた。「ぼくのフェルディナンドおじさんそっくりだ!」

おれたちは倉庫《そうこ》のドアのまえで立《た》ち止《ど》まった。

「ノックしないで、たのむから」グローバーがいった。「怪物《かいぶつ》のにおいがするんだ」

「エリニュスのにおいで鼻《はな》が鈍《にぶ》くなったのよ」アナベスがいった。「あたしにはハンバーガーのにおいしかしない。おなかすいてないの?」

「肉《にく》なんて!」グローバーは軽蔑《けいべつ》するようにいった。「ぼく、菜食主義《さいしょくしゅぎ》なんだ」

「チーズエンチラーダとアルミ缶《かん》は食《た》べるじゃないか」おれがいった。

「あれは野菜《やさい》だもん。ねえ、ここから離《はな》れようよ。この石像《せきぞう》みんな……こっちを見《み》てる」

キーッと音《おと》を立《た》ててドアが開《あ》いた。目《め》の前《まえ》に立《た》っているのは背《せ》の高《たか》い中東系《ちゅうとうけい》の女《おんな》の人《ひと》——

——少《すく》なくともおれにはそう見《み》えた。長《なが》く黒《くろ》いガウンから手《て》だけ出《だ》して、顔《かお》は黒《くろ》いベールでおおっていたからだ。ベールの奥《おく》の目《め》がきらきら輝《かがや》いている。けど、わかったのはそれだけだ。褐色《かっしょく》の両手《りょうて》は老人《ろうじん》の手《て》に見《み》えるけど、爪《つめ》にはきれいにマニキュアを塗《ぬ》ってあって、上品《じょうひん》な感《かん》じだ。それを見《み》て、昔《むかし》は美人《びじん》だったおばあさんを想像《そうぞう》した。

しゃべり方《かた》にもどことなく中東《ちゅうとう》なまりがある気《き》がした。女《おんな》の人《ひと》はいった。「あなたたち、こんなに遅《おそ》い時間《じかん》、子《こ》どもだけで外《そと》にいてはだめ。お父《とう》さんお母《かあ》さん、どこ?」

「お父《とう》さんお母《かあ》さんは…その…」アナベスが返事《へんじ》をしかけた。

「おれたちみなしごなんです」おれはいった。

「みなしご?」女《おんな》の人《ひと》がいうと、べつの言葉《ことば》みたいに聞《き》こえた。「だけど、たいへん! そんなはず、ないでしょ!」

「仲間《なかま》とはぐれちゃったんです」おれはいった。「サーカスの仲間《なかま》です。団長《だんちょう》から、迷子《まいご》になったらガソリンスタンドで会《あ》おう、っていわれてたんですけど、団長《だんちょう》は自分《じぶん》でそういったのに忘《わす》れちゃったみたいで。それか、ちがうガソリンスタンドのことをいっていたのかもしれません。とにかく、おれたち迷子《まいご》なんです。なんか、おいしそうなにおいがしてますね」

「まあ、たいへん」女《おんな》の人《ひと》はいった。「かわいそう、中《なか》に入《はい》りなさい。私《わたし》はエムおばさん。まっすぐ倉庫《そうこ》の奥《おく》、入《はい》っていって。食堂《しょくどう》があるから」

おれたちはお礼《れい》をいって中《なか》に入《はい》った。

アナベスが小声《こごえ》でおれにいった。「サーカスの仲間《なかま》？」

「つねに作戦《さくせん》がある、だろ？」

「パーシーの頭《あたま》の中《なか》、海草《かいそう》だらけね」

倉庫《そうこ》の中《なか》も石像《せきぞう》でいっぱいだった——いろいろなポーズの人間《にんげん》の石像《せきぞう》があって、着《き》ているものも表情《ひょうじょう》も全部《ぜんぶ》ちがう。ここにある石像《せきぞう》をどれかひとつ置《お》くだけでもけっこう大《おお》きな庭《にわ》がないとだめだろうな、どれも実物大《じつぶつだい》だから、なんて考《かんが》えたりした。けど、頭《あたま》はほとんど食《た》べ物《もの》のことを考《かんが》えていた。

おれを「ばか」って呼《よ》んでくれてけっこう。腹《はら》がへった、って理由《りゆう》だけであやしげな女《おんな》の人《ひと》の店《みせ》に入《はい》りこむなんてばかだ、って。けど、おれはときどき考《かんが》えなしなことをする。

それプラス、エムおばさんのハンバーガーのにおいをかいでみるといい。変《へん》な麻酔《ますい》をかけられたみたいに、ほかのことは全部《ぜんぶ》どうでもよくなる。グローバーが不安《ふあん》そうにめそめそいっているのも、石像《せきぞう》の目《め》がおれを追《お》っているみたいな気《き》がするのも、エムおばさんがうしろでドアに鍵《かぎ》をかけたのも、全部《ぜんぶ》知《し》っていたけどなんとも思《おも》わなかった。

おれにとってだいじなのは食堂《しょくどう》を見《み》つけることだけだった。思《おも》ったとおり、倉庫《そうこ》の奥《おく》にカウンターがあった。グリルも、ジュースマシンも、プレッツェル保温器《ほおんき》も、チーズソースマシンもある。ほしいものが全部《ぜんぶ》、プラス、裏庭《うらにわ》にはスチール製《せい》のピクニックテーブルまである。

「どうぞ、座《すわ》って」エムおばさんがいった。

「すごいな」おれはいった。

「あの」グローバーがおそるおそるいう。「ぼくたちお金《かね》持《も》ってないんですけど」

おれがグローバーのわき腹《ばら》にジャブを食《く》らわせるまもなく、エムおばさんがいった。

「いいの、いいの、あなたたち。お金《かね》、いらない。これは特別《とくべつ》な場合《ばあい》、ね？　わたしのおごり。みんな、いいみなしごだから」

「ありがとうございます」アナベスがいった。

エムおばさんの表情《ひょうじょう》がかたまった。アナベスが何《なに》か場違《ばちが》いなことをいったみたいに。けど、エムおばさんはすぐにまた表情《ひょうじょう》をやわらげた。どうやらおれの気《き》のせいだったみたいだ。

「ぜんぜんだいじょうぶよ、アナベス」エムおばさんはいった。「あなたの目《め》、灰色《はいいろ》できれいね」おれはそのときには、エムおばさんがアナベスの名前《なまえ》を知《し》っているのをふしぎに思《おも》わなかった。まだ自己紹介《じこしょうかい》をしていなかった、っていうのに。

エムおばさんはカウンターのむこうに消《き》え、料理《りょうり》を始《はじ》めた。あっという間《ま》に、ダブルチーズハンバーガーとバニラシェイクと特大《とくだい》のポテトが山盛《やまも》りのプラスティックのトレーを持《も》ってきてくれた。

おれは息《いき》もつかずにハンバーガーを半分平《はんぶんたい》らげた。

アナベスはシェイクをずるずるすすっている。

グローバーはポテトを少《すこ》しつまんで、今度《こんど》は物欲《ものほ》しそうな顔《かお》でトレーの上《うえ》のパラフィン紙《し》を見《み》ている。けど、まだあやしいと思《おも》っているみたいだ。

「何《なに》、あのシューシューいう音《おと》?」グローバーがいった。

耳《みみ》をすましたけど、おれには何《なに》も聞《き》こえない。アナベスも首《くび》をふった。

「シューシューいう音《おと》?」エムおばさんがいった。「たぶん、揚《あ》げ物《もの》の油《あぶら》の音《おと》。いい耳《みみ》しているね、グローバーは」

「ぼくビタミンをとってるんです。耳《みみ》のために」

「すばらしいね」エムおばさんがいった。「けれども、どうぞ、らくにして」

エムおばさんは何《なに》も食《た》べない。料理《りょうり》をするときもベールはとらなかったし、今《いま》は椅子《いす》に腰《こし》かけて身《み》を乗《の》り出《だ》し、両手《りょうて》の指《ゆび》を組《く》んで、おれたち三人《にん》が食《た》べるのを見《み》ている。顔《かお》が見《み》えない相手《あいて》に見《み》つめられているのはちょっと落《お》ち着《つ》かない。けど、ハンバーガーを食《た》べて満腹《まんぷく》だったし、少《すこ》し眠《ねむ》くなってきた。そこで、せめてこの親切《しんせつ》な女《おんな》の人《ひと》とおしゃべりでもしよう、と思《おも》った。

「あの、石像《せきぞう》を売《う》ってるんですよね」おれは興味《きょうみ》のある口《くち》ぶりでいった。

「そう、そうなのよ」エムおばさんはいった。「動物《どうぶつ》のも、人間《にんげん》のも。庭《にわ》に置《お》くものすべて。注文《ちゅうもん》をとって。石像《せきぞう》はとても人気《にんき》があるよ」

「この道路《どうろ》でお客《きゃく》はたくさん来《く》るんですか?」

「あんまり、来《こ》ないね。ハイウェイができてから……ほとんどの車《くるま》、今《いま》はこの道《みち》、通《とお》らない。来《き》てくれるお客《きゃく》さん、みんなだいじにしないと」

おれは首筋《くびすじ》がぞくぞくっとした。だれかに見《み》つめられているみたいだ。ふり返《かえ》ってみた。けど、そこにいるのはお菓子《かし》の入《はい》ったかごを抱《かか》えた少女《しょうじょ》の石像《せきぞう》だけ。信《しん》じられないくらいリアルだ。そのへんの庭《にわ》にある石像《せきぞう》なんかくらべものにならない。けど、顔《かお》が何《なに》か変《へん》だ。驚《おどろ》いたような、ぎょっとしたような感《かん》じに見《み》える。

「そうなの」エムおばさんは悲《かな》しそうにいった。「ほらね、私《わたし》の石像《せきぞう》の中《なか》には、上手《じょうず》でないものがある。失敗作《しっぱいさく》。それは売《う》れない。顔《かお》を正《ただ》しく作《つく》るのがいちばんたいへん。いつも顔《かお》が問題《もんだい》」

「ここにある石像《せきぞう》、おばさんが作《つく》ったんですか?」おれは聞《き》いてみた。

「ええ、そう。昔《むかし》むかし、姉妹《しまい》がふたりいて手伝《てつだ》ってくれた。けれども、ふたりとも死《し》んでしまって、エムおばさんひとりぼっち。おばさんにあるのは石像《せきぞう》だけ。だから石像《せきぞう》を作《つく》るのね。石像《せきぞう》がおばさんの友《とも》だち」そのいいかたからほんとうに深《ふか》い悲《かな》しみが伝《つた》わってきて、おれは同情《どうじょう》せずにいられなかった。

アナベスが食《た》べる手《て》を止《と》めた。身《み》を乗《の》り出《だ》していった。「姉妹《しまい》がふたり？」

「つらい物語《ものがたり》よ」エムおばさんがいった。「ほんとうは子《こ》どもに聞《き》かせる話《はなし》じゃない。あのね、アナベス、ずっと昔《むかし》、おばさんは意地悪《いじわる》な女《おんな》にねたまれた。おばさんがまだ若《わか》い頃《ころ》。おばさんには……ほら、恋人《こいびと》がいたのね。意地悪《いじわる》な女《おんな》、おばさんと恋人《こいびと》の仲《なか》を引《ひ》き裂《さ》いた。ひどい事故《じこ》を起《お》こした。おばさんの姉妹《しまい》がエムおばさんのそばにいてくれた。できるだけ、おばさんの不運《ふうん》をなぐさめてくれた。けれども、ついに、ふたりともいってしまった。だんだん、消《き》えていった。おばさんだけ、生《い》き残《のこ》った。けれども、つらかった。ほんとうにつらかったよ」

おれにはおばさんが何《なに》をいいたいのかわからなかったけど、気《き》の毒《どく》に思《おも》った。まぶたがどんどん重《おも》くなってくる。満腹《まんぷく》で眠《ねむ》い。かわいそうなエムおばさん。こんなにいい人《ひと》の心《こころ》を傷《きず》つけたのはどこのだれだ？

「パーシー？」アナベスがおれを揺《ゆ》すって起《お》こそうとしている。「もう行《い》かなくちゃ。その、団長《だんちょう》が待《ま》ってるから」

アナベスの声《こえ》が緊張《きんちょう》している。理由《りゆう》はわからない。グローバーはついにトレーのパラフィン紙《し》を食《た》べだした。エムおばさんはそれに気《き》づいているらしいけど、何《なに》もいわない。

「ほんとうにきれいな灰色《はいいろ》の目《め》だね」エムおばさんはアナベスにまた同《おな》じことをいった。

「ほんとうにねえ、久《ひさ》しぶりだねえ、こういう灰色《はいいろ》の目《め》を見《み》るの」

エムおばさんは手《て》をのばして、今《いま》にもアナベスの頬《ほお》に触《さわ》りそうだった。けど、アナベスがいきなり立《た》ちあがった。

「ほんとうに行《い》かなくちゃ」

「そうだね!」グローバーもパラフィン紙《し》を飲《の》みこんで立《た》ちあがった。「団長《だんちょう》が待《ま》ってる! そうだよ!」

おれは行《い》きたくなかった。満腹《まんぷく》で満足《まんぞく》。エムおばさんはすごくいい人《ひと》だ。もうしばらくここにいたい。

「まだ、いいじゃない」エムおばさんがいった。「子《こ》どもが来《く》ること、少《すく》ないの。行《い》くまえに、ちょっと座《すわ》って、ポーズをとってくれる?」

「ポーズ?」アナベスはびくっとした。

「写真《しゃしん》ね。新《あたら》しい石像《せきぞう》セットのモデルに使《つか》う。子《こ》どもの石像《せきぞう》は、とっても人気《にんき》あるのよ。

みんな子《こ》ども大好《だいす》き」

アナベスはそわそわしだした。「悪《わる》いんですけどだめです。行《い》くわよ、パーシー――」

「だめじゃないいだろ」おれはむっとしていった。アナベスはえらそうにしすぎだ。たった今《いま》ただで食《た》べさせてくれたおばさんに対《たい》して失礼《しつれい》じゃないか。「ただの写真《しゃしん》だろ。どこが悪《わる》いんだ？」

「そうだよ、アナベス」おばさんがうれしそうにささやいた。「悪《わる》くないよ」

アナベスは見《み》るからに不満《ふまん》そうだったけど何《なに》もいわなかった。おれたち三人《にん》はエムおばさんを先頭《せんとう》に、またおもてのドアから出《で》て、石像《せきぞう》の庭《にわ》に行《い》った。

エムおばさんはおれたちをベンチのところに行《い》かせた。リテュロスの石像《せきぞう》のすぐとなりだ。「さてと」おばさんはいった。「おばさんがいったとおり、並《なら》んでね。お嬢《じょう》ちゃんが真《ま》ん中《なか》、かな。そして、坊《ぼっ》ちゃんふたりは両側《りょうがわ》」

「写真《しゃしん》をとるには暗《くら》すぎないかな」おれがいった。

「ああ、じゅうぶんよ」エムおばさんがいった。「おたがいの顔《かお》はじゅうぶん見《み》える、でしょう？」

「カメラは?」グローバーが聞《き》いた。

エムおばさんはうしろに下《さ》がった。おれたちの立《た》ち位置《いち》に満足《まんぞく》げだ。「さてと、顔《かお》がいちばんたいへんね。みんなこっちをむいて笑《わら》ってくれる? 大《おお》きな笑顔《えがお》できる?」

グローバーがとなりの石像《せきぞう》をちらりと見《み》て、小声《こごえ》でいった。「これほんとうにフェルディナンドおじさんにそっくりだ」

「グローバー」きつい口調《くちょう》でエムおばさんがいった。「ほら、こっちを見《み》て」

まだ手《て》にはカメラを持《も》っていない。

「パーシー――」アナベスがいった。

直感《ちょっかん》でアナベスのいうことを聞《き》かなきゃいけない気《き》がした。けど、おれは眠気《ねむけ》と戦《たたか》っていた。食《た》べ物《もの》とエムおばさんの声《こえ》のせいで心地《ここち》よい眠気《ねむけ》を感《かん》じていた。

「おばさんにちょっとだけ、時間《じかん》ちょうだいね。ほら、このベールがじゃまで、みんなの顔《かお》よく見《み》えない……」

「パーシー、何《なに》か変《へん》よ」アナベスはまだ同《おな》じことをいっている。

「変《へん》?」エムおばさんはそういいながら、頭《あたま》からベールをとろうと手《て》をのばした。「ぜんぜん、変《へん》じゃない。今晩《こんばん》はこんなにすばらしいお客《きゃく》さん。何《なに》が変《へん》だっていう？」

グローバーがはっと息《いき》をのんだ。「これ、フェルディナンドおじさんだ！」

「あの人《ひと》から目《め》をそらして！」アナベスが叫《さけ》んだ。そして、すばやくヤンキースの野球《やきゅう》帽《ぼう》をかぶって姿《すがた》を消《け》した。アナベスの透明《とうめい》な手《て》が、グローバーとおれをベンチからつき飛《と》ばした。

おれは地面《じめん》に倒《たお》れて、エムおばさんのサンダル履《ば》きの足《あし》を見《み》ていた。

グローバーが大《だい》あわてでどこかに逃《に》げようとしているのが聞《き》こえた。アナベスもべつの方向《ほうこう》に逃《に》げていく。けど、おれはめまいがして動《うご》けなかった。

頭《あたま》の上《うえ》のほうで変《へん》な、きしるような音《おと》がした。顔《かお》をあげるとエムおばさんの手《て》が見《み》えた。節《ふし》くれだっていぼだらけ、爪《つめ》のかわりに尖《とが》った青銅《せいどう》のかぎづめが生《は》えている。

おれはもっと上《うえ》を見《み》ようとしたけど、どこか左《ひだり》のほうでアナベスのかん高《だか》い声《こえ》が聞《き》こえた。「だめ！　見《み》ちゃだめ！」

また、きしるような音《おと》――それはたくさんの小《ちい》さな蛇《へび》が立《た》てる音《おと》だった。おれの頭《あたま》の真《ま》上《うえ》の……真上《まうえ》の、エムおばさんの頭《あたま》があるはずのところで。

「逃《に》げて!」グローバーが泣《な》きだしそうな声《こえ》でいった。グローバーが砂利《じゃり》の上《うえ》を走《はし》るのが聞《き》こえた。「マイア!」と叫《さけ》びながら、飛《と》ぶスニーカーで地面《じめん》をけった。

おれは動《うご》けなかった。目《め》はエムおばさんの節《ふし》くれだったかぎづめに釘《くぎ》づけのまま、エムおばさんの催眠術《さいみんじゅつ》と戦《たたか》っていた。

「惜《お》しいねえ。こんなにハンサムな坊《ぼう》やの顔《かお》を台無《だいな》しにするなんて」エムおばさんはだめるような声《こえ》でいった。「パーシー、おばさんとずっといっしょに暮《く》らそうねえ。顔《かお》をあげておくれ。それだけでいいんだよ」

おれはいうことを聞《き》きそうになる自分《じぶん》と戦《たたか》った。顔《かお》を横《よこ》にむけると、よく家《いえ》の庭《にわ》に置《お》いてあるガラスの球《たま》——グラスボール——がひとつ目《め》に入《はい》った。オレンジ色《いろ》のガラスにエムおばさんの黒《くろ》い影《かげ》が映《うつ》っている。ベールをとったため、顔《かお》がほの白《じろ》く、まるく浮《う》かびあがって見《み》える。髪《かみ》の毛《け》が動《うご》いている。蛇《へび》みたいにうごめいている。

エムおばさん。

「M」おばさん。

おれったら、なんてまぬけなんだ?

思《おも》い出《だ》せ。おれは自分《じぶん》にいった。メドゥーサがギリシャ神話《しんわ》の中《なか》でどういう死《し》に方《かた》をしたか。

けど、頭《あたま》がちゃんと働《はたら》かない。その頭《あたま》のどこかで思《おも》い出《だ》した。メドゥーサは眠《ねむ》っているところを、おれと同名《どうめい》の英雄《えいゆう》ペルセウスに襲《おそ》われたんだ。今《いま》、メドゥーサはぜんぜん眠《ねむ》りそうにない。その気《き》になれば、今《いま》すぐにも、あのかぎづめでおれの顔《かお》を切《き》り裂《さ》くことができる。

「あの灰色《はいいろ》の目《め》のやつがあたしをこんな目《め》にあわせたんだよ」メドゥーサの声《こえ》は怪物《かいぶつ》の声《こえ》には聞《き》こえない。その声《こえ》に誘《さそ》われて、おれは顔《かお》をあげそうになった。この気《き》の毒《どく》なおばさんに同情《どうじょう》しそうになった。「アナベスの母親《ははおや》、あのにくたらしいアテナのせいで、美《うつく》しい顔《かお》がこんなになってしまったんだ」

「そいつのいうことを聞《き》いちゃだめ！」石像《せきぞう》のあいだのどこかから、アナベスの声《こえ》が叫《さけ》んだ。「逃《に》げて、パーシー！」

「お黙《だま》り！」メドゥーサがどなった。が、またネコなで声《こえ》でいった。「あたしがなぜあの娘《むすめ》を殺《ころ》さなくちゃならないか、わかるだろう？　あたしの敵《てき》の娘《むすめ》なんだよ。あの娘《むすめ》を石像《せきぞう》にして、打《う》ちくだいて、粉々《こなごな》にしてやる。けれどもね、かわいいパーシー、おまえは苦《くる》しまなくていいんだよ」

「いやだ」おれは小《ちい》さい声《こえ》でいった。なんとか両脚《りょうあし》を動《うご》かそうとした。

「ほんとうに神々《かみがみ》に協力《きょうりょく》するつもりかい？　このばかげた旅《たび》の行《ゆ》く先《さき》に何《なに》が待《ま》ち受《う》けているか知《し》ってるかい？　冥界《めいかい》に着《つ》いたらどうなるか知《し》ってるかい？　オリンポスの神々《かみがみ》の手先《てさき》になるのはおやめ。石像《せきぞう》になったほうがらくだよ。苦《くる》しまずにすむ。苦《くる》しまずにすむんだよ」

「パーシー！」背後《はいご》でうなりが聞《き》こえた。一羽《いちわ》の巨大《きょだい》ハチドリが急降下《きゅうこうか》してきたみたいな音《おと》だ。グローバーが叫《さけ》んだ。「頭《あたま》、下《さ》げて！」

ふり返《かえ》ると、そこには夜空《よぞら》を背景《はいけい》にしてグローバーがいた。スニーカーの翼《つばさ》をはばたかせて、真上《まうえ》からつっこんでくる。手《て》には野球《やきゅう》のバットサイズの木《き》の枝《えだ》を持《も》っている。グローバーはぎゅっと目《め》をつぶって、頭《あたま》を左右《さゆう》にぴくぴく動《うご》かしていた。耳《みみ》と鼻《はな》だけで進路《しんろ》を決《き》めている。

「頭《あたま》を下《さ》げて！」グローバーがまたそういった。「ぼくにまかせて！」

その一言《ひとこと》をきっかけに、おれは素早《すばや》く動《うご》いた。グローバーをよく知《し》っているおれにはわかった。グローバーがメドゥーサに命中《めいちゅう》せず、おれにぶつかってくるのは確実《かくじつ》。おれは横《よこ》に飛《と》びのいた。

ドンッ！

最初《さいしょ》はグローバーが木《き》にぶつかった音《おと》だと思《おも》った。そこに、メドゥーサが怒《おこ》って吠《ほ》え声《ごえ》をあげた。

「このあわれなサテュロスめ！」メドゥーサがどなった。「おまえも石像《せきぞう》にしてやる！」

「フェルディナンドおじさんにもそうしたんだな！」グローバーが叫《さけ》び返《かえ》した。

おれはあわてて逃《に》げ、石像《せきぞう》のあいだに隠《かく》れた。グローバーのほうはもう一度《いちど》突撃《とつげき》しようと降下《こうか》してきた。

ガッツン！

「ぎゃあああ」メドゥーサが悲鳴《ひめい》をあげた。髪《かみ》の毛《け》の蛇《へび》たちがシューシューいいながらつばを飛《と》ばしている。

すぐそばでアナベスの声《こえ》がいった。「パーシー！」

おれはびっくりして飛《と》びあがって、もう少《すこ》しで石像《せきぞう》をひとつ飛《と》び越《こ》えそうになった。

「おい！　やめてくれよ！」

アナベスがヤンキースの野球帽《やきゅうぼう》をとって姿《すがた》を見《み》せた。「メドゥーサの首《くび》を切《き》り落《お》として」

「え？　ばかなこというなよ。逃《に》げよう」

「メドゥーサは怪物《かいぶつ》よ。悪者《わるもの》よ。あたしが自分《じぶん》で殺《ころ》したいところだけど、でも……」アナベスは言葉《ことば》を飲《の》みこんだ。何《なに》かたいへんなことを自白《じはく》しちゃうところだった、って感《かん》じだ。「でも、パーシーの武器《ぶき》のほうが強《つよ》い。しかも、あたしはぜったいにメドゥーサに近《ちか》寄《よ》れないの。あたしは、母親《ははおや》のことがあるから、切《き》り刻《きざ》まれちゃう。パーシーは——パーシーならできる」

「なんだって？　おれには無理《むり》——」

「見《み》てよ。なんの罪《つみ》もない人《ひと》たちを石像《せきぞう》に変《か》えたいの？」

アナベスは一組《ひとくみ》の男女《だんじょ》を指《ゆび》さした。恋人同士《こいびとどうし》が腕《うで》を絡《から》ませあったまま、メドゥーサに石《せき》像《ぞう》にされてしまったのだ。

アナベスはそばの台座《だいざ》から緑《みどり》のグラスボールをつかんで見《み》つめた。「盾《たて》の場合《ばあい》は表面《ひょうめん》が光《ひか》っているほうがいいの。凸面《とつめん》には物《もの》がゆがんで映《うつ》る。映《うつ》った像《ぞう》は収縮《しゅうしゅく》する。なぜかというと——」

「ふつうにしゃべってくれないか?」

「しゃべってるわよ!」アナベスはおれに緑《みどり》のグラスボールをほうった。「そのボールに映《うつ》るメドゥーサだけ見《み》て。ぜったいに直接見《ちょくせつみ》ないで」

「おい、ふたりとも!」グローバーがどこか上《うえ》のほうで叫《さけ》んでいる。「あいつ、気絶《きぜつ》してるみたい」

「うおぉぉぉぉぉぉ!」

「してないみたい」グローバーはいい直《なお》し、木《き》の枝《えだ》を握《にぎ》ったまま、もう一度突撃《いちどとつげき》した。

「いそいで」アナベスがおれにいった。「グローバーの鼻《はな》はよくきくけど、そのうちに墜落《ついらく》するから」

おれはポケットからボールペンを出《だ》し、キャップをとった。ボールペンが手《て》の中《なか》でのび、青銅《せいどう》の剣《けん》になった。

おれは蛇《へび》の髪《かみ》がシューシューいう音《おと》と、つばを吐《は》く音《おと》をたよりに、メドゥーサに近《ちか》づいた。

目《め》は何《なに》があってもグラスボールから離《はな》さないようにした。そうすれば、ボールに映《うつ》るメドゥーサしか見《み》なくてすむ。ぜったいに直接見《ちょくせつみ》ちゃいけない。緑《みどり》のグラスボールにメドゥーサの姿《すがた》が映《うつ》った。

グローバーがまた突撃《とつげき》した。けど、今回《こんかい》は少《すこ》し低《ひく》すぎた。メドゥーサはグローバーの枝《えだ》をつかんでふった。グローバーはもんどり打《う》ってハイイログマの石像《せきぞう》の腕《うで》にぶつかって、「ううっ！」と声《こえ》をあげた。

メドゥーサがグローバーに襲《おそ》いかかろうとしている。おれは「おい！」と大声《おおごえ》で叫《さけ》んだ。剣《けん》とグラスボールを抱《かか》えたままメドゥーサに近《ちか》づくのは大変《たいへん》だった。もしメドゥーサに襲《おそ》いかかられたら、とっさには防御《ぼうぎょ》できない。

けど、メドゥーサはおれを近《ちか》づかせた——あと六メートル、あと三メートル。ボールにはもうメドゥーサの顔《かお》が映《うつ》っている。きっとほんとうはこんなに醜《みにく》くないはずだ。グラスボールの緑《みどり》のうず巻《ま》きのせいでゆがんで見《み》えているはずだ。実物《じつぶつ》より醜《みにく》く映《うつ》っているんだろう。

「パーシーはおばちゃんを痛《いた》い目《め》にあわせたりしないよねえ」メドゥーサがささやく。「しないにきまってるよねえ」

おれはためらった。グラスボールに映《うつ》る顔《かお》から目《め》をそらすことができなかった――緑《みどり》のガラスの中《なか》で燃《も》えるふたつの目《め》にまっすぐ見《み》つめられ、おれの腕《うで》から力《ちから》が抜《ぬ》けていった。

ハイイログマの石像《せきぞう》のほうから、グローバーがうめくようにいった。「パーシー、そいつのいうこと、聞《き》いちゃだめ!」

メドゥーサは高笑《たかわら》いした。「もう遅《おそ》い」

そして、おれにむかってかぎづめをつき出《だ》した。

おれはアナクルーズモスをふりあげた。「ザクッ」という気味《きみ》の悪《わる》い音《おと》。つづいて、洞《ほら》穴《あな》から突風《とっぷう》が吹《ふ》き出《だ》すような音《おと》――メドゥーサが溶《と》ける音《おと》だ。

足元《あしもと》に何《なに》かが落《お》ちてきた。おれは必死《ひっし》でそっちを見《み》ないようにした。靴下《くつした》に何《なに》か温《あたた》かいものがしみてきた。死《し》にかけの蛇《へび》の頭《あたま》がいくつも、スニーカーの靴《くつ》ひもをくいくい引《ひ》っぱっている。

「げっ、気持《きも》ちわる」グローバーがいった。グローバーは目《め》をぎゅっとつぶっているけど、メドゥーサの首《くび》がのどから声《こえ》をしぼりだし、湯気《ゆげ》を立《た》てているのが聞《き》こえるんだろう。

「超気持《ちょうきも》ちわる」

アナベスがおれのとなりに来《き》た。顔《かお》を上《うえ》にむけたまま、手《て》にはメドゥーサの黒《くろ》いベールを持《も》っている。「動《うご》かないで」

アナベスはすごく慎重《しんちょう》に、下《した》は見《み》ずに、膝《ひざ》をついてメドゥーサの頭《あたま》にベールをかけ、それから、ベールごとメドゥーサの頭《あたま》を持《も》ちあげた。首《くび》からはまだ緑《みどり》の汁《しる》がぽたぽた落《お》ちている。

「だいじょうぶ?」おれに聞《き》くアナベスの声《こえ》が震《ふる》えている。

「まあ」おれは返事《へんじ》をしたものの、ダブルチーズバーガーがもどってきそうだった。「なんで……なんで首《くび》は消《き》えないんだ?」

「切《き》り落《お》とした部分《ぶぶん》は戦利品《せんりひん》になるの。ミノタウロスの角《つの》と同《おな》じで。でも、ベールはとっちゃだめよ。見《み》た人《ひと》を石《いし》にする力《ちから》は残《のこ》ってるから」

グローバーはぶつぶつ文句《もんく》をいいながらハイイログマの石像《せきぞう》から降《お》りてきた。額《ひたい》に大《おお》きなみみずばれができている。緑《みどり》のレゲエ風《ふう》の帽子《ぼうし》は片方《かたほう》の角《つの》に引《ひ》っかかり、足《あし》がわりのコンバースは両方《りょうほう》ともひづめから脱《ぬ》げてしまった。魔法《まほう》のスニーカーはグローバーの頭《あたま》の上《うえ》をふらふら飛《と》んでいる。

「撃墜王《げきついおう》レッド・バロンかと思《おも》った」おれはいった。「やるじゃん」

グローバーは恥《は》ずかしそうに笑《わら》ってみせた。「ほんというと、そんなにおもしろくはなかった。いや、『枝《えだ》であいつをぶん殴《なぐ》る』ところはおもしろかったよ。だけど、石像《せきぞう》のクマに激突《げきとつ》しちゃっただろ？ おもしろくない」

グローバーは飛《と》んでいるスニーカーをつかまえた。おれは剣《けん》にキャップをした。そして、三人《にん》いっしょにふらつく足取《あしど》りで倉庫《そうこ》にもどった。

カウンターのむこう側《がわ》にあったビニール袋《ぶくろ》でメドゥーサの首《くび》を二重《にじゅう》にくるんで、さっき夕食《ゆうしょく》を食《た》べたテーブルの上《うえ》に置《お》き、まわりの椅子《いす》に座《すわ》った。くたびれすぎて口《くち》もきけなかった。

そのうちおれが口《くち》を開《ひら》いた。「じゃあ、アテナのせいでこの怪物《かいぶつ》が生《う》まれたってこと？」

とたんにアナベスはむっとした顔《かお》でおれを見《み》た。「パーシーのお父《とう》さんのせいよ、実際《じっさい》には。覚《おぼ》えてないの？ メドゥーサはポセイドンの恋人《こいびと》で、あたしの母親《ははおや》の寺院《じいん》で会《あ》う約《やく》束《そく》をしていた。だからアテナはメドゥーサを怪物《かいぶつ》に変《か》えたの。メドゥーサとメドゥーサを助《たす》けたふたりの姉妹《しまい》はその寺院《じいん》に入《はい》りこんで、三人《にん》ともゴルゴンに姿《すがた》を変《か》えられた。だから メドゥーサはあたしを切《き》り刻《きざ》みたかった。でも、パーシーのことは美《うつく》しい石像《せきぞう》にしてとっておきたかった。メドゥーサはまだポセイドンが好《す》きなのよ。パーシーを見《み》てポセイドンを思《おも》い出《だ》したのかもね」

おれは顔《かお》が熱《あつ》くなった。「えっ、じゃあメドゥーサに出《で》くわしたのはおれのせいか」

アナベスは姿勢《しせい》を正《ただ》すと、似《に》てもいないおれのしゃべり方《かた》でいった。「『ただの写真《しゃしん》だろ。どこが悪《わる》いんだ？』」

「それは忘《わす》れてくれ。いやなやつだな」

「パーシーってしゃくにさわる」

「アナベスって――」

「ちょっと！」グローバーが割《わ》って入《はい》った。「ふたりを見《み》てると頭《あたま》が痛《いた》くなるよ。サテュロスは頭痛《ずつう》がすることなんかないはずなのに。メドゥーサの首《くび》、どうしよう？」

小《ちい》さな蛇《へび》が一匹《いっぴき》、ビニール袋《ぶくろ》の穴《あな》からぶら下《さ》がっている。ビニール袋《ぶくろ》の横《よこ》には「ご利用《りよう》ありがとうございます」と印刷《いんさつ》されている。

おれは怒《おこ》っていた。アナベスやアナベスの母親《ははおや》に対《たい》してだけじゃない。神々《かみがみ》すべてに対《たい》して怒《おこ》っていた。こんな冒険《ぼうけん》の旅《たび》をさせられて、初日《しょにち》からバスがふっ飛《と》んでまわり道《みち》をさせられて、二度《にど》も怪物《かいぶつ》と戦《たたか》うはめになった。この調子《ちょうし》じゃ、生《い》きてロサンゼルスまでたどり着《つ》くなんて無理《むり》だ。夏至《げし》までに着《つ》くなんてもっと無理《むり》だ。

メドゥーサはなんていってたっけ？

〈オリンポスの神々《かみがみ》の手先《てさき》になるのはおやめ。石像《せきぞう》になったほうがらくだよ〉

おれは立《た》ちあがった。「すぐもどる」

「パーシー」アナベスがおれの背中《せなか》にむかっていった。「いったい何《なに》を――」

倉庫《そうこ》の奥《おく》をさがしまわり、やっとメドゥーサの仕事場《しごとば》を見《み》つけた。会計簿《かいけいぼ》に最近石像《さいきんせきぞう》が売《う》れた先《さき》が六件《けんか》書いてある。六件《けん》とも発送先《はっそうさき》は冥界《めいかい》。ハデスとペルセポネの庭《にわ》に飾《かざ》るためだ。請求書《せいきゅうしょ》の一枚《いちまい》を見《み》ると、冥界《めいかい》の住所《じゅうしょ》は「カリフォルニア州《しゅう》　ウエストハリウッド　DOAレコーディングスタジオ」。おれはその請求書《せいきゅうしょ》を折《お》りたたんでポケットにつっこんだ。

レジには二十ドル札《さつ》がたくさん、ドラクマ金貨数枚《きんかすうまい》、それと、ヘルメス宅急便《たっきゅうびん》の荷札《にふだ》が何枚《なんまい》かあった。それぞれの荷札《にふだ》には、配送料《はいそうりょう》を入《い》れるための革《かわ》の小袋《こぶくろ》がつけてある。おれは仕事場《しごとば》をさがしまわって、ちょうどいい大《おお》きさの箱《はこ》を見《み》つけた。

それからさっきのピクニックテーブルのところにもどり、メドゥーサの首《くび》を箱《はこ》に詰《つ》め、荷札《にふだ》に記入《きにゅう》した。

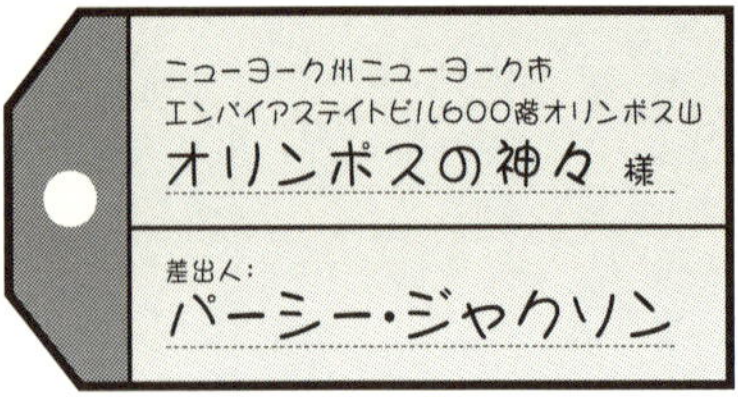
ニューヨーク州ニューヨーク市
エンパイアステイトビル600階オリンポス山
オリンポスの神々 様
差出人:
パーシー・ジャクソン

「それ、まずいよ」グローバーがいった。「無礼者《ぶれいもの》だと思《おも》われちゃう」

おれは荷札《にふだ》についている小袋《こぶくろ》にドラクマ金貨《きんか》を何枚《なんまい》か入《い》れた。袋《ふくろ》の口《くち》を閉《と》じたとたん、チンッというレジみたいな音《おと》がした。箱《はこ》がテーブルから浮《う》きあがり、ボンッという音《おと》とともに消《き》えた。

「おれは無礼者《ぶれいもの》です」

おれはアナベスのほうを、なんか文句《もんく》があるか、という顔《かお》で見《み》た。

アナベスは何《なに》もいわなかった。神々《かみがみ》を怒《おこ》らせる、おれのすごい才能《さいのう》にはお手上《てあ》げらしい。

「あきれた」アナベスがつぶやいた。「新《あたら》しい作戦《さくせん》を考《かんが》えなくちゃ」

下巻につづく

本書は、
二〇〇六年四月ほるぷ出版から刊行された「パーシー・ジャクソンとオリンポスの神々」第1巻『盗まれた雷撃』を、静山社ペガサス文庫のために再編集したものです。

リック・リオーダン 作

1964年、米テキサス州サンアントニオ生まれ。『ビッグ・レッド・テキーラ』（小学館）でシェイマス賞、アンソニー賞。『ホンキートンク・ガール』（小学館）でアメリカ探偵作家クラブ賞（エドガー賞）最優秀ペーパーバック賞を受賞。「パーシー・ジャクソンとオリンポスの神々」シリーズは、全世界でシリーズ累計5000万部となり、映画化された。

金原瑞人《かねはらみずひと》 訳

1954年、岡山市生まれ。法政大学教授。翻訳家。おもな訳書に『豚の死なない日』（白水社）、『青空のむこう』（求龍堂）、「バーティミアス」シリーズ（理論社）、『さよならを待つふたりのために』（岩波書店）など多数。

静山社ペガサス文庫

パーシー・ジャクソンとオリンポスの神々❶

盗まれた雷撃〈1-上〉

2015年11月11日　初版発行

作者　リック・リオーダン

訳者　金原瑞人

発行者　松浦一浩

発行所　株式会社静山社

〒102-0073 東京都千代田区九段北1-15-15

電話・営業 03-5210-7221

http://www.sayzansha.com

フォーマットデザイン　城所 潤（ジュン・キドコロ・デザイン）

印刷・製本　中央精版印刷株式会社

ISBN 978-4-86389-315-3　Printed in Japan

Published by Say-zan-sha Publications Ltd.

「静山社《せいざんしゃ》ペガサス文庫《ぶんこ》」創刊《そうかん》のことば

小《ちい》さくてもきらりと光《ひか》る、星《ほし》のような物語《ものがたり》を届《とど》けたい――一九七九年《ねん》の創業《そうぎょう》以来《いらい》、静山社《せいざんしゃ》が抱《いだ》き続《つづ》けてきた願《ねが》いをこめて、少年少女《しょうねんしょうじょ》のための文庫《ぶんこ》「静山社《せいざんしゃ》ペガサス文庫《ぶんこ》」を創刊《そうかん》します。

読書《どくしょ》は、みなさんの心《こころ》に眠《ねむ》っている想像《そうぞう》の羽《はね》を広《ひろ》げ、未知《みち》の世界《せかい》へいざないます。読書体験《どくしょたいけん》をとおしてつちかわれた想像力《そうぞうりょく》は、楽《たの》しいとき、苦《くる》しいとき、悲《かな》しいとき、どんなときにも、みなさんに勇気《ゆうき》を与《あた》えてくれるでしょう。

ギリシャ神話《しんわ》に登場《とうじょう》する天馬《てんま》・ペガサスのように、大《おお》きなつばさとたくましい足《あし》、しなやかな心《こころ》で、みなさんが物語《ものがたり》の世界《せかい》を、自由《じゆう》にかけまわってくださることを願《ねが》っています。

二〇一四年《ねん》

静《せい》山《ざん》社《しゃ》